1. Auflage Mai 2024

71-75 Shelton Street, Covent Garden, London, UK.

ISBN 9781801168076
Lektorat und Korrektorat: Manuela Heilmann
Covergestaltung: Keti Matakov

TOUCH DOWNS & TEMPTATIONS

Mrs Kristal

Cherry Publishing

1. Kapitel

Cara

Ich greife nach meiner Handtasche und werfe noch einen letzten Blick in den Spiegel, ehe ich mein Zimmer verlasse und mich auf den Weg nach unten mache. Ich treffe mich mit meiner besten Freundin Marina in der Stadt auf einen Drink.

Seit einer Woche lebe ich wieder in meiner Heimatstadt Boston. Bisher habe ich mir noch keine eigene Wohnung angemietet und bin fürs Erste zu meinen Eltern gezogen. Das ist und darf aber kein Dauerzustand werden.

Ich bin auf die University of California in Berkeley gegangen. Damals trainierte mein Dad die Oakland Pirates und es bot sich für mich an. In den Jahren zuvor lebten wir bereits an der Westküste der USA.

Mein Dad ist niemand Geringeres als der Ex-Quarterback der Boston Foxes – Michael Corse. Er hat in der Stadt Legendenstatus erreicht. Den Großteil meiner Kindheit habe ich in Boston verbracht und nenne es deshalb meine Heimatstadt. Natürlich führte Dads Job uns auch noch in andere US-Städte, aber schlussendlich war Boston immer unsere Heimat.

Ich lege meine Hand auf das dunkelgraue Geländer der großen Treppe im Eingangsbereich und gehe hinunter. Mir persönlich ist die Villa zu protzig, aber meinen Eltern gefällt sie als Altersruhesitz.

Mein neuer Job in Dads Sport Management Firma *Corse Sport Management* beginnt ebenfalls nächste Woche.

Ich weiß, dass ich immer auf die Unterstützung meiner Eltern zählen kann, aber es wird Zeit, dass ich endgültig auf eigenen Beinen stehe. Was total lächerlich ist in Anbetracht dessen, dass ich einmal fünfzig Millionen Dollar erben werde und mir dann eine der besten Sportmanagementagenturen der USA gehört.

Als Kind eines Sportstars stand ich von Kindesbeinen an im Rampenlicht. Es gehörte schon immer dazu, dass die Öffentlichkeit an meinem Leben teilhaben wollte. Dabei weiß ich nicht mal warum. Ich habe nichts geleistet und es gibt auch sonst nichts derart Interessantes in meinem Leben, für das es sich lohnt, Artikel zu schreiben. Das Einzige, was ich bin, ist die Tochter von Michael Corse.

Meine gesamte Kindheit bestand daraus, meinem Dad vor einem Fernseher oder in einer VIP-Loge des Stadions zuzujubeln. Er ist und war ein toller Dad, das will ich gar nicht in Frage stellen, aber verdammt. In erster Linie ist er für den Großteil der Amerikaner ein Sportsuperstar und wird immer eine Legende der National Football League bleiben.

In England heißt es, dass Adel verpflichtet – in der NFL heißt es, dass Name verpflichtet.

Mein Name ist einer der größten in der Liga.

Da mag man sich gar nicht ausmalen, was auf mich zugekommen wäre, wäre ich ein Junge.

»Hallo«, begrüße ich meine Eltern und gehe ins Esszimmer. Sie sitzen zusammen an dem viel zu großen Tisch und haben Sushi vor sich ausgebreitet.

»Hallo, Schatz«, sagt meine Mom und lächelt mich an. »Bist du verabredet?«

»Ich treffe mich mit Marina«, erwidere ich und klaue mir ein Sushi Röllchen, um es mir nicht sehr ladylike in den Mund zu schieben.

»Setz dich bloß nicht zu uns und iss mit uns«, scherzt mein Dad und schenkt mir ein warmes Lächeln. Ich weiß, dass er es in den letzten Jahren sehr genossen hat, Tag für Tag mit uns zu verbringen und das immer noch tut. Er ist absolut dagegen, dass ich ausziehe, und meint, dass das Haus groß genug sei, damit ich meinen privaten Bereich bekomme. Ich schlage dieses Angebot immer wieder aus, weil ich endlich komplett unabhängig sein möchte. Wie unabhängig das auch sein mag, wenn ich für ihn arbeite.

»Ich muss los«, sage ich und schiebe mir ein weiteres Sushi Röllchen in den Mund. »Eins geht noch.«

»Cara!« Mom wirft mir einen bösen Blick zu. »Das ist nicht schick.«

»Das ist mir egal, Mom«, schmatze ich und lecke mir die Fingerkuppen ab. »Ich bin weg. Ich hab euch lieb.«

»Wir dich auch, Schatz«, ruft sie mir nach und ich eile durch die Eingangshalle, um die Villa zu verlassen.

Mein roter Ferrari steht vor der Tür und glitzert in der Sonne. Ich ziehe den Schlüssel aus meiner Handtasche und schließe ihn auf. Die Scheinwerfer leuchten auf und ich öffne die Fahrertür, um einzusteigen. Ich mache mir eigentlich nicht viel aus dem Reichtum meiner Eltern. Meine beste Freundin Marina kommt aus einer stinknormalen Familie und meine Eltern sind in der Arbeiterklasse aufgewachsen. Aber wenn ich für etwas Millionen von Dollar ausgebe, ist es ein Auto. Es gibt nichts Besseres als einen verdammt geilen fahrbaren Untersatz, um mit diesem durch die Straßen Bostons zu heizen. Mittlerweile besitze ich fünf Stück. Das ist eventuell ein bisschen zu viel des Guten, aber verdammt – ich liebe Autos. Autos sind so etwas Wundervolles. Vor allem, wenn sie so schön funkeln und glitzern wie mein Ferrari oder mich so hoch und elegant sitzen lassen wie mein Range Rover. Wenn ich es mal ruhiger angehen lassen möchte, nehme ich meinen Mini. Er ist definitiv das unauffälligste Fahrzeug, das ich besitze.

Der Motor des Ferraris heult auf und ich lege den Rückwärtsgang ein, um die lange Einfahrt herunterzufahren.

•••

Die Bar, in der ich mich mit Marina treffe, liegt im Zentrum von Boston. Ich parke meinen Wagen in einer Parklücke und schalte den Motor ab. Aus meiner Handtasche krame ich meine übergroße Sonnenbrille und ein Basecap heraus. Es ist sicherlich übertrieben, aber ich hasse es, fotografiert zu werden. Die wenigen Male im Stadion reichen mir schon.

Nach einem letzten Blick in den Spiegel steige ich aus meinem Wagen und werfe die Tür hinter mir zu. Mir ist bewusst, dass eine junge Frau mit einem roten Ferrari in Boston für Aufsehen sorgt. Sicher fragen sich die Leute, woher das Geld kommt, um mir diesen zu leisten. Wer hat ihn bezahlt? Ihr Vater, Mann, Freund – oder vielleicht doch lieber der Sugar-Daddy?

Dass mein Dad ihn bezahlt hat, ist nicht ganz gelogen. Aber in der Zeit von Social Media komme ich auch allein gut an Geld. Bleibt nur das Problem, dass ich mich so ungern in der Öffentlichkeit zeige.

Ich schließe den Wagen ab und betrete die Bar. Marina sitzt an einem Zweiertisch und winkt mir direkt zu, als sie mich entdeckt. Ich gehe zu ihr hinüber und sie steht auf, um mich zu begrüßen.

»Hi«, sage ich und gebe ihr einen Kuss auf die Wange. »Wie geht's dir?«

»Gut und dir?«, fragt sie.

Ich stelle meine Tasche ab und setze mich ihr gegenüber. »Mir auch«, erwidere ich. »Hast du schon bestellt?«

»Ich habe auf dich gewartet.«

Ich schlage die Karte auf und studiere sie eingängig. Letztendlich entscheide ich mich für einen Kaffee und ein Wasser. Nachdem ich die Karte zurück in die Halterung gesteckt habe, sehe ich Marina auffordernd an. »Also, erzähl mal«, bitte ich sie. »Wie geht es Caleb? Wie läuft der Umzug?«

Caleb ist Marinas Verlobter und in meinen Augen ein Idiot, aber meine beste Freundin liebt ihn. Er ist Anwalt und sie haben sich bei einem Spiel der Boston Foxes kennengelernt, als Marina mich begleitet hat. Bereits nachdem die ersten Worte seinen Mund verlassen hatten, wusste ich, dass er sie nicht glücklich machen wird. Seitdem sind allerdings zwei Jahre vergangen und er hat ihr einen Ring an den Finger gesteckt. Meine Hoffnungen, dass sie jemanden findet, der wirklich zu ihr passt, sind so gut wie zerschlagen.

»Na ja«, meint meine beste Freundin. »Der Umzug muss schneller vorangehen.«

Ich ziehe die Augenbrauen zusammen und sehe sie fragend an. Mit so einer kryptischen Antwort habe ich nicht gerechnet. Vor allem, weil sie mich nun so angrinst, als wäre etwas im Busch. Marina schiebt wortlos ein Foto über den Tisch. Überrascht greife ich danach. Meine beste Freundin grinst noch breiter und als ich das Foto hochhebe, stockt mir der Atem. Es ist ein Ultraschallbild, versehen mit ihrem Namen und der Aufschrift: Willst du meine Patentante werden?

Ich kreische überglücklich auf, sodass die Gäste am Nachbartisch zu uns herübersehen. Doch das ist mir egal.

»Oh mein Gott!« Immer noch völlig baff schlage ich mir die Hand vor den Mund. »Du … du bist schwanger.«

»Ja.« Sie schnieft und Tränen treten ihr in die Augen. »Ich

wollte es dir unbedingt persönlich sagen. Das Baby kommt Mitte Februar.«

Immer noch von der Rolle sehe ich sie an. Meine beste Freundin bekommt ihr erstes Baby. Wow! Das ist unglaublich und freut mich so sehr für Marina. Sie wollte schon immer jung Mutter werden. Und auch wenn ich Caleb nicht sonderlich mag, hat sie alles, was eine Familie braucht. Marina ist ein Jahr älter als ich und Caleb sechsundzwanzig. Sie sind im besten Alter, um eine Familie zu gründen. Außerdem stammt er aus einer einflussreichen Familie in Boston und kann ihr ein gutes Leben bieten.

»Du bekommst ein Baby. Ich kann es nicht glauben. Und wir können es nicht mal richtig feiern«, mosere ich zum Ende des Satzes.

Marina kichert. »Du glaubst nicht, wie schwer es war, das geheim zu halten. Caleb und ich waren auf so vielen Empfängen und Hochzeiten diesen Sommer«, erzählt sie.

Ich kenne kaum jemanden, der sich so wichtig nimmt und so unwichtig in der Gesellschaft ist wie Caleb. Egal wie gut situiert seine Familie ist. Sie gehören nicht zur absoluten Oberschicht Bostons und insgeheim weiß er das natürlich. Caleb ist ein schrecklich arroganter Typ und erzählt jedem, wirklich jedem, dass seine zukünftige Frau die beste Freundin von Cara Corse ist, der Tochter von Boston Foxes Legende Michael Corse. Ob diese Person das wissen möchte oder nicht. Wenn ich es nicht besser wüsste, würde ich sagen, dass er lieber mich ficken würde anstatt Marina.

Ich schüttle die Gedanken an diesen Idioten ab und stelle Marina allerlei Fragen zu ihrer Schwangerschaft. Ich will alles wissen. Wann und wie sie erfahren hat, wie sie es Caleb gesagt hat und wie er reagiert hat. Genauso frage ich sie nach der Reaktion ihrer Eltern und ihrer zukünftigen Schwiegereltern.

»Dreh dich nicht um«, meint sie völlig aus dem Nichts und sieht mich geheimnisvoll an. Natürlich will ich mich aus einem Reflex heraus nun doch umdrehen. Marina greift nach meiner Hand, um meine Aufmerksamkeit auf sich zu ziehen. »Nicht, Cara.«

»Was ist denn da?«, will ich ungeduldig wissen.

»An der Bar«, erklärt sie, »sitzen zwei Typen. Ein dunkelhaariger und ein blonder. Und ich glaube, dass der Blonde Interesse an dir hat. Er sieht die ganze Zeit rüber und traut sich nicht aufzustehen. Sie kommen mir bekannt vor …«

Ich schnappe nach Luft und will mich endlich umdrehen und ihn sehen. »Bist du sicher?«, vergewissere ich mich und Marina nickt.

»Der Dunkelhaarige nickt gerade in unsere Richtung und der Blonde verdreht die Augen. Er rät ihm bestimmt dich anzusprechen.«

»Und wieso könnte er kein Interesse an dir haben?«, frage ich und nippe an meinem Wasser. Meine Kehle ist plötzlich trocken geworden. Marina ist eine wunderschöne Frau. Die langen blonden Haare, vollen Lippen und ihre immer gute Laune sind ein Blickfang für viele Männer. »Es liegt nicht unbedingt auf der Hand, dass du schwanger und verlobt bist.«

Marina verdreht die Augen und deutet auf ihren viel zu protzigen Verlobungsring. Okay … dieser Klunker ist tatsächlich aus mehreren Meilen Entfernung sichtbar. Sie liebt ihn, ich finde ihn peinlich. Es ist, als müsste Caleb ständig damit prahlen, wie viel Geld er hat. Was er eigentlich nicht hat, denn er ist, genauso wie ich, nur ein Erbe.

»Mein Ring sagt wohl genug«, meint sie und betrachtet ihn für ein paar Sekunden. »Der Blonde will dich.«

»Du hast eine Fantasie«, kichere ich. »Aber gut, okay. Sagen wir, dass er mich will …« Unglaublich, dass ich mich darauf einlasse. »Das heißt doch noch lange nicht, dass ich ihn auch will, oder?«

»Wieso?«, fragt Marina. »Sei nicht immer so verklemmt, Cara. Ich sage doch nicht, dass du ihn heiraten sollst. Vielmehr meine ich Sex. Heißen, guten Sex.«

»Ich bin nicht verklemmt«, widerspreche ich ihr sogleich. »Ich bin nur nicht für sowas zu haben. Das war ich noch nie.«

»Ich weiß«, beschwichtigt sie mich. »Aber er wäre wirklich eine Ausnahme wert. Oh mein Gott, er steht auf.«

Marina inszeniert es wie eine romantische Komödie und wir sind ihre Love-Interests. Sie kreischt fast so laut wie ich, als ich das Ultraschallbild erblickt habe. Während es bei mir eine angemessene Reaktion war, scheinen bei ihr die Hormone übernommen zu haben. Sie dreht total durch.

»Vielleicht muss er auf die Toilette?«, rate ich.

»Nein«, sagt Marina. »Die Toiletten sind in der anderen Richtung.«

Meine Lust, weiter über den Kerl zu reden, ist nicht groß und somit verdränge ich die Gedanken an ihn aus meinem Kopf.

»Vergessen wir den Typen und reden über meinen ersten Tag bei Corse Sport Management, ja?«, bitte ich meine beste Freundin.

»Er kommt rüber«, meint sie, meinen Vorschlag völlig ignorierend. Mein Herz macht einen Hüpfer und ich beiße mir nervös auf die Lippe.

»Marina?«, frage ich. »Können wir über meinen Job reden?«

»Wir reden nicht über deinen Job, wenn ich dir den besten Sex deines Lebens verschaffe«, zischelt sie mir zu. »Kapiert?«

»Du spinnst!« Ich verdrehe die Augen und Marina kichert.

»Er kommt«, hält sie mich wie ein Liveticker auf dem Laufenden. »Los, wirf deine Serviette runter.«

»Hast du sie noch alle beisammen?«, fauche ich. »Das mache

ich nicht. Die Schwangerschaft lässt dich durchdrehen.«

»Los mach schon, CCC«, drängt sie weiter. »Er ist gleich da.«

Meine Güte, das kann doch alles nicht wahr sein.

»Marina, nein!« Ich protestiere, mich auf so ein Niveau herunterzulassen. »Das kannst du vergessen.«

»Los jetzt!«

Ich ignoriere sie und greife nach meiner Gabel, um von meinen Shrimps zu essen, als sie mir mit voller Absicht vors Schienbein tritt. Ich schreie vor Schmerz und Überraschung beinahe auf und lasse die Gabel fallen.

»Sag mal, tickst du noch ganz sauber?« Wütend sehe ich sie an und will mich nach der Gabel greifen, um die peinliche Situation zu beenden, als eine zweite Hand danach greift. Eine Hand, die zuvor noch nicht da war. Unsere Hände berühren einander und ich zucke erschrocken zurück. Ein Stromschlag durchfährt meinen Körper und als ich den Kopf hebe, sehe ich in die schönsten grünen Augen, die ich jemals gesehen habe.

Ich schlucke hart, weil mich sein intensiver Blick so aus den Socken haut. Schlagartig richte ich mich auf und mein Gegenüber tut es ebenfalls. Als er vor mir steht, kann ich nicht anders, als meine Lippen zu einem stummen »Wow« zu formen.

Breite Schultern, an die man sich anlehnen möchte, ein wuchtiger Körper mit perfekten Muskeln und derart starken Armen, dass sie eine Frau einladen, sich an sie zu lehnen und fallen zu lassen. Mein Blick wandert nach oben in sein Gesicht und er grinst mich an. Seine Lippen sind schmal und seine Wangen ziert ein blonder Bartschatten. Sein Haupthaar ist ebenfalls blond und er trägt es kurz geschnitten.

»Die ist Ihnen runtergefallen«, sagt er und reicht mir die Gabel.

Hitze steigt in Rekordzeit in meine Wangen und ich schnappe nach Luft. »Danke«, antworte ich beschämt und werfe meiner besten Freundin einen bitterbösen Blick zu. Ich habe mich vor diesem Adonis komplett zum Affen gemacht. »Tut mir leid, ich bin ungeschickt.« Meine Entschuldigung macht es auch nicht besser, doch als seine Mundwinkel sich heben, bemerke ich, dass es ihn amüsiert.

»Schon okay«, sagt er. »Aber Sie sollten sich eine neue Gabel bringen lassen.«

»Ja«, hauche ich. »Das werde ich tun.«

Ich bin eine absolute Niete im Flirten. Ich war noch nie dieses draufgängerische Mädchen, das einen Typen mit drei Blicken um den Finger wickelt. Im Gegensatz zu meiner besten Freundin bin ich schüchtern und möchte nichts Falsches sagen. Das rächt sich nun.

»Ich bin Noah«, stellt er sich vor und reicht mir die Hand. »Und mit wem habe ich das Vergnügen?«

»Cara«, flüstere ich. »Mein Name ist Cara.«

»Also dann, Cara«, meint er. »Man sieht sich und vergiss die neue Gabel nicht.«

Er zwinkert mir zu, sodass meine Gesichtsfarbe binnen Sekunden erneut einer Tomate gleicht und schlendert dann auf die Tür mit der Aufschrift >Toiletten< zu.

Ich klatsche mir mit der freien Hand vor die Stirn und sehe Marina an. »Mein Gott«, murmle ich. »War das peinlich.«

»War es, ja«, bestätigt sie mir. »Das war wie ein Unfall. Man sollte wegsehen, aber kann nicht, weil es so furchtbar ist.«

2. Kapitel

Noah

Kaum zu glauben, dass ich mich so dämlich angestellt habe, als ich Cara angesprochen habe. Bereits als sie die Bar betreten hat, hatte ich nur Augen für sie. Ihre schlanken Beine, in dem kurzen Kleid, die schulterlangen schwarzen Haare und das freundliche Lächeln, mit dem sie den gesamten Raum für sich eingenommen hat. Mein Gott, ich war sofort hin und weg. Alex hat mich fast eine halbe Stunde bequatscht, dass ich sie ansprechen und zu einem Drink einladen soll. Mein Zwillingsbruder hat mir so lange in den Ohren gelegen, bis ich aufgestanden und zu ihr gegangen bin. Als ich fast bei ihr war, ist ihre Gabel heruntergefallen und ich habe die Chance genutzt, um sie anzusprechen. Mir hat es so sehr die Sprache verschlagen, als ihr Gesicht direkt vor meinem war und ihre dunkelbraunen Augen mich angesehen haben, dass ich keinen Ton rausbekommen habe. Und weil mir nichts Besseres eingefallen ist, als meinen Namen zu stammeln, habe ich ihr auch noch zu allem Überfluss geraten, dass sie sich eine neue Gabel holen soll.

Peinlicher ging es nicht.

Ihre Freundin hat uns nicht aus den Augen gelassen und ihr sicher gesagt, dass ich der größte Idiot überhaupt bin.

Seufzend schaue ich in den Spiegel vor mir und stütze meine Hände auf der Platte des Waschtisches ab. Auch wenn dieser Flirtversuch in die Hose ging, muss ich mich nicht verstecken. Ich sehe gut aus, bin mit fünfundzwanzig Jahren im besten

Alter und habe verdammt nochmal den besten Job der Welt. Wieso in aller Welt sollte ich es nicht schaffen, eine Frau wie sie kennenzulernen?

In den meisten Fällen muss ich den Frauen nur sagen, dass ich Noah McCarter bin, wenn sie mich längst erkannt haben, und die Sache wird zum Selbstläufer. Als Quarterback der Boston Foxes hat man quasi einen Freifahrtschein.

Nachdem ich meine Hände gewaschen und abgetrocknet habe, richte ich mich zu meiner vollen Größe auf. Um mein geschundenes Ego zu pushen, spanne ich meine Muskeln an und grinse selbstzufrieden. Ich bin ein cooler Typ. Ich kann eine Frau ansprechen, die mir gefällt, sie um ein Date bitten und in mein Bett locken! Und jetzt will ich Cara in meinem Bett haben.

»Du kannst das, McCarter«, sporne ich mich an. »Sie ist auch nur eine Frau.«

Ich drehe mich um und verlasse selbstbewusst die Toilette, um Cara nochmal anzusprechen. Mit Bedauern stelle ich fest, dass der Tisch, an dem sie mit ihrer Freundin saß, verwaist ist. Ich lasse meinen Blick durch die Bar und raus auf die Straße gleiten, um sie eventuell doch noch zu entdecken, aber nichts. Sie ist weg.

»Verdammt!« Genervt durchquere ich die Bar und setze mich wieder zu meinem Bruder an die Bar. Alex sieht mich mitleidig an. Seitdem er sich die Haare braun gefärbt hat, sehen wir uns nicht mehr so ähnlich. Doch bei näherer Betrachtung können wir trotz unterschiedlicher Haarfarben nicht verneinen, dass wir eineiige Zwillinge sind. Alex ist zwei Minuten älter als ich, worauf er sehr viel wert legt und was er auch immer wieder betont. Wir sind mit unserem großen Bruder Logan in einer Kleinstadt vor den Toren Nashvilles aufgewachsen. Logan spielt auf der Position des Tight Ends bei den Nashville Warriors. In der Highschool haben wir begonnen American Football zu spielen und hatten am College ein Sportstipendium. Alex in Utah und ich in Georgia. Gedraftet wurden wir vor drei Jahren. Alex wurde beim Draft von den Boston Foxes ausgewählt und ich von den Miami Sharks, bis ich ihm dieses Jahr nach Boston gefolgt bin.

»Was war das denn?«, fragt Alex und zieht die Augenbrauen hoch.

»Nichts«, murre ich und lasse mich auf den Barhocker fallen. »Genauer gesagt, gar nichts.« Ich greife nach meinem Bier und nehme einen großen Schluck.

»Ja, das sehe ich«, erwidert Alex wenig galant. »Was ist denn passiert? Du hast nicht mal ihre Nummer. Seit wann bist du so … mies im Flirten?«

Ich verdrehe die Augen und trinke nochmal von meinem Bier, bevor ich antworte. »Ihre Gabel ist runtergefallen und ich habe sie aufgehoben«, fasse ich die Situation, die er selbst gesehen hat, dennoch zusammen. »Ich habe mich vorgestellt, sie hat sich vorgestellt und dann habe ich ihr geraten, dass sie sich eine neue Gabel holen soll, weil ihre dreckig ist.«

Alex versucht, ernst zu bleiben, aber scheitert kläglich. Schallendes Gelächter bricht aus ihm heraus, sodass der Barkeeper uns einen fragenden Blick zuwirft.

»Oh Gott, Noah.« Alex amüsiert sich köstlich. »Du wolltest sie doch auf einen Drink einladen und nach ihrer Nummer fragen.«

»Das weiß ich«, zische ich. »Wann ist sie weggegangen?«

»Kurz nachdem du auf der Toilette verschwunden bist, haben sie die Kellnerin geholt und bezahlt«, erwidert er. »Bestimmt hast du sie verschreckt.« Ich verdrehe die Augen. »Aber jetzt halt dich fest …« Gespannt sehe ich ihn an. Schon seitdem wir kleine Jungs waren, ist er so eine Dramaqueen und muss immer alles hinauszögern. »Da ich nichts Besseres zu tun hatte, habe ich ihnen nachgesehen und deine Süße ist in einen Ferrari gestiegen.«

Ich reiße die Augen auf und drehe meinen Kopf zur Tür, um auf die Straße zu sehen. »In einen Ferrari?«, frage ich. »Bist du sicher?«

»So ein Baby erkenne ich«, erwidert er. »Super Karre. Sie hat definitiv Geschmack und einen großen Gönner.«

Ich runzle die Stirn. »Gönner? Was soll das denn heißen?«

»Wie alt wird sie sein?«, meint er und tut so, als würde er wirklich überlegen. »Anfang oder höchstens Mitte zwanzig. Eine Frau in dem Alter kann sich doch keinen Ferrari für zweihunderttausend Dollar leisten.«

»Wieso nicht?«, frage ich, »Vielleicht hat sie ein Business.«

Was ist so verwunderlich daran, dass eine Frau in jungen Jahren viel Geld verdienen kann? Nehmen wir nur mal Miley Cyrus oder die Olsen Zwillinge. Sie waren schon als Teenager Multimillionärinnen.

»Oder einen reichen Freund oder nein warte …« Die Dramaqueen ist wieder da. »Einen Sugar-Daddy? Reiche Eltern?«

Jetzt geht seine Fantasie mit ihm durch.

»Sie hat keinen Sugar-Daddy!« Ich verziehe den Mund und schüttle vehement den Kopf. Ich will nicht glauben, dass sie einen Sugar-Daddy hat. Wie eklig wäre das bitte? So eine schöne Frau, mit so einem schönen Körper und dann lässt sie sich von einem alten Sack ficken, um einen Ferrari zu fahren? »Niemals!«

»Du willst es dir nur nicht eingestehen«, frotzelt Alex und zwinkert mir zu. »Und wenn nicht, hat sie sehr reiche Eltern.«

»Und was ist daran wieder schlecht?«, will ich wissen.

»Na ja.« Alex zuckt mit den Schultern. »Du bist ein kleiner

Junge aus Tennessee, der gut Bälle werfen kann.«

Unweigerlich muss ich lachen und sehe meinen Bruder an.

»Und was bist du?«, frage ich sogleich. »Ein kleiner Junge aus Tennessee, der gut Bälle fangen kann?« Er grinst und nickt. »Also … was ist daran schlecht?«

»Schlag sie dir aus dem Kopf«, rät er mir. »Die Kleine wird in eine reiche Bankiersfamilie einheiraten oder einen aufstrebenden Politiker an ihrer Seite haben. Aber keinen neureichen Profisportler. Du weißt doch, was Mom immer sagt.«

Ich seufze und erinnere mich an die Worte unserer Mom. Sie macht sich große Sorgen und befürchtet, dass wir nie eine gute Frau finden, sondern unser Leben lang von TV-Sternchen und Models umgarnt werden. Was das angeht, ist sie sehr altmodisch und möchte, dass wir am liebsten eine Frau aus der Nachbarschaft oder zumindest demselben County heiraten.

»Dass es die besten Mädchen und späteren Ehefrauen auf unseren Höfen gibt?« Alex nickt. »Ich will sie trotzdem haben«, beschließe ich. »Mom wird sich daran gewöhnen, dass wir diese Mädchen niemals heiraten werden.«

»Und wie willst du das anstellen?« Interessiert mustert Alex mich. »Du kennst lediglich ihren Vornamen und ihr Auto. Na ja … ich kenne ihr Auto, weil das auch weg war, als du zurückgekommen bist. Das ist nicht viel.«

Verdammt, das ist wirklich nicht viel, aber ich gebe die Hoffnung nicht auf.

»Vielleicht kommt sie bald wieder her«, überlege ich laut. »Dann spreche ich sie nochmal an.« Alex wirkt alles andere als überzeugt, aber er nickt. »Du findest die Idee nicht gut?«

»Nein.« Er schüttelt den Kopf. »Boston ist riesig. Wenn du die Metropolregion und den Staat Massachusetts mitzählst, noch größer. Wie willst du sie nochmal wiedersehen?«

»Die Hoffnung stirbt zuletzt«, gebe ich eine vage Prognose dazu ab.

»Die ist gestorben, als sie die Bar verlassen hat, Alter«, antwortet Alex.

Ich seufze und greife nach meinem Bier. Hätte ich doch einfach meinen Mund aufbekommen.

Ein paar Tage später

Ich parke meinen Bentley vor dem Firmensitz von Corse Sport Management und schalte den Motor aus. Ich habe meinen Berater vor ein paar Wochen gefeuert und bin nun auf der Suche nach einem Neuen. Die Zusammenarbeit lief nicht mehr zu meiner Zufriedenheit und die Verträge, die er ausgehandelt hat, waren lächerlich. Definitiv nicht auf Niveau eines Top-Quarterbacks.

Einige meiner Kollegen lassen sich von der Agentur, dessen Eigentümer unser Ex-Quarterback und Clublegende Michael Corse ist, managen. Ich habe einen Termin mit ihnen ausgemacht, um eventuell mit ihnen ins Geschäft zu kommen. Die Jungs sind ausnahmslos zufrieden und sagen, dass Corse durch seine eigenen Erfahrungen als Profi genau weiß, worauf es ankommt. Er kennt die Details in den Verträgen, welche Klauseln man lieber nicht unterschreibt und weiß, welche Kooperationen wir annehmen sollen und welche nicht. Mit den Jahren habe ich diese Erfahrungen auch gemacht, aber es ist immer schön, von jemandem vertreten zu werden, der die Lage der Spieler kennt. Bisher klang alles vielversprechend, was sie mir angeboten haben.

Meinen Termin habe ich bei Ms. Corse. Ich weiß, dass Corse eine Tochter in meinem Alter hat, aber ich kann mich an kein aktuelles Foto erinnern. Das letzte entstand vor einigen Jahren bei Corses offizieller Aufnahme in die Hall of Fame der Boston Foxes. Cara Catherine Corse ist ihr Name. Es ist doch fast schon Ironie, dass sie den gleichen Vornamen hat wie die hübsche Brünette aus der Bar vor einigen Tagen. Sie ist mir immer noch nicht ganz aus dem Kopf gegangen und ich überlege, wie ich sie doch wiedersehen kann. Alex findet meine Überlegungen lächerlich und stärkt mir absolut nicht den Rücken bei meinem Vorhaben. Man könnte meinen, dass mein Zwilling sich über mich lustig macht.

Die Lichter des Bentleys blinken auf, als ich ihn abschließe und den Haupteingang von Corse Sport Management ansteuere. Die Eingangshalle hat einen schwarzen Marmorboden, eine Sitzecke aus schwarzen Möbeln und der Empfang, an dem eine Frau im Alter meiner Mom sitzt, ist ebenfalls schwarz mit silbernen Highlights sowie dem Firmenlogo, das in den Tresen gebrannt ist.

Ich gehe zu ihr hinüber und lächle sie an.

»Guten Morgen. Noah McCarter«, stelle ich mich vor. »Ich habe einen Termin bei Ms. Corse.«

»Guten Morgen«, erwidert sie freundlich. »Ms. Corse erwartet Sie bereits. Folgen Sie mir doch, bitte.«

Ich nicke, während sie sich erhebt und den Empfangstresen umrundet. Als sie mich ansieht, muss sie den Kopf in den Nacken legen.

»Danke«, sage ich und lasse mich von ihr durch die große Eingangshalle zum Aufzug bringen. Wie zu erwarten, ist er verglast und bietet bei der Auf- und Abfahrt einen wundervollen Blick durch die Firma.

»Ms. Corses Büro liegt im dritten Stockwerk direkt neben dem ihres Vaters.«

Ich nicke.

Ehrlich gesagt möchte ich einen erfahrenen Berater haben,

der seit Jahren im Business ist und mir die besten Deals sichert. Keine junge Frau, die durch Daddys Gunst an den Job kam. Als seine Tochter wird sie kaum zum Bewerbungsgespräch gekommen sein oder ihre Vielzahl an Referenzen vorlegt haben und hatte den Job sicher.

»Wie alt ist Ms. Corse?«, rutscht es mir raus und die Frau sieht mich überrascht an.

»Bitte?«, hakt sie freundlicherweise nach und bietet mir so einen Ausweg.

»Vergessen Sie es«, murmle ich. »Ist nicht so wichtig.«

Und im Grunde geht es mich auch echt nichts an, wie alt Ms. Corse ist.

»Nein, nein«, plaudert die Frau weiter. »Ich habe Sie lediglich nicht richtig verstanden.« Sie lächelt mich an und tippt an das kleine Hörgerät in ihrem linken Ohr. »Bitte stellen Sie die Frage noch einmal.«

So viel dazu, dass sie mir einen Ausweg schaffen wollte.

»Ich habe gefragt, wie alt Ms. Corse ist«, wiederhole ich.

»Sie ist zweiundzwanzig Jahre alt«, antwortet sie und beäugt mich misstrauisch. »Ist das ein Problem?«

Bevor ich ihr antworten kann, hält der Aufzug zum Glück und wir steigen aus. Ich weiß nicht, ob das ein Problem ist. Zweiundzwanzig ist extrem jung. Für mich bedeutet das, dass sie gerade mit dem College fertig geworden ist. Wir wissen alle, dass sie den Job nur hat, weil Corse ihr Vater ist. Unter anderen Umständen dürfte sie hier wahrscheinlich nicht mal Kaffee kochen für Kunden wie mich. Mein nächstes Problem ist, dass ich mich sicherlich nicht kritisch über die Tochter des Eigentümers äußern darf, wenn mir Corse Sport Management wirklich zusagt. Oder?

»Warten Sie bitte hier, ja?«, bittet sie mich.

Nickend stimme ich ihr zu. Aus meiner Hosentasche ziehe

ich mein Handy hervor.

+1 neue Nachricht von Alex

Alex: Wie läuft es?
Noah: Bin jetzt erst angekommen im Büro.

»Mr. McCarter ist nun hier, Ms. Corse.« Die Mitarbeiterin spricht nicht sonderlich leise. »Soll ich ihn reinbitten?«

Ich kann Ms. Corse Antwort nicht hören, so sehr ich mich auch bemühe. Aber als die Frau sich zu mir umdreht, deren Namen ich entweder immer noch nicht weiß oder mir nicht gemerkt habe, weiß ich, dass ich eintreten darf.

»Bitte«, meint sie und macht eine einladende Handbewegung. Ich nicke und gehe an ihr vorbei ins Büro.

»Danke«, richte ich ein letztes Wort an sie.

Und kaum, dass ich das Büro von Ms. Corse betreten habe, bleibe ich wie vom Donner gerührt stehen. Vor mir steht die Frau aus der Bar, die ich mir aus dem Kopf schlagen wollte.

Das kann doch nicht wahr sein. So viel Glück kann ich nicht haben, oder?

Cara. Meine Cara aus der Bar ist Cara Catherine Corse? Ach du heilige Scheiße.

Ich starre sie mit offenstehendem Mund an und auch sie scheint den ersten Schock, dass wir uns auf diese Art und Weise wiedersehen, noch verarbeiten zu müssen.

»Mr. McCarter«, begrüßt sie mich in einem geschäftlichen Ton, der mich zunächst irritiert. Ich habe ihre Gabel aufgehoben. Wow, das klingt noch dämlicher als >Ich habe eine Wassermelone getragen< aus Dirty Dancing.

Cara kommt auf mich zu und hält mir die Hand hin.

Ich betrachte sie wortlos. Cara trägt ein knielanges,

enganliegendes Kleid mit langen Ärmeln und einem runden Ausschnitt, der hübsch aussieht und für den Büroalltag absolut angemessen erscheint. Die High Heels an ihren Füßen lassen sie deutlich größer wirken, als sie ist. Ihr Make-up ist stärker als in der Bar. Ihre Lippen strahlen in einem verführerischen Rot und die Haare hat sie locker über die Schultern zurückgeworfen.

»Wie schön, dass es funktioniert hat. Cara Corse. Herzlich Willkommen bei Corse Sport Management.«

Auffordernd hält sie mir ihre Hand hin, die ich annehme.

»Hallo«, erwidere ich etwas angefressen, da sie mich nicht persönlicher begrüßt. »Noah McCarter. Freut mich ebenfalls.«

3. Kapitel

Cara

Noah als meinen neuen Klienten wiederzusehen, ist ein Schock. Unser Aufeinandertreffen in der Bar war nicht nur viel zu kurz, sondern auch unendlich peinlich. Ich hatte gehofft, dass er zurückkommt, sodass wir uns nochmal wiedersehen. Doch urplötzlich ist Marina schlecht geworden. Ein unschöner Nebeneffekt, wenn man schwanger ist. Woraufhin sie mich gebeten hat, die Bar zu verlassen und sie nach Hause zu fahren.

In den letzten Tagen habe ich immer wieder an Noah gedacht. Jetzt steht er in meinem Büro und möchte, dass ich ihn ab sofort manage. Zumindest gehe ich davon aus. Niemals hätte ich damit gerechnet, dass er Profisportler ist und noch weniger der Quarterback der Boston Foxes. Ich muss dazu sagen, dass ich mich nicht sonderlich mit Football beschäftige. Es interessiert mich nicht. Die Spieler sind Menschen wie du und ich. Keine Halbgötter, wie viele Fans gern behaupten. Ihr Privatleben und Aussehen interessiert mich noch weniger. Noah soll die Foxes ab dieser Saison wieder in die Erfolgsspur bringen und meinen Dad beerben. Ich habe seinen Namen schon öfters gehört, denn mein Vater hat aktuell kein anderes Thema. Hätte ich ihm doch mal besser zugehört und den neuen Quarterback gegoogelt. Dann wüsste ich, dass Noah aus der Bar und Noah McCarter, Quarterback der Boston Foxes, ein und derselbe Mann sind.

»Setzen Sie sich doch«, biete ich ihm reserviert an. »Was kann ich Ihnen zu trinken anbieten?«

Noah besieht mich mit einem skeptischen Blick, aber sagt nichts. Brav kommt er meiner Bitte nach und setzt sich auf die Couch, die in meinem Büro steht. Ich nehme die Unterlagen und mein MacBook vom Schreibtisch und setze mich auf den Sessel neben ihn. Zugegebenermaßen sieht er sogar noch besser aus als in der Bar. Sein Bartschatten ist prägnanter und das schwarze Hemd schmiegt sich an seine durchtrainierte Brust. Die oberen Knöpfe sind geöffnet, sodass ich einen Blick auf seine gebräunte Haut erhaschen kann. Absolut sexy und hinreißend dieser Mann.

Aber immer noch Quarterback von Beruf und damit absolut tabu für mich. Mein Leben nach dem Sport und seinen Terminen ausrichten, so wie meine Mom es seit fast dreißig Jahren tut, will ich nicht.

»Nichts, danke«, sagt er und lächelt mich an. Noah stützt die Unterarme auf seinen Oberschenkeln ab. Dabei sehe ich, dass er ein Tattoo auf dem linken Handgelenk hat. Ein L und ein A mit einer Krone. Es ist sehr fein gestochen und gefällt mir ausgesprochen gut. Mir ist bekannt, dass er mindestens einen Bruder hat – ein Alexander oder wie ihn alle nennen: Alex. Er ist Running Back bei den Boston Foxes. Natürlich weiß ich das von meinem Dad, weil er immer wieder vom Zusammenspiel der Brüder schwärmt.

»Schön, dass es so schnell geklappt hat«, eröffne ich das Gespräch und klappe die Mappe mit den Unterlagen auf. »Zunächst einmal würde ich gern mit Ihnen darüber sprechen, was Sie von uns als Management erwarten, und dann sage ich Ihnen …« Er hört mir nicht mal ansatzweise zu. »Ist alles in Ordnung?«

»Ehrlich gesagt nicht, nein.« Er räuspert sich und knetet seine Hände ineinander. »Verstehen Sie mich nicht falsch, Ms.

Corse, aber ich habe nicht mit Ihnen gerechnet. Führen Sie lediglich dieses erste Gespräch zum Kennenlernen oder ist es beabsichtigt, dass Sie mich auch zukünftig betreuen?«

Ein wenig vor den Kopf gestoßen sehe ich ihn an. Damit habe ich nicht gerechnet. Natürlich ist es vorgesehen, dass ich mich in Zukunft um ihn kümmere. Er wird mein erster großer Klient werden, worauf ich sehr stolz bin. Mein Dad würde mir dieses Vertrauen nicht schenken, und womöglich noch den guten Ruf der Firma gefährden, wenn er nicht absolut auf meine Fähigkeiten setzen würde.

»Ich verstehe nicht«, flüstere ich und lasse meinen Stift sinken. »Könnten Sie mir das bitte genauer erläutern?«

»Natürlich!« Noah sieht mich fest an. »Corse Sport Management wurde mir von meinen Kollegen empfohlen, die sich seit Jahren hier beraten lassen.« Ich nicke, aber weiß, dass er noch nicht fertig ist. »Ich habe diesen Termin gemacht, um einen ersten Eindruck zu bekommen. Nun frage ich Sie, ob das hier ein Einführungsgespräch ist oder Sie sich als meine neue Beraterin vorstellen.«

»Wäre das schlecht?«, platzt es ziemlich unprofessionell aus mir heraus.

»Ja!«

Es ist wie ein Schlag in die Fresse für mich und bringt mich vollends aus der Fassung. Hitze steigt mir in die Wangen und Unbehagen macht sich in mir breit, weil er nicht mit mir arbeiten möchte. Den ganzen Morgen habe ich mich auf dieses Gespräch vorbereitet und wollte meinem Dad und mir beweisen, dass ich hier richtig bin, und das nicht, weil ich diese Firma eines Tages besitzen werde. Ich bin überzeugt von meinen Fähigkeiten und Noah McCarter ist mein Ticket in die Welt des Sportmanagements. Ich dachte, weil wir im gleichen Alter sind, ticken wir ähnlich und werden eine tolle

Zusammenarbeit für die kommenden Jahre auf die Beine stellen. Aber jetzt nimmt er mir völlig den Wind aus den Segeln.

»Oh, okay«, flüstere ich. »Darf ich wissen warum?«

»Sie sind zu jung«, erwidert er direkt. »Ich brauche einen erfahrenen Berater, der das Business kennt und genau weiß, was ich brauche und welche Summen er für mich aushandeln muss. Ich denke nicht, dass Sie …«

»Ich kann das!« Es platzt einfach aus mir heraus.

Skeptisch wandern seine Augenbrauen in die Höhe. Ich fühle mich ungerecht von ihm behandelt und möchte eine Chance.

»Ich meine, ich weiß, was ich tue und was Sie von mir erwarten.«

»Wie viele Klienten haben Sie bereits betreut?«, will er wissen.

»Ich denke, das ist …«, versuche ich seiner Frage auszuweichen.

»Eine Zahl«, fordert er und sein Blick durchbohrt mich. Das hat nichts mehr mit dem freundlichen Mann in der Bar zu tun, der mit mir geflirtet hat. Vor mir sitzt ein knallharter Geschäftsmann und Sportler, der bestens vertreten werden möchte.

Fuck.

Wieso hat mein Dad mich nicht vorgewarnt? Er weiß doch, wie diese Typen teilweise drauf sind, und trotzdem lässt er mich dieses Gespräch führen. Andererseits hätte ich nicht so eine große Klappe haben sollen. Ich habe damit geprahlt, dass ich diesen Quarterback schon schaukeln werde. Einen Scheiß werde ich und blamiere mich nun auf ganzer Linie bei ihm. Später dann bei meinem Dad, der mir sagen wird, dass er es wusste.

»Ich habe … nun ja … ich bin …«, stammle ich vor mich hin.

»Also keinen«, schlussfolgert er und steht auf. Möglichst ruhig beobachte ich ihn. Als er in voller Größe vor mir steht, bin ich überwältigt von seiner Präsenz. Das kam mir in der Bar nicht so vor.

»Es tut mir leid, aber das geht so nicht. Ich bin nicht hier, um als Versuchskaninchen für die Tochter des Bosses herzuhalten.«

Nun schieße ich doch hoch und starre ihn wütend an. Das war definitiv zu viel. Auch wenn er mich immer noch um mindestens zwanzig Zentimeter überragt. Mir zu unterstellen, dass ich diesen Job nur habe, weil meinem Dad die Firma gehört ist nicht fair.

»Ich habe vier Jahre an der University of California studiert, ein Praktikum bei den Oakland Pirates gemacht und ich kenne dieses beschissene Business besser, als du denkst. Erzähl mir nicht, dass du ein Versuchskaninchen für meine Karriere bist, weil du glaubst, dass mein Dad mir alles in den Arsch schiebt«, wettere ich weiter. »Mir wird diese Firma irgendwann mal gehören. Glaubst du ehrlich, dass es mir daran liegt, Corse Sport Management oder mich in ein schlechtes Licht zu rücken?«

Noah öffnet den Mund und schließt ihn wieder.

»Ich bin gut!«, mache ich noch einmal deutlich und sehe ihn fest an. »Gib mir eine Chance – bitte.« Mein Ton wird zum Ende hin weicher und ich deute auf die Couch. »Setz dich.« Er zögert, doch als ich mich setze, folgt er mir. »Tut mir leid«, murmle ich. »Ich hätte nicht so ausflippen dürfen, aber ich weiß, was ich tue. Lass mich doch bitte erst mal erklären.«

»Erklären«, wiederholt er und verzieht den Mund. »Ich habe meinen alten Berater gefeuert, weil er zu viel erklärt und zu wenig getan hat. Er hat schlechte Deals ausgehandelt und deswegen sieht mein Gehalt nun so aus, wie es aussieht. Ich kann mir nicht vorstellen, dass die Tochter der Foxes Legende Michael Corse mir ein besseres Gehalt aushandelt.«

Seine blauen Augen blitzen mich angriffslustig an.

»Ach ja?« Ich grinse ihn spitzbübisch an. »Lass es mich doch versuchen.«

Und wieder lehne ich mich zu weit aus dem Fenster.

»Versuchen«, murmelt er und schüttelt den Kopf. »Ich will mich nicht vor den Bossen blamieren.«

»Dann behalt dein mickriges Gehalt von …« Ich schlage die Dokumente auf. Als ich die Zahl erblicke, die bei seinem Jahresgehalt steht, wenn auch brutto, keuche ich. »Zehn Millionen Dollar?«

»Ich wollte mindestens zwölf Millionen«, kontert er.

»Natürlich«, spotte ich und kann es mir verkneifen mit den Augen zu rollen. »Noah, das ist doch Wahnsinn. Dein Vertrag ist auf fünf Jahre datiert, du bekommst Prämien in Millionenhöhe und als einziger Spieler einen Extrabonus beim Gewinn des Super Bowl. Den du, wie du weißt, immer noch nicht geholt hast. Du kannst doch nicht noch mehr wollen.«

»Wieso nicht?«, kontert er.

Ich frage mich ernsthaft, wer von uns beiden der angebliche Profi ist.

»Weil das frech ist«, erwidere ich frei heraus. »Weißt du, was die Angestellten verdienen? Vielleicht zweitausend Dollar im Monat. So viel kosten deine Schuhe.« Ich deute auf seine schwarzen Oxfords. »Du verdienst wahrlich genug Geld. Außerdem wirkst du schnell gierig, wenn wir neue Verhandlungen anstreben, und fällst bei den Fans und den Bossen in Ungnade. Dann hast du vielleicht noch ein Formtief und schon buhen sie dich aus und stellen dich infrage. Was meinst du, machen die Bosse der Foxes dann mit dir?«

»Hm.« Noah wirkt nachdenklich und reibt sich übers Kinn. »Vielleicht hast du nicht Unrecht.«

»Wirklich?«, frage ich und sehe ihn mit großen Augen an.

»Ja!«, erwidert er und reibt sich mit seinen riesigen Händen übers Gesicht. »Vielleicht reicht mein Gehalt aus, aber du musst verstehen, dass ich skeptisch bin. Diese Zusammenarbeit ist nicht das, was ich will!« Sein Blick geht mir durch Mark und Bein.

Ich verstehe nicht, was sein Problem ist. Ich kann den Job genauso machen wie jemand, der seit dreißig Jahren in diesem Business ist. Vielleicht sogar besser, weil ich den Zahn der Zeit schneller erkenne. Noah scheint das aber überhaupt nicht so zu sehen.

»Wieso?«, frage ich angesäuert nach. »Weil ich nicht fünfzig bin, über dreißig Jahre Berufserfahrung verfüge und dir eine Liste mit meinen Klienten vorlegen kann? Deswegen bin ich nicht schlechter als alle anderen.«

»Ich sage nicht, dass du schlechter bist«, erwidert er angespannt. »Du bist jung und unerfahren.«

»Und wie soll ich Erfahrungen sammeln, wenn mir jeder so begegnet wie du?« Ich schüttle den Kopf. »Wenn du nicht mit mir zusammenarbeiten möchtest, ist das okay für mich, aber sag es ehrlich.«

Noah sagt wider Erwarten nichts, sondern steht auf und fährt sich durch die Haare. Er geht in meinem Büro auf und ab, was mich wirklich ärgert. Ich bin nicht hier, um einen verwöhnten Quarterback erst davon zu überzeugen, mit mir zusammenzuarbeiten. Er muss das von sich aus wollen und wenn dem nicht so ist, kann ich ihm leider auch nicht helfen. »No– Mr. McCarter«, berichtige ich mich. »Es ist für mich kein Problem, aber wir müssen klar und deutlich darüber sprechen.«

»Jetzt sind wir wieder beim Sie und Mr. McCarter?« Er grinst mich an und ich kann nicht anders, als es zu erwidern. Noah hat recht. Es ist bescheuert, dass ich ihn wieder Mr. McCarter nenne.

»In Ordnung, Ms. Corse«, meint er schmunzelnd. »Ich habe wirklich Interesse daran von Corse Sport Management betreut zu werden, aber ich bleibe skeptisch.«

Ich blase die Backen auf und lege den Kopf in den Nacken. »So kommen wir auf keinen Nenner«, schlussfolgere ich.

»Geh mit mir aus«, sagt er plötzlich und ich lache los.

»Was?«

»Geh mit mir aus«, bittet er erneut. »Heute Abend, du und ich, ein Abendessen.«

»Wieso?«, frage ich und folge ihm mit meinem Blick. Noah lächelt und leckt sich mit der Zunge über die Lippen.

Himmel, sieht das sexy aus.

»Weil es das war, was ich dich in der Bar fragen wollte. Ob du mit mir ausgehst und ich deine Nummer bekomme.«

Jetzt hat er mich vollends überrumpelt. Das hat nun wirklich gar nichts mehr mit einem professionellen Geschäftstermin zu tun.

»Äh.« Mir fehlen die Worte. »Das geht nicht, weil ich kein privates Verhältnis mit meinen Klienten eingehe.«

»Dann ist die Entscheidung gefallen«, sagt er und schiebt die Hände in die Taschen seiner Jeans. »Ich will das Date. Ohne wird es keine Zusammenarbeit geben.«

»Das ist ein Scherz?« Ich schnappe nach Luft und stehe auf.

»Nein.«

»Das ist Erpressung, Noah.« Fahrig streiche ich mir die Haare zurück. »Du willst ein Date, das auch noch mies laufen kann, einer Zusammenarbeit bei Corse Sport Management vorziehen? Habe ich das richtig verstanden?«

Der Typ spinnt. Er sollte öfters mit einem Helm trainieren, bei solch dummen Aussagen.

»Ich bin überzeugt davon, dass unser Date nicht mies wird.« Er klingt zuversichtlich. »Und deshalb, ja. Ich ziehe es vor, dich kennenzulernen, statt hier betreut zu werden.«

»Du spinnst!«, platzt es mal wieder unkontrolliert aus mir heraus. Da will man professionell sein und einen dicken Fisch an Land ziehen, und stattdessen redet man einfach drauf los. Und das alles, weil er ein Date will? »Das läuft total aus dem Ruder«, füge ich deutlich bedächtiger hinzu.

»Wieso?«, fragt er.

»Wieso?«, schießt es doch wieder aus mir heraus. »Das war so alles nicht geplant. Ich wollte mir und meinem Dad beweisen, dass ich das kann. Stattdessen lädst du mich zu einem Date ein und ich drehe total durch. Jetzt sag mir bitte nicht, dass irgendwas nicht aus dem Ruder gelaufen ist.«

Er reagiert nicht und sieht mich einfach nur an.

»Überzeugt hast du mich«, meint er dann und leckt sich über die Lippen, während seine Augen eindeutig zweideutig meinen Körper taxieren. Erneut breitet sich Hitze in mir aus. Ich muss professionell bleiben. Egal, wie heiß ich ihn finde.

»Noah!« Ich balle die Hände zu Fäusten und starre ihn wütend an. »Ich bin als deine neue Beraterin hier und nicht als Datingmaterial.«

»Mir gefällst du als Datingmaterial besser«, säuselt er und ich verdrehe die Augen.

»Du bist unmöglich.«

»Ein Date?«, beharrt er und stemmt die Hände in die Hüften. »Und wir versuchen es auch beruflich?«

»Erpresst du mich?« Meine Augenbrauen ziehen sich forschend zusammen, während meine langen Fingernägel schmerzhaft in meine Handinnenflächen graben. Er bringt mich zur Weißglut.

»Vielleicht«, meint er und zwinkert mir zu. »Ein bisschen. Wir bekommen beide, was wir wollen. Ich das Date und du deinen Klienten. Eine klassische Win-Win-Situation.«

»Nein«, lehne ich ab und schüttle den Kopf. »Das geht nicht. Das ist unprofessionell.«

Noah macht einen Schritt auf mich zu und seufzt.

»Cara«, nennt er mich zum ersten Mal bei meinem Vornamen und es klingt wirklich schön. Ich schaue ihn an und wie zu erwarten, lächelt er. »Gib dir einen Ruck.«

»Nein«, beharre ich auf meinem Standpunkt, sodass er die Augen verdreht. Noah geht zu meinem Schreibtisch und lehnt sich dagegen. Die Arme verschränkt er vor der Brust.

»Was soll das, Noah?«, will ich wissen. »Ich bin zum Arbeiten hier und nicht zum Flirten.«

»Schade«, erwidert er. »Ich flirte gern mit dir.«

Innerlich stöhne ich auf. Er ist so kindisch. Vermutlich macht ihm das mittlerweile richtig Spaß.

»Ich merke es«, entgegne ich. »Ich möchte dich vertreten, weil ich mir sicher bin, dass wir ein gutes Team sein werden. Aber kein Date!«

»Gib dir einen Ruck.« Noah stößt sich vom Schreibtisch ab und kommt auf mich zu. »Ein Date, Cara. Komm schon … es ist nur ein Abendessen. Was soll schon passieren?«

Das kann er nicht ernst meinen, oder? Viel zu viel kann passieren. Zum Beispiel, dass ich ihn noch sympathischer finde als ohnehin schon. Das kann passieren. Oder dass er ein weiteres Date will. Er erpresst mich doch bereits jetzt.

»Nein!«, beharre ich und drehe mich herum, um meine Sachen zusammenzupacken und auf meinen Schreibtisch zu legen. »Ich gehe nicht mit dir aus«, stelle ich nochmal klar.

»Schade«, sagt er. »Du kannst meine bisherigen Kooperationen bei meinem ehemaligen Berater anfordern. Lies dich ein und ruf mich an, wenn du Zeit hast.«

Irritiert, dass er so abrupt das Thema wechselt, sehe ich ihn an. Ich bin versucht ihn zu fragen, ob das ein Trick ist, aber traue mich nicht. Das Letzte, was ich will, ist ihn erneut zu verärgern.

»Bis dann.« Noah nickt mir nochmal zu und geht in Richtung Bürotür.

»Ach und Cara«, meint er plötzlich und dreht sich zu mir um. »Schreib mir bitte auch eine E-Mail, wann es dir zeitlich für unser Date passt. Es ist doch ein Geben und ein Nehmen. Bis dann.«

Und schwups ist er weg!

4. Kapitel

Cara

Noahs unmoralisches Angebot, dass ich Job gegen Date tausche, geht mir nicht aus dem Kopf. Ich weiß, dass ich unter keinen Umständen auf dieses Angebot eingehen sollte. Was mache ich denn, wenn er mich aufs Kreuz legt? Er kriegt das Date und danach ist er über alle Berge und hat einen anderen Berater. Seine Worte, dass er im Grunde nicht mit mir zusammenarbeiten möchte, waren sehr deutlich. Eigentlich hat er überhaupt kein Interesse an einer professionellen Zusammenarbeit.

Ein wenig kann ich es ja verstehen, dass er skeptisch ist. Ich bin zweiundzwanzig Jahre alt und habe nicht die gleiche Berufserfahrung, die ein Berater nach dreißig Jahren hat. Das ist mir völlig klar, aber er hat auch nicht die Erfahrung als Quarterback, die mein Dad hat, und trotzdem vertraut ihm das Team und der Verein. Junge Menschen müssen Erfahrungen sammeln.

Vielleicht hinkt mein Vergleich ein wenig, denn mein Dad wird heute niemals mehr die gleiche körperliche Leistung abrufen können wie Noah. Trotzdem wäre es nicht fair, ihm keine Chance zu geben, weil er alt ist.

Ich kann es drehen und wenden, wie ich will – Noah will nicht mit mir zusammenarbeiten, solange ich ihn nicht date. Das ist ein verdammtes Problem.

Was mache ich denn, wenn er immer mehr und mehr will? Abwegig ist dieser Gedanke nicht. Ein Date für einen Auftrag und noch eins für einen Deal. Gott, ich kann dieses Spinnrad wieder und wieder drehen.

Andererseits … jedes Date, das ich eingehe, sichert mir eine weitere Zusammenarbeit und mein Ansehen als Beraterin in der Branche. Der schlechteste Deal ist es nicht, aber … nein. Eine professionelle Beraterin lässt sich nicht auf den ersten Spieler ein, der ihr anvertraut wird. Noch dazu nicht auf den Quarterback der Boston Foxes.

Dann ist mein Ruf in der Branche absolut ruiniert. Von der Tochter, die alles in den Hintern gesteckt bekommt zur NFL-Bitch, die es mit dem Superstar treibt.

Steile Karriere, Cara!

Mein Kopf sollte aufhören, ständig daran zu denken, dass Noah mir wirklich sehr gut gefällt, und stattdessen mal die Fakten und meine eigenen Vorsätze zusammentragen: Date niemals einen Profisportler! Ende nicht wie deine Mutter!

Meine Eltern sind seit über zwanzig Jahren zusammen und meine Mom liebt meinen Dad sehr, aber ich weiß zu gut, wie oft sie sich allein gefühlt hat, wenn er mal wieder durchs ganze Land reisen musste.

Das ist nicht das Leben, das ich als erwachsene Frau führen möchte, und noch weniger das Leben, das meine Kinder führen sollen. Was ist denn, wenn Noah in einem Jahr von den Foxes getradet wird? Ziehen wir dann um? Erwartet er, dass seine Freundin ihm überallhin folgt?

Meine Gedanken drehen komplett durch. Ich habe nicht mal einem Date mit dem Kerl zugestimmt und denke bereits darüber nach, dass ich nicht für ihn umziehen will. Wow.

Ich schalte den Motor meines Ferrari ab und steige aus. Auf dem Weg zur Haustür hoffe ich, dass mein Dad nicht zu Hause ist und keine Informationen zum aktuellen Stand der Verhandlungen haben möchte. Er wird nicht erfreut darüber sein, dass ich Noah nicht sofort von mir überzeugen konnte. Noch viel wichtiger, dass ich ihn nicht an Corse Sport Management binden konnte. Er ist mein Dad und liebt mich, aber natürlich ist er auch ein Geschäftsmann und ich seine Angestellte.

Kaum dass ich die Villa betreten habe, höre ich ihn rufen: »Cara?«

Ich seufze.

»Bist du das?«, setzt er nach.

»Ja«, antworte ich und gehe in die Küche. Er steht an der Kücheninsel und rührt seinen Espresso um. Lächelnd sieht er mich an. »Hey, Dad«, begrüße ich ihn.

»Hallo«, sagt er und ich sehe am Leuchten in seinen Augen, wie begierig er darauf ist, alles über mein Treffen mit Noah zu erfahren.

»Wie lief es mit McCarter?«, ist seine nächste Frage.

Ich beiße mir auf die Unterlippe und überlege für eine Sekunde, ob ich ihm die Wahrheit sagen soll. Dass es eher bescheiden lief und Noah versucht, mich zu erpressen.

»Gut«, lüge ich stattdessen und setze ein Lächeln auf. »Es lief wirklich gut … wir … wir haben … wir sind ins Geschäft gekommen.«

Ich klinge nicht mal ansatzweise so überzeugt, wie ich es gern wäre. Meine Stimme ist dünn und brüchig. Mein Dad zieht die Augenbrauen hoch und schaut mich fragend an.

Ich seufze. »Er hatte ein wenig Bedenken, weil ich erst zweiundzwanzig bin.«

»Das hätte ich nicht von ihm erwartet. Er wirkt gar nicht so«, antwortet er nachdenklich.

»Hm«, murmle ich.

Ich hebe die Arme und zucke mit den Schultern.

»Aber mach dir keine Sorgen, Daddy«, rede ich mehr mir als

ihm gut zu. »Ich bekomme ihn unter Vertrag. Gib mir noch zwei Tage.«

»Warum zwei?«

»Warum nicht?«, stelle ich die Gegenfrage. »Ich schicke ihm nochmal eine Mail und hole mir alle Informationen von seinem alten Berater. Du wirst sehen – ich schaffe das!«

»Das wirst du«, erwidert er und lächelt mich an. »Immerhin bist du meine Tochter.« Er zwinkert mir zu. Ich lächle nur schwach, doch mein Dad ist mit seiner Lobeshymne lange nicht fertig: »Ich bin so stolz auf dich und darauf, dass du in meiner Firma arbeitest. Ich weiß, dass mein einziges Kind sie in meinem Sinne führen wird, wenn es an der Zeit ist.«

Ich schlucke hart und das schlechte Gewissen, das ich ihm gegenüber empfinde, frisst mich beinahe auf. Vielleicht sollte ich ihm doch die Wahrheit über Noah und unsere Zusammenarbeit sagen.

»Mr. McCarter hat vorgeschlagen, dass wir zu Abend essen.«

»Du und er?«

»Ja.« Ich trete näher an die Kücheninsel heran und lege meine Hände darauf ab. »Denkst du, das ist eine … na ja … gute Idee?« Ich werde meinem Dad sicherlich nicht sagen, dass Noah in Wahrheit ein Date haben möchte.

»Na ja«, erwidert er und denkt über Noahs angeblichen Vorschlag nach. »Prinzipiell spricht nichts gegen ein Abendessen. Ich bin oft mit meinem Berater essen gegangen.«

»Aber?«, höre ich mich innerlich brüllen. Mein Dad hat ein Aber und vermutlich ein verdammt gutes noch dazu.

»Du bist eine schöne Frau, Cara«, meint er. »Die schönste Frau der Welt.«

»Daddy!«, schimpfe ich. »Lass das Mom nicht hören.«

»Das weiß deine Mom«, erwidert er grinsend. »Mein kleines Mädchen steht außer Konkurrenz. Aber was ich sagen will, ist, dass du eine schöne Frau bist, zweiundzwanzig Jahre alt und damit in seinem Alter.«

»Worauf willst du hinaus?« Unbehagen macht sich in mir breit.

»Ich will darauf hinaus, dass zwischen ihm und dir vielleicht ein anderes Verhältnis entsteht …«

»Dad!« Empört sehe ich ihn an. »So bin ich nicht!«

»Cara«, meint er und seufzt. »Wenn du ihn nett findest, ergibt sich sowas von allein. Und das könnte eure professionelle Zusammenarbeit beeinflussen. Positiv wie negativ. In all den Jahren war deine Mutter immer meine wichtigste Beraterin. Egal wie viel ich den Kerlen von meinem Management in den Rachen geworfen habe. Ich habe immer erst deine Mutter gefragt.«

»Er will mit mir zu Abend essen, keinen Antrag machen.« Ich verdrehe die Augen und mein Dad schmunzelt.

»Ich wollte damals auch nur ein Abendessen mit deiner Mom und dann habe ich sie geheiratet.«

»Und dazwischen liegen wie viele Jahren?«

»Fünf!«

»Also«, schlussfolgere ich. »Ich habe alle Zeit der Welt.«

»Cara«, sagt er und wird wieder ernst. »Du kannst mit ihm ausgehen und einen Geschäftsabschluss mit ihm feiern. Aber er ist immer noch dein Klient. Natürlich kann immer etwas Ungeplantes passieren, aber ich denke, dass du weißt, was ich meine.«

»Okay«, sage ich und nicke. »Danke, Dad.«

»Immer wieder gerne«, antwortet er und nippt an seinem Espresso. »Ich bin im Keller und trainiere noch ein bisschen.«

Es ist unglaublich, dass er auch nach so vielen Jahren noch Wert auf Sport legt. Ich bin mit zweiundzwanzig schon zu faul, um zu trainieren.

»Mach das«, sage ich. »Ich melde mich nochmal bei Mr. McCarter.«

»Ist gut.« Dad stellt die leere Tasse in die Spülmaschine und lässt mich allein zurück.

Ich verlasse die Küche in entgegengesetzter Richtung und laufe die Treppe nach oben in mein Zimmer. Auf dem Weg dahin ziehe ich mein Handy aus meiner Handtasche und öffne den Chat mit Marina.

Cara: Er ist mein Klient!!!

Ich stoße meine Zimmertür auf, lege meine Handtasche auf dem kleinen Hocker neben der Tür ab und setze mich auf die Couch. Dort greife ich nach meinem MacBook, um mein E-Mail-Programm aufzurufen.

Marina: Wer?
Cara: Der Typ aus der Bar!!! Noah!!!
Marina: Der Hottie mit der Gabel?
Cara: Ja

Ich verdrehe die Augen. Damit wird sie mich noch ewig aufziehen. Ich bin mir sicher. Mein Handy klingelt und Marinas Name erscheint.

»Hallo«, nehme ich das Gespräch entgegen und grinse.

»Oh mein Gott!«, kreischt sie ohne jegliche Begrüßung. »Ist er genauso heiß wie in der Bar? Wer ist er? Was macht er?«

»Marina«, seufze ich. »Beruhig dich.«

»Ich kann nicht«, jammert sie. »Du hast es komplett vergeigt bei ihm und es ist quasi ein Wink des Himmels, dass er wieder da ist.«

»Oh Gott«, stöhne ich auf und fahre mir durch die Haare.

»Du spinnst. Um zu deiner ursprünglichen Frage zurückzukommen. Er ist Noah McCarter, der Quarterback der Boston Foxes.«

»Heilige Scheiße«, japst sie. »Wow! Wie ist es gelaufen?«

»Na ja«, druckse ich herum und sinke tiefer in meine Couch. »Er will nur mit mir zusammenarbeiten, wenn ich mit ihm ausgehe.«

»Auf ein Date?«

»Ja«, jammere ich.

»O wow«, meint sie und ist tatsächlich sprachlos. Das passiert so gut wie nie. Marina hat immer zu allem etwas zu sagen. Doch diesmal schweigt sie. Ich bin durchaus sehr überrascht.

»Hast du schon zugesagt?«, will sie wissen und ich verdrehe stante pede die Augen. Natürlich interessiert sie nur das und nicht etwa, dass es mich in Teufelsküche bringt, wenn ich ihn date.

»Ich date doch nicht meinen zukünftigen Klienten«, antworte ich empört. »Das geht nicht. Es ist unprofessionell.«

»Und wenn es doch funktioniert?«, versucht sie es weiter.

»Marina«, warne ich. »Bitte.«

»Okay, okay«, rudert sie zurück. »Du willst ihn unbedingt als Klienten?«

»Ja«, sage ich. »Ich denke nicht, dass das Date eine gute Idee ist.«

»Andererseits«, meint sie und ich weiß, was jetzt kommt. Marina wird mich so breitquatschen, dass ich doch mit Noah auf ein Date gehe. »Was hast du zu verlieren? Wenn er danach nicht dein Klient wird, okay. Und wenn das Date scheiße wird auch. Sieh es doch als Chance einen heißen Typen kennenzulernen und einen neuen, deinen ersten, Klienten zu gewinnen.«

»Marina«, murmle ich. »Wieso habe ich dir nochmal geschrieben?«

»Weil ich deine beste Freundin bin, du mich liebst und ich nur dein Bestes will.«

»Vermutlich«, kichere ich. »Ich schreibe ihm eine Mail.«

»Wie förmlich«, murmelt sie und ich lache.

»Natürlich ist es förmlich«, bestehe ich auf meine Vorgehensweise. »Ich will es förmlich halten. Er soll nicht denken, dass ich Interesse an ihm habe.«

»Was du natürlich nicht hast«, erwidert sie lachend. »Ich habe es verstanden. Schreib ihm eine Mail und spiel die Unnahbare. Das ist sexy.«

»Ich will nicht sexy sein, ich will professionell sein.«

»Du bist doch kein leichtes Mädchen«, schimpft sie und ich verdrehe die Augen. »Gib dir einen Ruck und geh mit dem heißen Kerl aus. Ich wette, dass der Sex mit ihm der Wahnsinn ist.«

Auch dieser Kommentar ist typisch Marina. Mir geht es nicht darum mit Noah Sex zu haben. Wieso sollte es? Was hätte ich davon, mich von ihm flachlegen zu lassen?

Richtig. Gar nichts.

»Cara?«, fragt sie. »Bist du noch dran?«

»Klar«, antworte ich hastig. »Ich muss mich bei ihm melden, ja?«

»Natürlich«, kichert sie. »Wir sehen uns, ja?«

»Natürlich«, sage ich und lege auf. Die Verabschiedung spare ich mir und greife nach meinem MacBook. Ich platziere es auf meinem Schoß und öffne mein E-Mail-Programm.

An: Noah McCarter
Von: Cara Catherine Corse
Betreff: Zusammenarbeit

Sehr geehrter Mr. McCarter,

ich würde mich sehr freuen, wenn wir noch einmal ins Gespräch kämen, bezüglich einer Zusammenarbeit.

Mit freundlichen Grüßen,

Cara Catherine Corse
Corse Sport Management

Zufrieden schicke ich die Mail ab und will mich entspannt zurücklehnen, doch mein Blick liegt unentwegt auf dem Bildschirm vor mir. Immer wieder ermahne ich mich, das Programm nicht neu zu laden. Jedes Kind weiß, dass eine neue Mail sofort angezeigt wird.

Ob ich wohl langsam durchdrehe?

Vermutlich.

Plötzlich erscheint eine neue Mail. Viel schneller als ich dachte. Hektisch greife ich nach dem Gerät.

An: Cara Catherine Corse
Von: Noah McCarter
Betreff: RE: Zusammenarbeit

Hallo Cara,
wann hast du Zeit? Ich reserviere uns einen Tisch im Venus.

Noah

Ich blinzle einmal, ich blinzele zweimal. Das ist seine Antwort? Er geht nicht mal ansatzweise auf meine Nachricht ein, sondern legt direkt fest, dass er einen Tisch reserviert? Im teuersten Restaurant der Stadt, vor dem es vor Fotografen nur so wimmelt?

An: Noah McCarter
Von: Cara Catherine Corse
Betreff: RE: RE: Zusammenarbeit

Hallo Mr. McCarter,

bitte beantworten Sie meine Frage bezüglich einer bevorstehenden Zusammenarbeit.

Cara Catherine Corse
Corse Sport Management

Ich schicke die Mail ab und stelle das MacBook vor mir auf den Tisch. Dann gehe in mein Ankleidezimmer, um mir einen bequemen Jogginganzug für den Abend herauszusuchen. Weit komme ich allerdings nicht, weil mein E-Mail-Programm mich direkt wieder aufhält. Dumm wie ich bin, mache ich auf dem Absatz kehrt und eile zurück. Ich lasse mich auf die Couch fallen und greife nach dem Laptop.

An: Cara Catherine Corse
Von: Noah McCarter
Betreff: Date!

Der Betreff sagt die Dinglichkeit meiner Mail aus!
Hier meine Nummer, sodass du mich erreichen kannst.
+1 66 8888888

Noah

Ich blase die Backen auf und weiß nicht, ob ich lachen oder weinen soll. Noah ist so unverschämt und gleichzeitig irgendwie süß. Er will das unbedingt, aber ich kann ihm keine Nachricht schreiben. Grinsend beginne ich zu tippen.

An: Noah McCarter
Von: Cara Catherine Corse
Betreff: Danke

Danke für die Nummer, aber leider habe ich mein Firmenhandy heute im Büro gelassen.

Ich wünsche Ihnen einen schönen Abend.

Cara

Diesmal spare ich mir meine offizielle Signatur und schicke die Nachricht ab. Ich bin mehr als gespannt, wie er darauf reagiert.

Als mein Handy piept – und nicht mein E-Mail-Programm – greife ich danach. Zunächst glaube ich noch, dass Marina oder eine andere Freundin mir geschrieben hat, aber als eine nicht eingespeicherte Nummer auf dem Display erscheint, wird mir ganz anders.

Mein erster Gedanke daran, wem diese gehört, bestätigt die Nachrichtenvorschau im Sperrbildschirm. Mein Herz schlägt schneller und mit zitternden Fingern tippe ich die Nachricht an.

+1 66 8888888: Ich wollte diese Nummer!

Das war mir klar. Grinsend tippe ich eine Antwort.

Cara: Das ist Belästigung!
Noah: Nicht, wenn ich an nichts anderes denken kann als an dich!

Ich öffne den Mund und schließe ihn wieder, als das Mistding in meiner Hand klingelt. Er ruft an!

5. Kapitel

Noah

An Caras private Handynummer zu kommen, war ein Kinderspiel. Nachdem ich ihr Büro verlassen hatte, war mir klar, dass ich diese Frau kennenlernen muss.

Sie ist unglaublich.

Cara sieht nicht nur wahnsinnig gut aus, ist intelligent und arbeitet in meiner Branche – die sie wegen ihres Vaters in- und auswendig kennt und deshalb Verständnis für meinen straffen Zeitplan haben wird –, nein, sie ist auch witzig und süß zugleich.

Zuerst habe ich versucht, der Frau am Empfang ihre Nummer abzuluchsen, aber sie hat dichtgehalten. Dann kam mir die Idee, dass sie aufgrund ihres Vaters sicherlich Kontakte in den NFL-Kreisen Bostons hat. Und bingo! Gleich mehrere meiner Teamkollegen haben mir ihre Nummer geschickt. Natürlich war ich skeptisch, ob es vielleicht die falsche ist. Die Jungs machen sich gern einen Spaß aus sowas, aber als mir unser Tight End Toby Carson die gleiche Nummer schickte, war ich mir sicher, dass sie korrekt ist. Toby und Cara sind miteinander aufgewachsen. Sein Vater und ihr Vater spielten in den 1990er Jahren zusammen bei den Boston Foxes.

Nun sitze ich, aufgeregt wie ein Schuljunge, auf meiner Couch und warte, dass sie meinen Anruf entgegennimmt. Es tutet ein paar Mal in der Leitung, bis ihre Stimme erklingt.

»Hallo«, wispert sie. »Noah?«

»Hey«, erwidere ich. »Schön, dass du drangegangen bist.«

»Hatte ich eine Wahl?«, fragt sie und ich muss lachen.

Genau genommen hatte sie keine. Immerhin steht es immer noch Date gegen Zusammenarbeit.

»Nein, die hatte ich nicht«, beantwortet Cara ihre Frage selbst.

»Wie geht's dir?«, frage ich, statt auf ihre Worte einzugehen.

»Gut und dir?«, fragt sie und ich lächle.

»Mir auch. Und schön, dass es so schnell klappt.«

»Noch klappt gar nichts!« Sie schnaubt und ich grinse. Das wird noch sehr, sehr witzig mit ihr, da bin ich mir sicher.

Dass sie so überhaupt kein Interesse an mir hat, wie sie mir aktuell weismachen will, glaube ich ihr schlichtweg nicht. Immerhin hat sie das Gespräch angenommen.

»Nicht?«, frage ich provokant nach. »Warum?«

»Das weißt du ganz genau«, faucht sie. »Du nutzt es aus, dass ich dich als Klienten haben will, und erpresst mich mit einem Date.«

»Ich erpresse dich?« Erneut lache ich. »Findest du nicht, dass du übertreibst? Das Date möchte ich, ja. Sieh es doch als Gegenleistung, dass du bald sehr viel Geld mit mir verdienst.«

Cara nuschelt etwas, das ich nicht verstehe.

»Was sagst du?«, will ich wissen.

»Ich sagte, dass das so nicht geht«, wiederholt sie. »Du spinnst doch.«

»Redest du mit all deinen Klienten oder zukünftigen Klienten so?«, erkundige ich mich und erhebe mich von der Couch, um mir ein Wasser zu holen. »Dann kann ich dir nämlich sagen, dass deine Karriere nicht von Erfolg gekrönt sein wird.«

»Meine Karriere«, nuschelt sie. »Ich glaube nicht, dass meine Karriere dir so sehr am Herzen liegt. Du willst mich daten und damit prahlen.«

Nun muss ich wieder lachen und gehe zurück zur Couch. »Sagen wir mal so«, wiegle ich ab. »Man kann sich als Mann mit schlechteren Federn schmücken als deinen.«

»Noah!«

Ich sehe vor mir, wie sie hochrot wird und nach Worten ringt. Sie will mich als Klienten, das weiß ich. Und sie weiß, dass ich diesen Umstand für mich nutzen möchte. Wir stehen vor einer Pakt-Situation.

»Kannst du mal ernst bleiben? Siehst du nicht, dass das nur Probleme gibt?«

Ich schnalze mit der Zunge und schüttle den Kopf. Für mich gibt es keine Probleme, wenn wir keine suchen. Wir gehen miteinander aus und haben beide, was wir wollen.

»Nein«, sage ich. »Ehrlich gesagt sehe ich kein Problem. Du?«

»Überall!«, ruft sie. »Ich sehe überall Probleme. Ich möchte einen guten Job machen und du … du denkst nur an dich.«

Ich setze mich auf die Couch und stöhne genervt auf. Diese Frau scheint echt alles, was ich sage, in den falschen Hals zu bekommen.

Wie kann das sein?

Sie muss doch merken, dass dieses Date nicht die schlechteste Idee ist. Wir könnten uns besser kennenlernen.

»Hast du überhaupt kein Interesse daran, die Person kennenzulernen, die du ab sofort unter Vertrag nehmen willst?«, starte ich einen neuen Versuch.

»Natürlich, aber ich …«

Meine Güte! Es kann echt nicht wahr sein, dass sie wieder eine Ausrede findet. Sie will es doch auch.

»Ist das so ein Frauending?«, frage ich. »Dass ihr immer ein Aber findet.«

»Nein, aber …«

»Siehst du!«, schieße ich zurück. »Schon wieder findest du ein Aber. Aber dies, aber das, aber jenes.«

»Es geht nicht um mein Aber, sondern um deine Hintergedanken.«

»Ich habe keine Hintergedanken.«

»Ich bitte dich«, erwidert Cara und lacht freudlos auf. »Du hast natürlich keine Hintergedanken, deswegen ist auch dein erster Vorschlag ein Date, ohne mir überhaupt eine Chance zu geben als deine neue Beraterin tätig zu werden. Kein seriöses Geschäftsessen, nein, ein Date möchte Mr. McCarter haben.«

»Möchtest du, dass wir es Geschäftsessen nennen?«, frage ich. »Fühlst du dich dann besser?«

»Ja!« Ich lache auf und sie schnaubt. »Ich meine, nein, ich …«

»Du, was?«

»Du verwirrst mich«, nuschelt Cara.

Dass Männer Frauen verwirren, ist mir wirklich neu. Eigentlich ist es doch so, dass Frauen Männer verwirren und ich wette, dass Cara darin ganz besonders gut ist. Sie wird immer interessanter.

»Ich verwirre dich?«, hake ich nach. »Wieso?«

»Weil du mich daten willst.«

»Das verwirrt dich?«, frage ich und bin nun wirklich ratlos. Sie ist unglaublich. Hat sie denn gar keine Ahnung, wie sie auf Männer wirkt?

Wohl kaum, sonst würde sie nicht so reagieren.

»Du bist unglaublich, Cara Catherine Corse«, stelle ich fest.

»Noah«, jammert sie weiter. »Es geht nicht. Ehrlich nicht. Und ich möchte auch nicht, dass du das sagst.«

»Dass ich was sage?«, frage ich. »Dass du unglaublich bist und dass ich dich daten möchte? Das ist schlichtweg die Wahrheit. Wirst du so selten um ein Date gebeten, dass dir mein Werben bereits unangenehm ist?«

Ich höre sie schwerfällig ein- und ausatmen. Abwartend lausche ich ihrem unruhigen Atem. Ich kann mir nicht vorstellen, dass es einer Frau wie Cara unangenehm ist, dass sie nach einem Date gefragt wird.

»Du gibst nicht nach, oder?«, will sie wissen und weicht meiner Frage aus. »Was ist, wenn ich sage, dass ich dich nicht mehr als Klienten möchte? Dann hast du kein Druckmittel mehr.«

Ich lasse mir ihre Frage durch den Kopf gehen. Sie will mich viel zu sehr als Klienten, als dass sie mir absagen würde. Darum ist diese Frage Quatsch.

Dennoch: Wenn ich dieses Druckmittel nicht mehr habe, muss ich mir etwas Neues einfallen lassen, um sie um ein Date zu bitten.

Ich überlege hin und her, bis mir des Rätsels Lösung einfällt. Mit einer Absage ihrerseits stehen wir wieder bei null. Mehr noch: Auch sie hat kein Druckmittel mehr, weil keine Zusammenarbeit zustande kommt.

»Eigentlich wäre das doch das Beste, was uns passieren kann, nicht?«, sage ich und Cara gluckst auf.

»Wie bitte?«, fragt sie. »Das … das kannst du nicht so meinen.«

»Natürlich«, sage ich. »Wenn wir keine geschäftliche Beziehung haben, steht unserer privaten Beziehung nichts im Weg. Unsere Probleme wären damit gelöst.«

»Beziehung?«, fragt sie ratlos. »Keiner redet von einer Beziehung.«

»Mein Gott, Cara!«, stöhne ich auf und verdrehe die Augen. Muss sie jedes Wort auf die Goldwaage legen? Ich habe nicht von einer Beziehung im Sinne einer Partnerschaft gesprochen. Freundschaften sind auf ihre Art und Weise doch auch

Beziehungen, oder? »Natürlich reden wir nach wie vor von einem Date. Und ich möchte natürlich auch nach wie vor von der besten Beraterin beraten werden.«

»Schleimer«, kichert sie. »Aber du bekommst mich trotzdem nicht.«

Ich blase die Backen auf und stöhne auf. »Du willst nicht mal ausprobieren, ob es dir gefallen könnte?«, stichle ich. »Was ist das für ein Sportsgeist?«

»Ich habe keinen«, erwidert sie prompt. »Ich hasse Sport.«

»Wirklich?« Was redet sie da? Bei dem Körper kann man doch nicht Sport hassen. »Das glaube ich nicht. Du hasst Sport nicht.«

»Doch«, beharrt sie auf ihrem Standpunkt. »Ich war schon in der Schule eine Niete im Sport. Und ich glaube nicht, dass es mittlerweile besser ist.«

»Wie kannst du Schulsport mit Sport vergleichen?«, frage ich. »Ich fand Schulsport auch beschissen.«

»Du bist Quarterback«, erwidert Cara und ich höre etwas rascheln. »Sport ist dein Leben.«

»Football ist mein Leben«, korrigiere ich. »Du kannst so beschissene Spiele wie Dodgeball oder Bockspringen nicht mit Football vergleichen.«

»Für mich ist das alles Sport«, seufzt sie und wieder raschelt es.

»Was machst du?«, will ich wissen.

»Ich versuche eine Tüte Chips zu öffnen«, gibt sie zurück. »Habe Lust drauf.« Ich kann nicht anders, als zu lachen. Ich muss einfach lachen. »Wieso lachst du?«

»Na ja«, murmle ich. »Normalerweise sind Frauen wie du …«

»Frauen wie ich?«, unterbricht sie mich sofort. Ich presse die Lippen aufeinander und hoffe, dass ich nicht wieder mit einem Hechtsprung ins Fettnäpfchen getaucht bin.

»Wie sind denn Frauen wie ich?«, hakt Cara nach. Die Tüte raschelt erneut und anschließend schmatzt sie.

»Schmeckt es dir?«

»Total«, meint sie. »Also … wie sind Frauen wie ich?«

»Frauen wie du gehen ständig ins Fitnessstudio, essen nur Salat und achten extrem auf ihre Linie.«

»Wann soll ich das denn noch machen?«, will sie amüsiert wissen. »Das ist unmöglich. Ich habe einen Vollzeitjob und ein Sozialleben.«

Wieder muss ich lachen. Mit jedem Wort, das sie sagt, wird sie mir sympathischer. Cara macht keinen Sport, isst keinen Salat und scheint das Leben absolut zu genießen. Ich haue auch gern mal rein beim Essen, aber meistens muss ich mich zusammenreißen. An Geburtstagen, Thanksgiving und Weihnachten ist es in Ordnung, aber der ansonsten halte ich mich fest an meinen Ernährungsplan. Viel Obst, Gemüse und Lebensmittel mit Nährstoffen. Im Profisport sind Süßigkeiten und Fast Food nicht gern gesehen.

»Unmöglich«, erwidere ich. »Du hast keine Zeit für gesundes Essen?«

»Also«, seufzt Cara und ich höre, dass sie sich wieder setzt. »Wenn du eine Frau suchst, die gern Sport macht, auf ihre Ernährung achtet und generell auf alles verzichtet, was gut ist, bist du bei mir an der falschen Adresse.«

»Flirtest du jetzt mit mir, Cara Catherine Corse?«, hake ich verschmitzt nach.

»Nein«, erwidert sie prompt. »Ich sage dir lediglich, dass ich nicht so bin, wie du denkst.«

»Ich würde dich liebend gerne kennenlernen, um mir selbst ein Bild davon zu machen, wie du bist«, entgegne ich. »Vielleicht bei einem Abendessen.«

»Du versuchst es echt mit allen Mitteln, oder?«

»Stets zu Diensten, Milady«, erwidere ich lachend. »Wie sieht es aus? Morgen Abend? Um sieben. Ich hole dich ab.«

Alles auf eine Karte zu setzen und ihr einen Termin für unser Date vorzugeben, scheint mir am sinnvollsten. Sonst windet sie sich noch Stunden oder gar Tage.

»Noah!« Cara will wieder jammern und ich verdrehe die Augen.

Andererseits macht es auch keinen Sinn, sie zu einem Date zu zwingen. Es ist mir wichtig, dass sie genauso gern mit mir ausgehen möchte wie ich mit ihr. Leider ist das absolut nicht der Fall.

»Schon gut. Du willst nicht, das verstehe ich«, gebe ich auf. »Ich muss jetzt auflegen.« Als hätte ich ihn bestellt, betritt Alex unsere Wohnung und wirft mir einen stummen Gruß zu. »Alex ist nach Hause gekommen.«

»Alex?«, fragt sie sogleich nach.

»Mein Bruder«, erwidere ich und erhebe mich von der Couch. Ich gehe zu Alex in die Küche, der mich interessiert betrachtet. Er lächelt mich an und öffnet den Kühlschrank, um eine Packung Eier herauszunehmen.

»Dein Bruder?«, fragt sie erneut.

»Cara«, murmle ich und setze mich auf einen der Barhocker an der Theke. Alex sieht mich grinsend an und holt eine Pfanne aus der untersten Schublade. »Was weißt du eigentlich über mich?«

»Nicht viel«, erwidert sie. »Deinen Namen, deinen Job, dein Gehalt und deinen Kontostand. Und dass du mich belästigst und ein Date erpressen willst.«

Sie bringt mich erneut herzlich zum Lachen. Ihr muss doch bewusst sein, dass ich im Normalfall niemals wieder darüber nachdenken würde, ihre Dienste als Beraterin anzunehmen. Alex zieht die Augenbrauen hoch und gibt Öl in die erhitzte

Pfanne. Ich winke ab und signalisiere, dass ich ihm später alles erkläre.

»Das ist in der Tat sehr wenig«, stimme ich Cara zu. »Und du bist sicher, dass du nicht mehr erfahren möchtest? Ich bin wahnsinnig interessant.«

Alex lacht und ich werfe einen Apfel nach ihm, aber als Running Back fängt er diesen kinderleicht mit einer Hand.

»Natürlich bist du das!« Cara schnalzt mit der Zunge. »Sag mir Bescheid, ob ich dich vertreten soll oder nicht. Ciao, Noah.«

»Cara, warte, ich will …«

Tuuuut.

Ich nehme mein Handy vom Ohr und starre auf den Bildschirm. Sie hat aufgelegt. Ich hebe den Kopf und sehe Alex an.

»Aufgelegt?«, fragt er belustigt und leckt sich über die Lippen. »So wie es aussieht ist Cara Catherine Corse immun gegen den McCarter Charme.«

»Arschloch«, grummle ich und streiche mir über den Kopf. »Sie ist wirklich cool und ich möchte sie kennenlernen.«

»Bist du verknallt?«

Ich verdrehe die Augen. Ich finde Cara einfach nett und möchte sie kennenlernen. Das ist doch nichts Verwerfliches, oder? Alex lernt ständig irgendwelche Frauen kennen.

Weil du so nicht bist, ruft das Engelchen auf meiner Schulter und ich verziehe den Mund. Alex ist sicherlich der größere Schwerenöter von uns dreien. In der Highschool hatte er über zwei Jahre eine feste Freundin. Daisy. Aber nachdem sie ihn verlassen hat, weil sie kein Leben an der Seite eines angehenden Footballers führen wollte, hat er sich total verändert. One-Night-Stands und lockere Affären stehen seitdem für ihn auf dem Programm. Ich mache ihm keine

Vorwürfe, da ich selbst auch nicht besser bin, was feste Beziehungen angeht. Doch ich lege deutlich weniger Weiber flach als er. Unsere Mom fragt mittlerweile, warum sie drei Jungs und davon auch noch Zwillinge zur Welt gebracht hat, wenn sie immer noch keine Enkelkinder in Aussicht hat. Da sehe ich Alex und mich aber absolut nicht in der Pflicht. Wofür haben wir einen großen Bruder? Logan soll anfangen.

»Noah?«, fragt er nochmal nach. »Bist du in sie verknallt?«

»Nein«, antworte ich entschieden. »Ich finde sie einfach nur nett.«

»Viel Erfolg«, meint er und zwinkert mir zu. »Toby meinte, dass Cara grundlegend die Finger von Spielern lässt.« Genervt sehe ich ihn an. »Vor allem vom Quarterback.«

Ich schenke seinen Worten keinen Glauben. Alex will mir die ganze Sache doch nur schlecht reden.

6. Kapitel

Cara

Das Telefonat mit Noah geht mir auch am nächsten Morgen nicht aus dem Kopf. Dass er mich unbedingt daten will, bleibt mir ein Rätsel. Was verspricht er sich denn davon? Er glaubt doch nicht wirklich, dass ich eine Beziehung mit einem Profisportler in Erwägung ziehe. So wie meine Mom will ich nicht enden. Immer allein und wartend, dass der Football mal nicht an erster Stelle steht.

Natürlich liebt mein Dad uns über alles und ohne seinen Job und seine Karriere hätten wir vieles nicht. Aber ich hätte mir des Öfteren gewünscht, dass er zu meinen Schulaufführungen gekommen wäre oder zu meiner Abschlussfeier. Stattdessen war er zumeist am anderen Ende des Landes für den Sport unterwegs.

Das Leben mit einem berühmten Vater ist nicht immer leicht. In der Schule hatte ich nicht viele Freunde, weil sie oft versucht haben, durch mich Gratiskarten für ein Spiel der Boston Foxes zu bekommen. Genauso haben sie mich immer über meinen Dad ausgefragt und hatten mehr Interessen an ihm als an mir. Einer meiner Ex-Freunde, Marco, hat es tatsächlich geschafft, bei einem gemeinsamen Essen mit meinen Eltern pausenlos nur mit meinem Dad zu reden und mich und meine Mom komplett zu ignorieren. Mein Dad hat sich natürlich geschmeichelt gefühlt, aber ich fand es einfach nur schlimm. Am nächsten Tag habe ich die Beziehung mit Marco beendet. Er meinte daraufhin, dass es okay für ihn wäre, weil er meinen Dad kennenlernen wollte, und das hätte er geschafft. Und so ging es weiter. Sobald sie wussten, dass mein Dad Michael Corse, Ex-Quarterback der Boston Foxes ist, waren sie hin und weg. Es kam nicht nur einmal vor, dass mein Date alle Statistiken meines Vaters auswendig kannte. Absolut nichts, was man bei einem Abend zu zweit hören möchte.

»Ms. Corse?« Meine Assistentin Katie steckt den Kopf durch die Tür und lächelt mich an. »Haben Sie Zeit für eine kurze Unterhaltung?«

»Ja«, sage ich und schiebe mein Handy zur Seite. Ich muss damit aufhören, an Noah zu denken und daran, was zwischen uns passieren könnte. Denn es wird nichts passieren. Zumindest nichts Ernstes. Dass er heiß ist, ist keine Frage, und mit seinen breiten Schultern, den ausgeprägten Muskeln und den blonden Haaren genau mein Typ. Verdammt, Cara!

»Ist es ein eingetragener Termin? Ich bin ein wenig zerstreut.« Ich sehe Katie an und sie schüttelt den Kopf.

»Sie haben erst in einer Stunde Ihren ersten offiziellen Termin. Mr. McCarter möchte Sie jetzt sprechen.«

Katie grinst mich vielsagend an.

»Noah ist hier?«, frage ich.

»Nein.« Katie schüttelt mit dem Kopf. »Sein Bruder Alexander.«

Ich erinnere mich daran, dass Noah bei unserem Telefongespräch seinen Bruder erwähnt hat und ich geschockt war, wie wenig ich über ihn weiß.

»Und was möchte er?«, will ich zögerlich wissen.

»Ich denke, er möchte mit uns zusammenarbeiten, oder?« Katie sieht mich an, als könne sie meine Frage nicht fassen.

»Hm.« Ich lege den Kopf schief. »Lass ihn rein.«

Katie nickt lächelnd und ich richte mich an meinem

Schreibtisch auf und falte nervös die Hände ineinander. Es kann doch nicht wahr sein, dass ich Noahs Bruder empfange. Mein Vorsatz war es, den Namen McCarter weitestgehend zu meiden.

»Sie ist so weit«, sagt Katie und Alex bedankt sich. Bereits beim Klang seiner Stimme zucke ich zusammen. Das ist nicht sein Bruder, das ist Noah. Er hat Katie gesagt, dass er Alexander sei, weil er wusste, dass ich ihn sonst sofort rauswerfen lasse. Aber da ich stets das Gute im Menschen und damit auch in Noah sehe, warte ich ab. Mein Herz beginnt zu rasen, als seine Schritte näherkommen.

»Hallo«, sagt er und ich reiße die Augen auf.

Das ist Noah, wie er leibt und lebt!

Mit braunen Haaren, aber das ist Noah!

Fassungslos kneife die Augen zusammen, um meinem Unmut kundzutun.

»Ich bin Alexander McCarter oder auch Alex. Freut mich, Sie kennenzulernen, Ms. Corse.« Freundlich hält er mir die Hand hin. Doch ich nehme sie nicht an.

»Willst du mich verarschen?«, fahre ich ihn an. »Du bist Noah!«

»Ich bin …« Er stockt und ist sichtlich erschrocken, dass seine Tarnung bereits nach wenigen Sekunden aufgeflogen ist. »Sie denken, dass ich Noah bin?«

»Ich weiß es«, erwidere ich selbstbewusst und verschränke die Arme vor der Brust. Um mich zu verarschen, muss er früher aufstehen. Dass Noah alles versucht, um ein Date mit mir zu bekommen, weiß ich, aber sich für seinen Bruder auszugeben, ist wirklich ein starkes Stück. Meint er denn, dass ich das nicht merke?

»Was soll das?«, frage ich.

»Ich bin nicht Noah«, besteht er weiterhin auf seine Identität.

»Ich bin Alex. Sein Bruder.«

»Denkst du, dass ich so mit dir ausgehe?«, frage ich. »Indem du so tust, als wärst du jemand anderes? Für wie dumm hältst du mich eigentlich?«

Noah sieht mich an und leckt sich über die Lippen. Dann stemmt er die Hände in die Hüften und lacht. Dieses Arschloch lacht mich aus. Was zur Hölle? Er will mich hintergehen, verschafft sich auf die niederträchtigste Art und Weise Zugang zu meinem Büro und jetzt lacht er auch noch. Unfassbar.

»Dafür dass du die Tochter unserer Legende bist, weißt du erschreckend wenig über den Club.« Amüsiert sieht er mich an.

»Ich bin Sportberaterin und nicht Anhängerin der Boston Foxes«, rede ich mich raus.

»Du bist Corses Tochter! Du musst eine Anhängerin der Boston Foxes sein«, echauffiert er sich.

Er sieht fast schon entsetzt aus und langsam glaube ich wirklich, dass das nicht Noah ist. Noah würde nicht so reagieren. Er würde direkt flirten und dieser Typ … sein Bruder … Er tut nichts dergleichen.

»Bin ich aber nicht«, wiederhole ich. »Und wer zum Teufel bist du?«

»Glaubst du nun nicht mehr, dass ich Noah bin?«, will er grinsend wissen.

»Nein«, erwidere ich knapp. »Also?«

»Ich bin immer noch Alex«, sagt er und reicht mir die Hand. »Noahs Bruder.«

»Noahs Bruder«, murmle ich und nehme seine Hand an. »Ihr seht euch erschreckend … ähnlich.«

Mein Blick gleitet über den Mann vor mir. Dieselben blauen Augen. Das Einzige, was sie nach wie vor unterscheidet, ist die

Haarfarbe. Ich muss aber gestehen, dass er ein wenig bulliger ist als Noah. Noah ist schmaler und meiner Meinung nach deutlich trainierter.

»Wir sind Zwillinge«, löst Alex das Rätsel. »Eineiige Zwillinge, um genau zu sein. Wir sind aus einem Ei.«

Meine Augen werden riesig.

»Zwillinge?«, platzt es aus mir heraus und ich fahre mir durch die Haare. »Heilige Scheiße, ihr seid eineiige Zwillinge. Ich fasse es nicht. Ihr seid …«

»Eineiige Zwillinge«, wiederholt er meine Worte. »Nur weil du es wieder und wieder sagst, ändert es nichts. Wie kann es sein, dass du das nicht weißt?«

Alex zieht skeptisch die Augenbrauen zusammen. Ich zucke mit den Schultern und mustere ihn weiter. Sie sehen sich unfassbar ähnlich, aber umso länger ich ihn betrachte, desto besser gefällt mir Noah.

»Vielleicht seht ihr euch doch nicht so ähnlich«, überlege ich laut und reibe mir mit dem Finger übers Kinn. »Die Haare, die Augen, die Lippen, aber … Noah ist irgendwie …« Die richtigen Worte wollen mir nicht so recht über die Lippen kommen.

»Dürrer?«, schlägt Alex vor. »Kleiner? Schwächer?«

»Heißer!«, platzt es aus mir heraus und ich schlage mir mit der Hand vor den Mund. Beschämt wende ich den Blick ab und versuche, die Situation zu überspielen, indem ich wahllos nach meinen Dokumenten greife. Das hätte ich definitiv nicht sagen dürfen.

»Heißer?«, echot Alex und macht einen Schritt auf meinen Schreibtisch zu. Er stützt seine Hände auf der Tischplatte ab und beugt sich zu mir rüber. »Und wieso lässt du den armen Kerl dann am ausgestreckten Arm verhungern?«

»Was?«, keuche ich.

»Du hast mich schon richtig verstanden«, erwidert er. »Noah hat dich um ein Date gebeten.«

»Stopp!« Ich hebe die Hand, sodass er aufhört zu reden, und schüttle vehement den Kopf. »Er hat mich erpresst, gesagt, dass ich mit ihm ausgehen soll oder die Zusammenarbeit vergessen kann. Das ist ein Unterschied.«

»Er hat dich gebeten und geschaut, welche Möglichkeiten sich ergeben, um dich dazu zu bringen, darauf einzugehen. Ich sehe das eher als eine Art Chancenausgleich.«

»Chancenausgleich?«, frage ich und ziehe die Augenbrauen hoch. »Du bist ein lustiger Kerl.«

»Danke«, meint er grinsend und richtet sich wieder auf. »Also? Was ist nun? Gibst du meinem Bruder eine Chance?«

Zu Alex' Auftritt fällt mir noch weniger ein als zu Noahs gestern. Sowohl zu seinem Termin bei mir als auch dem Telefonat danach. Diese Brüder sind mit allen Wassern gewaschen und scheinen absolut keine Skrupel und Hemmschwellen zu haben, wenn sie etwas haben möchten.

»Es ist wirklich lieb, dass du dich für Noah einsetzt, aber nein«, lehne ich auch dieses Angebot ab. »Ich date keine Footballer.«

»Warum?«, fragt er prompt und ich lege den Kopf in den Nacken.

»Das geht dich nichts an!«

»Ich finde schon, dass mich das etwas angeht, wenn es um das Glück meines Bruders geht«, erwidert er. »Noah und ich sind eineiige Zwillinge, wir sind Seelenverwandte. Lass mich dir erzählen, wie tief das geht. Wir waren an verschiedenen Colleges. Er in Georgia und ich in Utah. Er hat sich verletzt und genau in dem Moment habe ich an der gleichen Stelle Schmerzen verspürt.«

»Das ist doch Schwachsinn!«, zische ich. »Verarscht du

mich?«

»Vielleicht«, meint er grinsend und bringt mich damit doch zum Lächeln. Auch wenn ich es nicht wahrhaben möchte … er ist witzig. Verdammt. Ich darf Alex nicht sympathisch finden. Das könnte meine Entscheidung beeinflussen. Eine nette Familie bringt mein Vorhaben, keinen Footballer zu Daten, ins Wanken. Denn ich genieße es sehr, mit meiner Familie zusammen zu sein.

»Was ich sagen will, ist Folgendes: Wenn es ihm schlecht geht, geht es mir auch schlecht. Wir haben eine besondere Verbindung.«

»Und lass mich raten«, seufze ich. »Wenn ich Noah verletze, verletze ich indirekt auch dich und das darfst du nicht zulassen?«

»Korrekt!« Alex zwinkert und deutet auf mich. »Und jetzt gibst du ihm eine Chance, richtig?«

»Nein!«

»Nein?«, fragt er. »Wie kann man nur so eine harte Nuss sein.«

Alex ist wirklich unterhaltsam, das muss ich zugeben. »Zieht ihr die Nummer öfter ab?«, frage ich. »Um Frauen rumzukriegen?«

»Nicht mehr«, antwortet er verdammt ehrlich. »Wir werden auch älter.«

»Okay.« Lachend werfe ich den Kopf in den Nacken. »Und bist du vielleicht auch hier, weil du einen neuen Berater suchst?«

»Nein, nein«, meint Alex und winkt ab. »Ich bin sehr zufrieden mit meinem Berater und …«

»Störe ich?« Ich zucke heftig zusammen und Alex fährt herum, um den Blick auf Noah freizugeben. Er steht mit Katie in meiner Bürotür. Die Hände in die Taschen seiner Jeans vergraben, den Mund zu einem schmalen Strich verzogen und die Augen zu Schlitzen verengt. Sein Blick wandert zwischen Alex und mir hin und her. »Oder komme ungelegen?«

Oh Gott. Seiner verkniffenen Miene nach zu urteilen, zieht er wirklich in Erwägung, dass Alex mich anbaggert?

»Nein!« Alex lacht. »Cara und ich haben uns nur unterhalten.«

Und plötzlich grinst Noah, als hätte er Mühe und Not gehabt, seine starre Miene aufrechtzuerhalten. Ich spüre, dass auch meine Anspannung entweicht und ich erleichtert bin, dass er nicht sauer auf uns ist. Oder hätte ich mich freuen sollen, wenn er sauer wäre? Das wäre die sehr viel bessere Ausgangslage, nicht? Dann wäre ich ihn los. Das ist es doch, was ich will, oder?

»Das sehe ich«, meint er. »Hey!«

»Hey«, erwidere ich und Alex sieht grinsend zwischen uns hin und her. »Ich bin mal wieder weg«, flötet er. »Hat mich gefreut, schöne Frau.«

»Verzieh dich«, grollt Noah nun doch und Alex schlägt seinem Zwilling auf die Schulter. »Ach, und Cara?«

»Ja?«

»Denk an die Schmerzen.« Er zwinkert mir zu und verschwindet. Noah schaut ihm nach und wirft den Kopf in den Nacken.

»Sag mir bitte nicht, dass er versucht hat, dich mit unserer magischen Zwillingsverbindung einzulullen?«

»Äh«, murmle ich. »Vielleicht.« Ich grinse ihn an und er erwidert es. Noah leckt sich über die Lippen und kommt auf mich zu. Ich bin froh, dass ich immer noch meinen Schreibtisch zwischen uns habe und die Distanz wahren kann. Ich schaue Noah an und meine, dass er nervös wirkt. Und er ist tatsächlich schmaler als Alex. Definitiv. Sie sind unterschiedlicher, als ich dachte.

»Ich wollte nochmal mit dir reden und entschuldige mich für meinen Bruder«, sagt er.

»Du musst dich nicht für ihn entschuldigen«, erwidere ich. »Er war nett.«

»Nett?« Noah dreht sich rum, als würde er nochmal nach Alex sehen wollen. »Alex war nett?«

»Ja«, sage ich. »Und witzig.«

»Und witzig?«, fragt Noah immer noch skeptisch. »Hat er mit dir geflirtet?«

Seine Frage überrascht mich. Eigentlich müsste er Alex doch gut genug kennen, um zu wissen, ob er mit mir geflirtet hat, oder?

»Würde es dich stören?«

»Ja!« Überrascht von seiner deutlichen Antwort keuche ich auf. »Natürlich stört es mich, wenn mein Bruder mit der Frau flirtet – und im schlimmsten Fall auch noch erfolgreich –, die ich ausführen möchte.«

»Er hat nicht geflirtet«, beruhige ich ihn. »Er hat sich für dich eingesetzt.«

»Dann muss ich klarstellen, dass ich ihn zu dieser Aktion nicht angestiftet habe.«

»Nicht?«, frage ich schmunzelnd. »Er war schon sehr … deutlich.«

»Deutlich?«

»Ja, deutlich!«

»Was meinst du mit deutlich?«, fragt er. »Hat er irgendwas erzählt, was mich noch weiter in Bedrängnis bringt?«

»Nein«, winke ich ab. »Er war sehr charmant und meinte, dass du ein Date mit mir möchtest. Zuerst dachte ich noch, dass du es bist und dich für ihn ausgibst. Nachdem sich dieses Missverständnis geklärt hat, hat er versucht mir die magische

Verbindung zwischen Zwillingen zu erklären.«

»Und?«, fragt er und sieht mich seufzend an. In seinen Augen blitzt Hoffnung auf, die ich aber direkt wieder zerschlagen werde. »Sind meine Chancen auf ein Date nun noch weiter gesunken?«

Frustriert stöhne ich auf und werfe den Kopf in den Nacken. »Noah«, seufze ich. »Meine Entscheidung steht fest.«

»Warum?«, fragt er. »Als wir uns in der Bar gesehen haben und … und die Gabel runtergefallen ist. Cara da … da war doch etwas zwischen uns. Gib mir eine Chance.«

Ich bin versucht zu sagen, dass er verzweifelt wirkt, aber das traue ich mich nicht. Dieser Mann ist nicht verzweifelt, oder? Er kann jede Frau in Boston haben. Er muss mir nicht sagen, dass da etwas zwischen uns war. Er soll sich eine andere Frau suchen, mit der er etwas findet.

»Nein«, sage ich entschieden. »Möchtest du noch etwas anderes?«

»Bitte«, seufzt er. »Ein Date, ein Abend. Mehr nicht.«

»Nein«, wiederhole ich und stütze mich mit den Fingerspitzen auf der Tischplatte ab. »Ich gehe nicht mit Footballern aus!«

7. Kapitel

Noah

Das Gespräch mit Cara war wieder ein totaler Reinfall. Sie hat dicht gemacht, als ich das Thema auf ein Date lenken wollte. Was soll das überhaupt bedeuten, dass sie keinen Footballer daten will? Das ist doch kein Grund, mir keine Chance zu geben. Andere Frauen lecken sich die Finger danach, mich zu daten, und Cara Catherine Corse?

Sie natürlich nicht. Sie will keinen Footballer daten.

Die Gründe dafür können vielfältig sein und auf der Heimfahrt kreisen meine Gedanken unentwegt darum, warum sie das nicht will. Sie kennt das Business, sie kennt den Sport und ist damit aufgewachsen. Wenn eine Frau weiß, was mit einem Footballer an ihrer Seite auf sie zukommt, dann Cara. Dass sie scharf auf den Ruhm und das Geld ist, denke ich nicht. Sie erinnert mich an Alex' Ex-Freundin Daisy aus der Highschool. Beide wollen unser Leben nicht leben. Dabei sind sie die Frauen, die wir wollen. Ich betrete unsere Wohnung und schließe die Tür leise hinter mir.

»Noah?«, ruft Alex und ich seufze, als ich mir die Schuhe abstreife. »Bist du das?«

»Wer denn sonst?«, erwidere ich und verdrehe die Augen.

»Mom?«

Unsere Eltern sowie unsere Haushälterin Margarete haben ebenfalls einen Schlüssel.

»Hey, Mom!«

Ich muss lachen und gehe zu ihm ins Wohnzimmer. Alex

liegt entspannt auf der Couch und schaut Fernsehen. Als ich bei ihm ankomme, schaltet er diesen stumm aus und grinst mich an.

»Und?«, fragt er. »Wie lief es?«

»Scheiße«, erwidere ich und lasse mich auf einen der Ohrensessel fallen. »Es lief total scheiße, um genau zu sein. Sie will nicht.«

Alex setzt sich langsam auf und sieht mich fragend an. »Sie will nicht?«, wiederholt er. »Sie mag dich. Sie hat gesagt, dass sie dich heißer findet als mich.« Zutiefst beleidigt sieht Alex mich an, als wäre das ein Skandal.

»Ach ja?«, will ich wissen und sehe ihn zufrieden an. »Sie findet mich heißer als dich? Das muss dein Ego ziemlich gekränkt haben.«

Alex' Ego ist größer als er selbst. Jede Frau muss ihm zu Füßen liegen und die, die es nicht tun, sind seiner nicht würdig. Ich frage mich oft, ob das vielleicht anders wäre, wenn Daisy ihn damals nicht verlassen hatte. Sie waren das Traumpaar der Schule und ich war mir lange sicher, dass sie seine große Liebe ist. Logan und unsere Eltern dachten das ebenfalls. Nach der Trennung war Alex ein Häufchen Elend. Daisy war seine erste große Liebe und hat Schluss gemacht, als feststand, dass er ans College in Utah geht. Ich mochte Daisy, aber jedem war klar, dass sie Nashville niemals verlässt. Alex hingegen hielt bis zuletzt an der Vorstellung fest, dass sie ihr Leben für ihn ändern würde. Wäre er in Tennessee aufs College gegangen, so wie Logan, hätte sie sicherlich noch mit sich reden lassen, aber so war ihr schnell klar, dass sie in der Beziehung keine Zukunft sieht. Daisy hat mich in den Wochen nach der Trennung oft angerufen und gefragt, wie es Alex geht. Man hat ihr angemerkt, dass sie ebenfalls großen Liebeskummer hatte. Trotzdem war sie so vernünftig, keine Fernbeziehung einzugehen, die womöglich in noch mehr Chaos geendet hätte.

»Na klar«, meint Alex und lacht. »Sie ist so heiß.«

»Ich weiß«, seufze ich und lehne mich zurück. »Sie hat gesagt, dass sie nicht will, weil ich Footballer bin.« Ich sehe Alex an und zupfe am Bund meiner Shorts. »Was ist das für eine blöde Begründung? Andere Frauen lecken sich die Finger danach, einen Footballer zu daten, und Cara will nicht?« Verständnislos schüttle ich den Kopf. »Ich verstehe sie nicht.«

»Ich habe auch darüber nachgedacht«, meint Alex und faltet die Hände ineinander. »Sie ist in diesen Kreisen aufgewachsen. Ihr Dad ist Michael Corse. Vielleicht hat ein Rookie sie mal verarscht und ausgenutzt. Eine Beziehung mit ihr öffnet sicher einige Türen. Da gibt es auch schwarze Schafe, die keine ehrlichen Absichten haben.«

Ich schaue meinen Bruder lange an. Darüber habe ich bisher noch nicht nachgedacht. Aber es würde Sinn ergeben. Im Umfeld der Foxes versucht jeder irgendwie mit Corse in Verbindung zu treten, weil er nun mal die Identifikationsfigur des Clubs ist. Seine Tochter zu daten, muss der Jackpot für viele sein.

»Und jetzt glaubst du, dass sie keine ehrlichen Absichten hinter meinen Bemühungen sieht, weil sie glaubt, dass ich so an ihren Vater rankommen will?«

Alex nickt und ich knurre.

»Was für ein Idiot muss das gewesen sein?«, überlege ich laut. »Sie ist wow und der Mann, der sie mal bekommt, kann sich mehr als glücklich schätzen. An Corse ranzukommen, wäre mir überhaupt nicht in den Sinn gekommen.«

»Vielleicht ist sie schlecht im Bett«, mutmaßt mein Bruder als zweitbeste Begründung. Typisch Alex. Sofort geht es um Sex. »Sie schämt sich, dass sie dir nicht gewachsen ist.« Eindeutig zweideutig wackelt er mit den Augenbrauen.

»Du bist so ein Idiot«, antworte ich. »Weißt du das?«

»Ja«, sagt er. »Aber es kann doch sein.«

»Glaube ich nicht«, erwidere ich sogleich. »Ich denke vielmehr, dass die Sache mit ihrem Vater ein guter Ansatz ist.«

Cara wird sich wohl so schnell nicht von mir überzeugen lassen. Mittlerweile weiß ich nicht mehr, was ich noch tun soll.

»Das ist doch scheiße«, jammere ich. »Da lerne ich eine Frau kennen, die mich wirklich interessiert, und sie hasst mich.«

»Du könntest den Job wechseln«, schlägt dieser Schwachkopf vor. »Immerhin ist der Football ein existenziell wichtiger Punkt in deinem Leben.«

»Toll«, brumme ich, werfe die Hände in die Luft und stehe auf. Angestrengt gehe auf und ab. Alex beobachtet mich dabei, aber sagt nichts. Er wirkt in sich gekehrt und ebenso ratlos. Und wenn er ratlos ist, ist die Sache wirklich ernst. Er hat immer einen Rat für mich oder wenigstens einen dummen Spruch übrig.

»Du könntest ihr deinen Abschluss in Wirtschaft schicken«, ist seine nächste glorreiche Idee.

»Idiot«, grummle ich. »Das wird sie auch nicht umstimmen, solange ich Football spiele.«

»Den Tipp nicht mehr zu spielen, hast du auch nicht angenommen.«

»Nein!« Genervt sehe ich ihn an. »Hast du auch einen brauchbaren Vorschlag?« Ich stütze mich auf der Lehne des Sessels ab. »Irgendeinen?«

»Du musst dranbleiben«, meint er nun völlig klar. »Du musst ihr beweisen, dass du es ernst meinst und sie wirklich kennenlernen möchtest. Darüber hinaus musst du dir aber auch überlegen, ob es das wert ist.«

»Natürlich ist es das wert«, fahre ich ihn an. »Kannst du die ganze Sache mal ernster nehmen?«

Alex scheint überhaupt kein Verständnis dafür zu haben, dass ich mich wirklich für Cara interessiere. Wenn ich sie nur einmal ins Bett bekommen wollen würde, würde ich sicherlich nicht so einen Aufstand betreiben.

»Ich nehme die Sache ernst«, antwortet er. »Aber ich will auch nicht, dass du dich in etwas verrennst.«

»Hm«, mache ich. »Ich verrenne mich nicht. Ich möchte sie einfach kennenlernen. Mehr nicht.«

Alex zieht die Augenbrauen hoch und grinst. »Es ist wirklich traurig, dass du keinen Sex mit dieser Frau möchtest«, meint er auf einmal.

»Natürlich möchte ich Sex mit Cara.« Er grinst und ich stöhne genervt auf. »Lenk nicht vom Thema ab. Bitte, Alex.«

»Zunächst einmal könntest du mit ihr zusammenarbeiten, oder? Hast du einen Vertrag?«

Ich nicke. Cara hat mir, wenn auch nicht ganz freiwillig, einen Vertrag ausgehändigt, um Klient bei Corse Sport Management zu werden. Wohlwissend wie immens wichtig es für ihre Vita und die Klientenliste der Firma ist.

»Ja, aber sie ist nicht begeistert«, sage ich sogleich. »Cara will mich nicht mehr als Klienten. Sie macht das nur, weil sie weiß, dass es ihrer Vita hilft.«

»Verständlich«, meint Alex. »Sie will kein Interesse an dir haben und dich auf Abstand halten, um an ihren eigenen Vorsätzen festzuhalten.«

»Warum macht sie es nur so unnötig kompliziert?«

»Weil sie eine Frau ist.«

Ich verdrehe die Augen und gehe in die Küche, um mir etwas zu trinken zu holen. Ich glaube nicht, dass sie es nur so kompliziert macht, weil sie eine Frau ist. Cara will mich wegen meines Jobs nicht daten, und ich muss herausfinden, warum sie das nicht will. Und dann muss ich dagegen anarbeiten. Es wäre doch gelacht, wenn ich nicht noch zu meinem Date komme, oder? Sie will mich auch daten, das weiß ich. Früher oder später wird auch mein Job kein Hindernis mehr für sie sein.

»Willst du was trinken?«, frage ich und Alex schüttelt den Kopf. »Glaubst du, sie reicht dich bei Corse Sport Management durch?«

»Nein«, sage ich und gehe mit einer Flasche Wasser in der Hand zurück zu Alex. »Dafür will sie den Ruhm, der damit einhergeht, mich zu vertreten, viel zu sehr. Cara ist ehrgeizig, sehr ehrgeizig, und sie will sich selbst, mir und sicher auch ihrem Vater beweisen, dass sie mich beraten kann. Sie wird mich nicht abgeben, aber sie wird unseren Kontakt auf ein Minimum beschränken.«

»Das bedeutet vermutlich, dass sie nur per E-Mail mit dir kommunizieren wird?«

Ich nicke und fahre mir durch die Haare. »Wenn überhaupt. Vielleicht schlage ich sie mir doch aus dem Kopf.«

»Du gibst auf?« Alex sieht mich mit riesigen Augen an. »Ernsthaft? Wieso?«

»Cara ist stur, verdammt stur, und sie wird nicht nachgeben.«

»Und du bist ein McCarter«, erwidert er und boxt mir gegen die Brust. »Noah, du wirst sie bekommen. Du bekommst immer, was du willst. Du wolltest in Boston Starting Quarterback werden und bist es geworden. Du wolltest nach Georgia aufs College, weil sie die besten Aussichten für Quarterbacks hatten, und hast es geschafft. Dann wirst du Cara Catherine Corse auch schaffen.« Ich stelle die Wasserflasche vor mir ab und fahre mir durch die Haare. »Sie ist auch nur eine Frau.«

Ich seufze und sehe ihn an.

»Vielleicht hast du Recht«, stimme ich ihm zu. »Ich darf nicht aufgeben.«

»Gut!« Alex steht von der Couch auf. »Wollen wir noch was trinken gehen?«

Ich sehe ihn an und nicke. Wieso nicht? Ein bisschen auf andere Gedanken kommen, kann nicht schaden. »Ich gehe noch duschen«, erwidere ich. »Bis gleich.«

»Bis gleich«, meint er. »Fährst du?«

»Uber?«, schlage ich vor und Alex verzieht den Mund. Er hasst Uber. Er meint immer, dass die Fahrer extra einen längeren Weg nehmen, um uns auszuhorchen, wenn sie uns erkannt haben. Sie zwingen uns Gespräche auf und wollen Fotos machen. Ich sehe das entspannter. Wir leben dieses privilegierte Leben und spielen Football für viel Geld. Da kann man sich auch mal mit Fans unterhalten und Fotos mit ihnen machen.

»Komm schon! Oder du fährst.«

»Aber wenn das ein Fan ist, musst du mit ihm reden.«

Ich verdrehe die Augen und nicke. »Ist gut«, erwidere ich. »Ich rede mit ihm.«

•••

Alex und ich stehen an der Straße und warten auf unseren Uber.

»Der ist zu spät«, meint Alex und ich verdrehe die Augen. Wir warten seit nicht mal zwei Minuten. Für Alex muss jeder auf die Sekunde genau pünktlich sein, sonst ist er beleidigt.

»Er wird schon kommen.« Ich trete gegen einen Stein, der über die Straße fliegt, und starre vor mich hin. Hoffentlich lenkt der Abend mich ein wenig ab und ich muss nicht unentwegt an Cara denken. Was sie heute Abend macht und warum sie mir eine Abfuhr erteilt hat. Ich verstehe es nicht.

Sie kann mir doch wenigstens die Chance geben, einander kennenzulernen. Vielleicht stellen wir nach einem Date ja fest, dass es nicht passt zwischen uns. Als Paar, meine ich, und wir werden Freunde. Das ist doch auch etwas wert, oder nicht?

»Noah?« Alex grinst mich an und schiebt sein Handy zurück in seine Jeans. »Schlag sie dir aus dem Kopf.«

»Ich habe nicht …«

»Natürlich hast du an Cara gedacht«, seufzt er. »Und ich habe diesen Abend nicht angeleiert, um mir deinen Liebeskummer weiter anzuhören.«

»Ich habe keinen Liebeskummer«, wehre ich ab. »Ich verstehe sie nur nicht. Aber das ist kein Liebeskummer, das müsstest du wissen. Immerhin esse ich noch.«

Alex hat damals nämlich nichts mehr gegessen, nachdem Daisy ihn verlassen hat. Der Kerl stand komplett neben sich, sodass wir zwischenzeitlich dachten, dass er sein Stipendium hinschmeißt.

»Willst du mir was sagen?« Wie immer wenn das Thema auf Daisy zu sprechen kommt, geht er in die Offensive. Auch nach all den Jahren triggert es ihn noch, dass sie ihn verlassen hat.

»Der Uber ist da«, weiche ich aus und er will protestieren, aber leider fährt der Wagen in diesem Moment tatsächlich vor. »Lass uns einsteigen.«

Alex wirft mir einen wütenden Blick zu, der zeigt, dass das Thema noch nicht vergessen ist. Er kann es absolut nicht leiden, dass ich selbst nach fast sieben Jahren noch darauf eingehe, dass er wegen Daisy so neben der Spur war.

Der Uber hält vor uns und der Mann am Steuer lässt die Beifahrerscheibe herunter. »Noah Carter?«, fragt er und sieht uns an.

»Das bin ich«, erwidere ich. »Wir möchten in die Innenstadt.«

»Steigen Sie ein«, meint er. »Ich habe noch einen weiteren

Nutzer, den wir einige Blocks weiter abholen.«

Alex verdreht genervt die Augen und umrundet das Auto, um hinter dem Mann einzusteigen. Ich setze mich neben ihn auf den Beifahrersitz, um mein Versprechen zu halten. Als der Mann losfahren will und ich ihn ansehe, um ihm die genaue Adresse zu sagen, klappt ihm die Kinnlade runter. »Oh mein Gott«, kreischt er. Ja, er kreischt, wie ein Mädchen. »Sie … Sie sind Noah McCarter unser … unser Quarterback und Sie … Sie …« Er schaut in den Rückspiegel. »Sie sind Alexander McCarter. Ich habe die McCarter Zwillinge im Auto.«

Er wird immer aufgeregter, aber schafft es zum Glück den Wagen zu starten und loszufahren. In den kommenden zwanzig Minuten erzählt er uns, was für ein großer Fan er ist. Dass Alex ihm nicht zuhört, bemerkt er gar nicht. Mein Bruder schaut unentwegt auf sein Handy.

»Hier wartet unsere letzte Mitfahrerin.« Der Mann fährt rechts ran und lässt erneut die Scheibe des Beifahrerfensters herunter. »Corse?«, fragt er und mein Kopf fährt herum. »Cara Corse?«

Nun scheint Alex kein Interesse mehr an seinem Handy zu haben.

»Ja«, sagt Cara und kommt näher. »Noah?«, fragt sie, ohne auf den Fahrer einzugehen. »Was machst du in meinem Uber?«

»Was machst du an meinem Uber?«, erwidere ich grinsend und schnalle mich ab, um auszusteigen. Cara tritt einen Schritt zurück, als ich die Tür öffne und zu ihr auf die Straße trete. So viel Glück, dass ich ausgerechnet sie hier treffe, kann ich doch gar nicht haben, oder?

»Noah!«, ruft Alex. »Steigt endlich ein. Wir müssen weiter.«

»Hey, Alex!« Cara sieht an mir vorbei und winkt meinem Bruder zu, der sich abgeschnallt hat, um zwischen den beiden Vordersitzen hindurchzulinsen.

»Fährst du mit uns?«

»Ich will nach Hause«, meint sie.

»Nach Hause?«, frage ich leise und schaue über meine Schulter zu dem Fahrer. Ja, er ist nett und ich glaube nicht, dass er Cara etwas antun würde, aber ich finde es dennoch nicht gut, dass sie Uber oder Taxi fährt. Ich habe kein gutes Gefühl dabei.

»Und du fährst Uber? Was ist mit deinem Auto?«, erkundige ich mich.

»Ich habe Wein getrunken«, erwidert sie. »Ich darf nicht mehr fahren.«

»Aber Uber?« Ja, meine Argumentation ist lächerlich. Es ist löblich, dass sie ein Uber ruft statt sich hinters Steuer zu setzen. Im Gegensatz zu mir sieht Cara in dem armen Fahrer keinen potentiellen Triebtäter. Normalerweise tue ich das auch nicht. Diese Frau macht mich verrückt. »Das nächste Mal rufst du mich an. Wo ist dein Auto?«

Cara sieht mich fragend an und dreht ihren Kopf. Sie deutet auf einen schwarzen Mercedes SUV. Erst der Ferrari, jetzt der Mercedes. Nicht schlecht. Wie viele Autos sie wohl besitzt? Das wäre mal eine Unterhaltung, die nicht sofort im Streit endet.

»Schlüssel?« Ich halte die Hand auf. »Ich fahre dich in deinem Auto nach Hause.«

»Nein?«

»Doch!« Ich drehe mich um und schaue in den Uber hinein. »Ich fahre sie nach Hause und komme mit dem Taxi nach.«

»Was?«, fragen Alex und der Fahrer wie aus einem Mund.

»Steig jetzt wieder ein«, meint mein Bruder genervt. »Meinetwegen beide. Aber wir müssen weiter.«

Doch mein Entschluss steht fest. Heute Abend fahre ich Cara nach Hause und nutze die Gelegenheit, um endlich mehr über sie zu erfahren.

»Ich fahre Cara nach Hause«, wiederhole ich erneut und lächle sie an. Sie zeigt natürlich keine Reaktion. »Keine Sorge. Ich zahle Ihren Ausfall«, wende ich mich an den Fahrer.

Ich will meine Geldbörse aus meiner Jeans ziehen und Caras Fahrt bezahlen, aber Alex schüttelt den Kopf. »Ich mache das schon«, sagt er. »Fahrt ihr.«

Dankbar nicke ich meinem Bruder zu und schließe die Tür. Dann wende ich mich an Cara.

Sie hat die Arme vor der Brust verschränkt und sieht mich alles andere als begeistert an. »Hast du das gerade wirklich getan?«, fragt sie, als der Uber wegfährt. »Ich habe mir einen Uber bestellt.«

»Und ich lasse nicht zu, dass du heute Abend Uber fährst und morgen nochmal, weil dein Auto hier steht.« Ich deute auf ihren Mercedes SUV. Ich gehe los, doch Cara macht keine Anstalten mir zu folgen.

»Kommst du?«, hake ich nach.

»Was soll das?«, zischt sie. »Ich bin schon so oft Uber gefahren und mir ist noch nie was passiert. Du hättest mit deinem Bruder fahren sollen.«

»Ich möchte aber nicht, dass du mit einem fremden Mann im Auto sitzt.« Sie zieht die Augenbrauen hoch und lacht auf. Okay, gut, das klingt tatsächlich strange.

»Und wer bist du?«, will sie wissen. »Kein fremder Mann?«

»Zumindest nicht so fremd, oder?«

»Hm«, meint Cara und seufzt.

»Schlüssel?« Ich halte die Hand auf und mache eine auffordernde Bewegung, sodass sie mir die Schlüssel gibt. Cara ist genervt, aber öffnet ihre Handtasche, um in dem riesigen Ding herumzuwühlen und irgendwann den Schlüssel zu finden.

»Hier«, sagt sie und legt ihn mir in die Hand. »Aber wehe, du fährst auch nur eine winzige Beule rein.«

»Schon klar«, erwidere ich und sie stolziert an mir vorbei auf ihren Wagen zu.

In dem knappen Kleid, das gerade so ihren süßen Hintern bedeckt, sieht sie echt heiß aus. Pfeifend folge ich ihr.

»Und wehe, du pfeifst noch einmal nach mir!«, ruft sie, ohne sich umzudrehen.

8. Kapitel

Cara

Langsam aber sicher glaube ich, dass Noah McCarter mich verfolgt. Auch wenn das absolut lächerlich ist. Es war Zufall, dass er und Alex im gleichen Uber saßen wie das, was ich mir bestellt habe, um nach Hause zu fahren. Es ist merkwürdig, wie oft ich den McCarter Zwillingen aktuell begegne und dabei genau weiß, dass einer von ihnen mich daten möchte. Und jetzt lasse ich mich auch noch von ihm nach Hause fahren. Ich muss völlig irre sein. Alles, was wir hier machen, trägt absolut nicht dazu bei, dass ich weiterhin meinen Vorsätzen folgen kann und es trägt auch nicht dazu bei, dass wir es schaffen ein rein berufliches Verhältnis zueinander aufzubauen. Was wir schon deswegen nicht tun, weil er meine private Handynummer hat. Unser Arbeitsverhältnis ist noch nicht offiziell. Wir warten immer noch auf den geprüften Vertrag seines Anwalts. Sobald Noah mein Klient ist, wird er mich nicht mehr nach Hause fahren. Das ist unprofessionell.

Noah öffnet den Wagen und die Frontlichter blinken auf. Sie strahlen uns an, sodass sein Gesicht in dem Orangeton aufleuchtet, was mich grinsen lässt.

»Was ist so witzig?«, fragt er und öffnet die Fahrertür. Schweren Herzens gehe ich zur Beifahrertür meines Wagens. Wie sehr ich es doch hasse, wenn andere Menschen meine Autos fahren.

»Das Orange der Scheinwerfer schmeichelt deinem Gesicht.«

Noah lacht und stellt zuerst den Sitz, dann den Rückspiegel ein.

»Verstell mir nicht alles«, sage ich und schaue zu ihm. »Ich hasse das.«

»Entschuldige bitte, dass ich mindestens zwanzig Zentimeter größer bin als du«, meint er und rollt mit den Augen. »Hier kann doch keiner sitzen.«

»Ich habe dich nicht dazu genötigt, mich zu fahren.«

»Ich weiß«, gibt er zu und schaltet den Motor mit dem Startknopf ein. Dieser heult auf und Noah umfasst das mit Leder bezogene Lenkrad. Ich schnalle mich an und beobachte ihn. Ehrlicherweise sieht Noah verdammt gut aus in meinem Wagen. Er trägt ein schwarzes T-Shirt mit einem V-Ausschnitt, das seine muskulöse Brust betont, und eine Jeans. Auf eine Jacke hat er entweder verzichtet, weil es noch sehr warm ist, oder er hat sie im Uber vergessen.

Der Wagen rollt los und er lenkt ihn auf die Straße. Ich wende meinen Blick von ihm ab und sehe aus dem Fenster.

»Kannst du die Adresse eingeben?«, fragt er und ich schaue wieder zu ihm. »Ich weiß nicht, wo du wohnst.«

»Klar«, sage ich zerstreut und er lächelt mich an. »Sorry.« Ich tippe auf die eingespeicherte Adresse mit dem Namen »Home« und drücke auf »Start«.

Noah wirft einen Blick auf das Navi und öffnet den Mund, als er die Gegend sieht. »Du hast eine eigene Villa?«, fragt er. »Wow.«

»Nein«, murmle ich und verschränke meine Finger miteinander, weil es mir vor ihm ein bisschen unangenehm ist, dass ich noch bei meinen Eltern lebe. Aber bisher war es die beste Lösung. Ich bin auf der Suche nach einer eigenen Wohnung.

Hoffentlich denkt Noah nicht, dass ich ihn noch auf einen

Kaffee hineinbitte und er mich flachlegen kann. Das kann er vergessen. Nicht nur wegen meiner Eltern.

»Ich wohne bei meinen Eltern. Das Haus ist riesig. Aber ich suche nach einer Wohnung.«

»Okay«, meint er und lächelt. »Ihr steht euch sehr nah, oder?«

»Meine Eltern und ich?«, frage ich und bin froh über den Smalltalk. Wenn ich mir ausmale, dass wir uns bis zu mir nach Hause anschweigen, drehe ich durch.

»Ja«, sagt Noah. »Deine Eltern und du.«

»Ja«, erwidere ich lächelnd. »Ich bin ihr einziges Kind und natürlich stehen wir uns nah. Ich bin gern mit ihnen zusammen und froh, dass wir nun alle in Boston leben. Dennoch möchte ich gern meine eigenen vier Wände haben.«

»Das verstehe ich.« Er grinst und lehnt sich zurück. Mein Mercedes ist ein Automatikwagen und Noah legt seinen rechten Arm lässig auf die Mittelkonsole und lenkt mit der linken Hand den Wagen durch den dichten Stadtverkehr in Boston. Himmel, er ist so wahnsinnig sexy. Ich bin wirklich versucht, mir vorzustellen, dass das nun öfters so sein wird. Er am Steuer des Autos und ich als sein Mädchen daneben. Wir fahren gemeinsam zu ihm oder er fährt mich nach Hause. Schnell wende ich meinen Blick ab.

»Alex und ich sehen unsere Eltern nur sehr selten.«

»Ihr kommt aus Tennessee, richtig?«

»Ja.« Er grinst. »Ein richtiger Country Boy.« Noah zwinkert mir zu. »Findest du das sexy?«

»Dich in einem karierten Hemd, mit einem Lasso in der Hand und Kühen daneben?«

»Ich dachte eher an eine Gitarre und Lagerfeuer«, erwidert er. »Aber wenn du Kühe und Lasso besser findest.« Noah sieht mich an und ich schüttle lachend den Kopf.

Ich muss dennoch zugeben, dass er in einem karierten Hemd

sicherlich gut aussehen würde.

»Ich bin flexibel, ehrlich.«

»Wie ist das Leben dort?«, frage ich. »Eine normale Familie, ein kleines gemütliches Haus, das gerade so genug Zimmer hat, um für alle Platz zu finden?« Die Worte sprudeln einfach so aus meinem Mund heraus, aber es interessiert mich wirklich. Ich kenne nur Villen, Luxus ohne Ende und eine Familie, die nie Zeit hatte. Meine Eltern lieben mich, das weiß ich, aber sie waren sehr beschäftigt. Geschwister habe ich keine und war demnach oft allein. Da Mom und Dad aus normalen Verhältnissen stammen, habe ich ab und zu bei meiner Grandma in New Jersey diese ganz gewöhnlichen Familien beobachtet. Mit den Kindern gespielt habe ich dennoch nicht. Es ergab sich nie und meine Grandma wollte die Zeit, die sie mit mir hatte, nicht ausschließlich auf Spielplätzen verbringen.

»Das Leben in Tennessee?«, fragt er. »Eintönig. Jeder kennt jeden.«

»Hm«, meine ich. »Also ist es wie bei uns.«

»Ja«, sagt Noah. »Ohne Kaviar, Jachten und Villen. Keine Privatjets und Designerfummel.«

»Machst du dich über mich lustig?«, frage ich und er schüttelt den Kopf.

»Nein. Tut mir leid. Für mich und Alex ist das alles, was wir uns jemals gewünscht haben. Wir können unseren Eltern so viel ermöglichen, aber natürlich kann ich verstehen, dass das anders ist, wenn man das immer alles hatte. Wir sind nicht in karierten Hemden, mit Cowboystiefeln und Lassos herumgelaufen, das ist Quatsch.«

»Schade.« Ich schmunzle. »Das hätte was.«

Noah wackelt mit den Augenbrauen und ich muss wieder lachen. »Das sind alles fiese Gerüchte über uns.«

»Also dann, erzähl mal die Wahrheit«, sage ich. »Ich bin sehr gespannt.«

»Okay«, meint er. »Ich bin in einem Vorort von Nashville aufgewachsen. Es war fast schon eine eigene kleine Stadt. Wir hatten Einkaufsmöglichkeiten, Tankstellen, Highschools.« Interessiert höre ich ihm zu. »Alex und ich haben noch einen Bruder. Logan ist fünf Jahre älter als wir.«

»Noch ein Bruder?«

»Ja.« Er grinst. »Meine Mom hat bei uns Zwillingen so sehr gehofft, dass wir ein Mädchen und ein Junge werden.«

»Und dann hat sie drei Jungen bekommen?«

»Ja«, antwortet Noah. »Meine Eltern wussten unsere Geschlechter nicht. Alex ist zwei Minuten älter als ich. Ursprünglich sollte er Alexandra heißen, weil Mom sich todsicher war, dass er ein Mädchen ist.«

»Und du Noah?«

»Ja«, sagt er. »Sie hatten einen Jungennamen und einen Mädchennamen vorbereitet. Kurzerhand haben sie aus Alexandra einen Alexander gemacht.«

»Das ist witzig«, lache ich. »Und Logan hat sich über seine Brüder gefreut?«

»Überhaupt nicht«, meint er. »Er fand uns meistens nervig und überflüssig.«

»Ich habe mir immer eine Schwester gewünscht, aber leider nie eine bekommen«, erzähle ich. »Die Schwangerschaft mit mir war sehr schwer für meine Mom.«

»Das tut mir leid«, sagt er und lächelt mich an. »Manchmal möchte ich Alex echt an die Wand klatschen, aber ohne ihn leben? Unmöglich.«

»Wegen eurer besonderen Bindung als Zwillinge?« Ich kichere und Noah lacht.

»Auch«, sagt er. »Wir waren schon immer zusammen. Im

Kindergarten, in der Schule und dann wurden wir fürs College getrennt, das war hart.«

»Das glaube ich dir, aber jetzt seid ihr wieder beieinander. Und ihr wohnt zusammen, oder?«

»Ja. Wir leben in einer Wohnung, die uns aber genug Platz bietet, sodass jeder seine Privatsphäre hat.« Noah sieht zu mir rüber und zwinkert mir zu. Was soll das denn jetzt? Möchte er mir damit indirekt sagen, dass ich vorbeikommen kann? Auf keinen Fall.

»Und was macht euer Bruder?«

»Logan?« Ich nicke. »Er ist Tight End bei den Nashville Warriors.«

»Du lügst!« Ich habe es schneller gesagt, als ich wollte. Meine Hand landet auf seinem muskulösen Oberarm und ich ziehe sie so rasch zurück, als hätte ich mir die Pfoten verbrannt. Ich hätte ihn nicht anfassen sollen. Das war ein großer Fehler. Seine muskulöse Schulter zu berühren und die warme Haut unter meinen Fingern zu spüren …

»Ich meine, ich … ihr seid alle … äh– Footballer?«

»Alle!« Noah lacht. »Alex und ich haben Logan immer nachgeahmt.«

»Mit Erfolg.« Ich grinse. »Und wer ist der Beste?«

»Logan spielt schon deutlich länger als wir«, meint er und lächelt. »Er hat zweimal den Super Bowl gewonnen. Wir noch nicht.« Ich nicke und höre ihm weiter zu. »Meine Statistiken sind besser als die meiner Brüder, aber auf ihren Positionen gibt es mehr Konkurrenz. Du kennst das sicher von deinem Dad, dass es als Quarterback einfacher ist Rekorde aufzustellen. Ich glaube aber nicht, dass ich jemals an ihn rankommen werde. Er war der Wahnsinn.«

Ich wende meinen Blick ab und sehe aus dem Fenster. Es war zu erwarten, dass er meinen Dad und seine Leistungen früher oder später erwähnen wird. Das tun sie doch alle. Mein Dad, der Superstar, die Legende der Boston Foxes, und sie, die jungen Spieler, die seine Tochter daten wollen.

»Cara?«, fragt Noah leise. »Alles in Ordnung?«

»Hm«, murmle ich, doch sehe ihn nicht wieder an. Hoffentlich sind wir bald da. Ich will aussteigen.

»Okay«, sagt er. »Du wirkst … so … so anders.«

Blitzmerker! Natürlich bin ich anders, wenn er – genauso wie all die anderen Typen – von meinem Vater schwärmt.

»Habe ich was Falsches gesagt?«, fragt er weiter. »Irgendwas?«

»Nein«, schnappe ich und fahre mir durch die Haare. »Alles bestens.«

»Das ist doch Blödsinn«, erwidert er. »Wir haben uns toll unterhalten, das erste Mal wohlgemerkt, und jetzt machst du total zu. Was habe ich gemacht?«

»Das was sie alle irgendwann machen«, zische ich. »Mir erzählen, wie sehr sie meinen Vater verehren.«

Noah zuckt zusammen und tritt unkontrolliert auf die Bremse. Wir rucken beide nach vorne und er fährt rechts ran. Er drückt die Warnblinkanlage und sieht mich an.

Was zur Hölle soll das jetzt wieder? Er soll mich gefälligst nach Hause fahren und sonst gar nichts. Es reicht schon, dass ich überhaupt so dumm war, mich auf ein Gespräch mit ihm einzulassen und ihn noch dazu in meinem Auto sitzen habe.

»Was?«, fragt Noah verblüfft. »Du bist sauer, weil ich deinen Dad erwähnt habe?«

»Ich bin sauer, weil du genauso wie alle anderen Typen bist«, erwidere ich. »Anfangs tun sie so, als hätten sie Interesse an mir und gerade, wenn ich denke, dass ich vielleicht doch auf euch eingehen sollte und das Gespräch genieße, erzählt ihr mir von den Statistiken meines Vaters. Ich weiß, dass er fünfhundertsiebzig Touchdown Pässe angebracht hat und ich weiß, dass er 50.656 Passing Yards in seiner Karriere geworfen hat, mehr als jeder vor ihm und aktuell aktiv. Ich weiß auch, dass er sechsmal MVP war und fünfmal in seiner Karriere den Super Bowl gewonnen hat. Er ist der beste Quarterback aller Zeiten und–«

»Und das wusste ich alles nicht«, unterbricht er mich.

»Was?«

»Ich kenne die genauen Zahlen nicht«, meint Noah und lächelt. Er greift nach meiner Hand und streicht mit seinem Daumen über meinen Handrücken. Meine Haut kribbelt und ich beiße mir auf die Lippe. Das sagen sie auch alle – dass sie die Zahlen nicht kennen. Und wenn sie das erste Mal mit meinem Dad reden, können sie all seine Erfolge runterrattern.

»Das sagen auch alle.«

»Ich bin nicht alle«, sagt er und sieht mich an. »Cara … ich will dich kennenlernen und ich … ich wusste nicht, dass du … du es nicht möchtest, weil … weil du denkst, dass man nur Interesse an deinem Dad hat.« Er atmet tief ein und wieder aus. »Es tut mir leid, dass du das denkst. Aber ich … ich habe nur Interesse an dir.«

»Noah, ich–« Ich wende mich von ihm ab und lecke mir über die Lippen. »Es geht nicht.«

»Wieso nicht?«, fragt er. »Ich verspreche dir auch, dass ich die Passing Yards deines Dads nicht auswendig lerne und auch nicht die Jahre seiner Super Bowl Erfolge.«

»1994, 1995, 1997, 1999, als meine Mom hochschwanger war, und nochmal 2001.«

»Du kennst wirklich alle Statistiken«, meint Noah und ich muss lachen.

»Ich bin seine Tochter. Ich muss das wissen.«

»Vermutlich«, murmelt er. »Ich will dich kennenlernen und

nicht deinen Dad. Glaubst du mir das?«

»Ja«, sage ich und ziehe mich von ihm zurück. Er lässt mich und zieht sich ebenfalls zurück. Ich bin dankbar, dass er merkt, dass ich den Abstand brauche.

»Aber das ist nicht der einzige Grund. Fährst du mich bitte nach Hause?«

Noah sieht mich nochmal an und will etwas erwidern, aber er tut es nicht. Stattdessen schaltet er den Wagen auf Drive und fährt wieder los.

»Soll ich dir ein Taxi bestellen?«, frage ich. »Ich bezahle es natürlich auch.«

»Nicht nötig«, erwidert er und setzt den Blinker in unser Viertel. »Das kann ich allein.«

»Noah!« Meine Stimme klingt jämmerlich und ich sehe zu ihm hinüber. Seine Gesichtszüge sind hart und sein Blick ununterbrochen auf die Straße gerichtet. Er ist sauer auf mich. »Ich bezahle das und–«

»Du musst mir kein Taxi bezahlen, das kann ich mir gerade noch leisten«, sagt er ironisch. »Sag mir den Code von eurem Tor.« Er lässt die Scheibe der Fahrerseite herunter und sieht mich auffordernd an.

»220599«

»Okay«, erwidert er und gibt es ein. »Dein Geburtstag, oder?«

»Ja«, sage ich verblüfft. »Wie hast du das rausgefunden?«

»Du hast mir doch erzählt, dass deine Mom beim Super Bowl 1999 hochschwanger war. Somit musst du kurz danach geboren worden sein.« Sprachlos schaue ich ihn an, weil ich nicht gedacht hätte, dass er mir so gut zugehört hat. »Ja, ich höre dir zu.«

Meine Wangen erhitzen sich, als Noah die Auffahrt nach oben fährt und den Wagen hinter dem Porsche meiner Mom abstellt.

»Du kannst den Wagen behalten«, sage ich und sehe ihn an. »Fahr nach Hause und bring ihn mir morgen ins Büro.« Und wieder verlassen die Worte meinen Mund schneller, als mein Gehirn sie sortiert hat. Ich will nicht, dass er mein Auto behält und damit einen Grund hat, mich wiederzusehen. Wenn auch nur im Büro.

»Okay?« Noah klingt skeptisch. »Danke, das ist nett.«

»Ist wohl das Mindeste, nachdem ich dir den Abend mit deinem Bruder ruiniert habe.«

»Hast du nicht«, versichert er mir, lehnt sich über die Mittelkonsole zu mir rüber und grinst mich an. »Ich habe lieber eine halbe Stunde mit dir im Auto gesessen als zwei Stunden mit meinem Bruder und den Jungs in dieser Bar.« Er grinst. »Na gut«, sagt er und kommt mir noch näher. »Du musst aussteigen.«

»Ich weiß«, nuschle ich. »Gute Nacht.«

Mein Herz klopft wild in meiner Brust, als unsere Blicke sich erneut treffen. Angespannt beiße ich mir auf die Lippe und warte, dass er mir auch eine gute Nacht wünscht, aber das tut er nicht.

»Steig aus, Cara«, fordert er und wirkt erschöpft. Er schließt sogar die Augen und ich sehe, dass er mit seiner linken Hand das Lenkrad fest umklammert.

»Warum?«

»Weil ich dich nicht vor eurer Haustür küssen will und deine Eltern das mitbekommen«, gibt er zu. Trotzdem sehe ich ihm an, wie gern er es tun würde. Die Luft im Wagen ist bis zum Zerreißen gespannt. Ich lecke mir erneut über die Lippen. Ob aus Nervosität oder weil ich angetörnt bin, weiß ich nicht. Noah ist unglaublich attraktiv und durch und durch mein Typ.

Ohne es zu wollen, lehne ich mich zu ihm vor. So weit, dass sein Atem auf mein Gesicht trifft.

»Noah?«, bitte ich. »Küss mich.«

»Cara, nein!« Er zieht sich von mir zurück. So weit wie es im Wagen möglich ist. Er lehnt seinen Kopf sogar gegen die Scheibe der Fahrertür. Peinlich berührt ziehe ich mich auch zurück. Er hat mich abgewiesen. Fuck. Hastig öffne die Beifahrertür.

»Bis dann«, murmle ich und stolpere aus dem Wagen. »Gib meiner Assistentin die Schlüssel.«

»Du weißt, dass es nicht ging«, sagt er und ich schüttle den Kopf, werfe die Tür zu und renne zum Haus. Hinter mir heult der Motor des Mercedes auf und Noah verlässt in ihm das Grundstück.

9. Kapitel

Noah

Am nächsten Morgen fahre ich mit Caras Mercedes zum Training, um ihn ihr am Mittag zurückzubringen. Die fragenden Blicke meiner Teamkollegen entgehen mir nicht, aber ich schenke ihnen keine weitere Beachtung. Es geht sie nichts an, dass ich Caras Auto fahre. Immerhin ist das zwischen uns alles andere als spruchreif. Nach dem, was gestern Abend passiert ist und was sie mir erzählt hat, hat sie auch weiterhin kein Interesse mich kennenzulernen. Immer noch nicht. Und das, obwohl sie mich küssen wollte. Ich habe ihre Aufforderung deutlich vernommen. Mehr als das. Mein Körper kribbelte und ich sah mich am Ziel meiner Träume. Na ja fast, denn Träume sind so manches Mal auch Schäume.

Fuck! Niemand ist scharf darauf, beim ersten Kuss von den Eltern beobachtet zu werden, oder?

Es wäre meine Chance gewesen, ihre schönen Lippen auf meinen zu spüren. Sie nur einmal zu küssen und zu schmecken. Aber ich war so dumm sie abzuweisen. Habe ich mittlerweile völlig den Verstand verloren?

Ich denke schon, eindeutig. Da ist die Frau, der ich seit Tagen hinterherlaufe, die ich zu einem Date bewegen möchte, und bittet mich um einen Kuss, und ich Vollidiot habe nichts Besseres zu tun, als es abzulehnen? Dümmer geht es nicht mehr. Meine vielleicht einzige Chance, bei Cara zu landen, habe ich vertan.

Ich öffne den Kofferraum und nehme meine

Trainingstasche raus. Mein Blick fällt auf Caras Reisetasche, die sich ebenfalls darin befindet, und ich kann mir ein Lächeln nicht verkneifen. Seufzend schultere ich meine Tasche und schließe den Kofferraum. Nachdem ich mich gestern so verhalten habe, bin ich von meinem Ziel noch weiter entfernt als jemals zuvor.

Alex hat mich heute Morgen mit so vielen Fragen gelöchert, dass ich das Gefühl hatte mich in einem Kreuzverhör des FBI zu befinden. Es hätte nur noch gefehlt, dass er meine Aussagen protokolliert, statt seine letzten Trainingsvideos auf seinem iPad zu schauen. Mein Bruder wollte alles bis ins kleinste Detail wissen, und hat mich für bescheuert erklärt, als ich ihm gestanden habe, dass ich Cara nicht küssen wollte. Meine Beweggründe waren Alex völlig fremd.

»Noah!« Toby, unser Tight End und meine Quelle für Caras Nummer kommt auf mich zu. »Hey!«

»Hey!«, erwidere ich und schlage mit ihm ein. »Alles klar?«

»Alles bestens und bei dir?«

»Bei mir auch«, entgegne ich. »Ich kann nicht klagen.«

»Neues Auto?«, fragt er, als wir zusammen losgehen und ich weiß im ersten Moment nicht, was ich antworten soll. Ich nehme ihm nicht wirklich ab, dass er das Auto nicht erkannt hat. Dafür sind die beiden zu lange und zu gut befreundet. Unweigerlich interessiert mich, wie gut sie befreundet sind. Ob da jemals mehr zwischen ihnen war als Freundschaft.

Mein Magen verkrampft sich und ich presse die Lippen fest aufeinander, um keinen unangebrachten Laut von mir zu geben.

»Nein«, sage ich möglichst gelassen. »Das ist Caras Mercedes.«

Stille bricht zwischen uns aus und Toby stößt einen Schwall Luft aus.

»Cara?« Er lacht. »Cara Catherine Corse?«

»Kennst du noch eine andere?«, frage ich leicht gereizt und er verdreht die Augen.

»Nein, aber wieso hast du Caras Auto?«, hakt er nach und dreht sich noch einmal nach dem Wagen herum.

»Ich habe sie gestern nach Hause gefahren und sie hat mir das Auto überlassen«, erkläre ich. »Ich bringe es ihr zurück, keine Angst.«

»Ich habe keine Angst um das Auto«, antwortet er zwinkernd. »Ist doch schön, dass ihr euch versteht und sie dir eine Chance gibt.«

»Ja«, murmle ich. »Eine Chance gibt sie mir dennoch nicht. Sie will keine Footballer daten, sagt sie.«

»Ich glaube, dass Cara generell niemanden daten will«, wirft Toby ein. »Sie schiebt extreme Paranoia, dass jeder Typ nur an ihrem Dad interessiert ist und nicht an ihr.«

»Das hat sie mir auch erzählt«, sage ich und weiß nicht, ob ich ihm noch mehr erzählen soll. Ja, sie sind miteinander befreundet und verstehen sich gut, aber ich möchte Caras Geheimnisse und Probleme nicht mit ihm besprechen. Das wird ihr nicht recht sein. »Sie mag es nicht, wenn man etwas von ihrem Dad erzählt, aber kennt selbst jede Statistik«, merke ich nach einigen Sekunden doch an.

»Das ist typisch Cara«, gibt Toby amüsiert zurück. »Sie ist Michaels größter Fan und kennt wirklich jede Statistik, aber sobald ein Kerl etwas über ihn weiß, sieht sie rot.«

Es ist seltsam, Toby so vertraut über Cara und ihre Familie reden zu hören. Wenn ich es nicht besser wüsste, würde ich sagen, dass da noch ein anderes Gefühl in mir aufsteigt. Ist es Eifersucht? Ich hoffe nicht. Das wäre übel, weil ich dann doch tiefer in der ganzen Sache stecke, als mir lieb ist.

»Weißt du, warum das so ist?«, frage ich und halte ihm die

Tür ins Trainingsgebäude auf.

»Nicht so direkt«, meint er. »Ich weiß, dass sie einige Typen hatte, die ihr das Blaue vom Himmel versprochen haben und sie dann abgeschossen haben, sobald sie ihren Vater kennengelernt und ein Foto mit ihm gemacht haben. Die High Society in New York und Boston ist nicht mehr so High, wenn es um Sportlegenden geht. Ihr Dad ist der Größte von allen.«

»Oh wow«, antworte ich, betrete die Umkleidekabine und gehe zu meinem Spind. »Und was soll ich tun?«

Toby zuckt mit den Schultern.

Ich seufze und öffne meinen Spind, um mich umzuziehen.

»Gib ihr Zeit«, rät er mir mit einem Lächeln auf den Lippen. »Freunde dich mit ihr an und beweis ihr, dass du dich nicht für Michael interessierst.«

»Hm«, mache ich und steige aus meiner Jeans. »Hoffentlich funktioniert das.«

»Bestimmt«, meint er und zwinkert mir zu. »Sie wird deinem Charme schon erliegen.«

»Welchem Charme?«, fragt Alex, der an den Spind neben meinem tritt. »Er hat keinen.«

»Aber du hast welchen?«, entgegnet Toby angriffslustig. »Die Hälfte aller Frauen, die mit dir ins Bett geht, wollen nur einmal mit einem Footballer gevögelt haben.«

»Na und?« Völlig unbeeindruckt zuckt Alex mit den Schultern. »Haben wir doch alle was von, oder?«

»Natürlich«, meint Toby. »Da haben wir«, er zeigt auf die Mannschaft, »alle was von, dass dein Schwanz schon in jedem Staat einmal eingefahren ist.«

Ich ignoriere das freundschaftliche Geplänkel der beiden und ziehe mich weiter um. Meine Hose, Protektoren und mein Trikot, bis ich endlich fertig bin und nach meinem Helm greife. Tobys Worte wollen mir nicht aus dem Kopf gehen.

Auch nicht, als ich den Platz betrete und mich warmmache. Cara will meine Gedanken heute wohl nicht mehr verlassen, bis ich wieder bei ihr bin. Dumm nur, dass ich noch mindestens drei Stunden hier festhänge und trainieren muss.

•••

Ich betrete das Firmengebäude von Corse Sport Management und steuere ohne Umwege die Aufzüge an. Ich weiß, dass Cara gesagt hat, dass ich den Schlüssel bei ihrer Assistentin abgeben soll, aber ich will die Chance nicht verstreichen lassen, sie zu sehen. Ich drücke den Knopf, um den Aufzug zu rufen. Zu meiner Überraschung öffnet er sich sogleich und ich steige ein. Lächelnd fahre ich ins dritte Stockwerk, in dem sich Caras Büro befindet, und lehne mich gegen die Wand. Dann ziehe ich mein Handy aus der Hosentasche und öffne ihren Chat.

Noah: Bist du im Büro?

Sofort erscheinen die blauen Haken, die signalisieren, dass die Nachricht gelesen wurde, und drei Punkte. Ob da wohl jemand auf meine Nachricht gewartet hat und mich sehen möchte?

Ich schätze, das rede ich mir ein. Cara geht es vorrangig um ihr Auto.

Cara: Ja, und du? Lebt mein Auto noch?

Ich grinse und tippe eine Antwort, während der Aufzug im dritten Stockwerk hält und die Türen sich öffnen.

Noah: Heute Morgen vor dem Training habe ich eine Beule

reingefahren

Ich kann mir ein Grinsen nicht verkneifen, als ich aussteige und mich auf den Weg zu ihrem Büro mache. Sofort trudeln mehrere aufgebrachte Nachrichten ein.

Cara: ???
Cara: Ich hoffe, dass du mich verarschst?
Cara: Bist du wahnsinnig?
Cara: Noah?!
Cara: Antworte!
Noah: Wie soll ich dir in Ruhe antworten, wenn du mich so bombardierst?

Ihre Assistentin sitzt, wie immer, an ihrem Schreibtisch und ich trete auf sie zu.

»Hallo«, begrüße ich sie. »Ich möchte zu Ms. Corse.«

Sie nickt lächelnd und steht auf. »Einen Moment«, erwidert sie freundlich. »Wenn Sie bitte kurz Platz nehmen würden?« Sie deutet auf den Wartebereich mit zwei schwarzen Sesseln und einem kleinen Tisch dazwischen. Ehrlich gesagt glaube ich nicht, dass ich dort Platz nehmen muss. Cara erwartet mich und seitdem sie denkt, dass ich ihr Auto kaputt gemacht habe, noch mehr.

»Wen sehen meine müden Augen da?« Ich fahre herum und Michael Corse kommt auf mich zu. Wir haben uns bisher nur einmal im Stadion getroffen, bevor die Foxes mich verpflichtet haben. Damals habe ich Alex zugesehen. Ich würde lügen, wenn ich sagen würde, dass er nicht zu meinen sportlichen Vorbildern gehört. »Noah McCarter.«

»Guten Tag, Sir.« Ich räuspere mich und reiche ihm die Hand. »Es freut mich sehr, Sie kennenzulernen.«

»Die Freude liegt ganz auf meiner Seite«, sagt er und stemmt die Hände in die Hüften. »Du hast gut gespielt in der letzten Saison. Ich bin froh, dass wir dich zu uns geholt haben.«

Seine Anerkennung schmeichelt mir. Für mich war es auch die richtige Entscheidung, nach Boston zu kommen. Allein schon, weil ich hier die Chance habe, mit meinem Bruder zu spielen. »Vielen Dank. Es freut mich sehr, das zu hören.«

»Mit dir im Team werden wir den Super Bowl wieder nach Boston holen«, meint er und baut damit überhaupt keinen Druck bei mir auf. »Hast du dich gut eingelebt?«

»Ja«, antworte ich. »Es fiel mir auch nicht schwer. Mit Alex ist immer ein Teil meiner Familie in Boston. Die Stadt gefällt mir schon lange.«

»Das sollte sie auch«, erwidert er lächelnd. »Boston wird schnell zu einem Zuhause. Ich weiß, wovon ich spreche. In den Jahren, in denen ich woanders war, und meine Frau und Cara hier, habe sie und die Stadt schrecklich vermisst.«

Das glaube ich ihm sofort. Meine Familie fehlte mir während des Colleges auch.

»Noah!« Caras Stimme lässt mich zusammenfahren und ich drehe mich zu ihr um. Das helle Sommerkleid mit dem bunten Blumenmuster schmiegt sich perfekt an ihren schlanken Körper. Der dekorative Knoten an der Brust lässt es sexyer wirken, als es eigentlich ist. Caras Haare sind zu einem Pferdeschwanz zusammengebunden, aus dem einige Strähnen vorwitzig herunterhängen. »Hey, Dad«, begrüßt sie ihren Vater.

»Hallo, Schatz!« Michael geht auf sie zu und küsst ihre Wange. »Habt ihr einen Termin?«

»Ja«, sagt sie. »Ich wusste gar nicht, dass ihr euch auch trefft.«

Caras Blick trifft auf meinen und in ihren Augen blitzt etwas auf, das nichts Gutes verheißt. Oh Gott, sie denkt, dass ich eigentlich ihren Vater treffen wollte.

»Es war Zufall!«, rufe ich aus und hoffe, dass sie mir glaubt. Natürlich verehre ich ihren Vater in gewisser Weise. Was dieser Mann für den Football geleistet hat, ist unerreichbar. Dennoch stelle ich es nicht darüber, sie kennenzulernen. »Wir sind uns auf dem Flur begegnet.«

»Hm.« Cara wirkt nicht überzeugt, aber lächelt. »Kommst du in mein Büro?«

»Klar«, sage ich und nicke ihrem Vater zu. »Auf Wiedersehen, Sir.«

»Auf Wiedersehen«, sagt er. »Und ein gutes Spiel am Wochenende. Das Eröffnungsspiel kann manchmal über eine ganze Saison entscheiden.«

Falls er mir Mut zusprechen wollte, muss er das definitiv nochmal üben. Das Einzige, was er geschafft hat, ist, dass die Nervosität noch weiter gestiegen ist. Es ist mein erstes Spiel als Starting Quarterback der Boston Foxes.

»Du machst ihm Angst«, wendet Cara sich an ihn und sieht mich an. »Er wird das schon meistern.«

»Wir werden sehen«, erwidert Michael und lächelt uns an. »Bis Sonntag.«

»Bis Sonntag«, murmle ich und folge Cara ins Büro. Sie schließt die Tür hinter uns und zieht die Augenbrauen hoch.

»Er hat mich angesprochen«, verteidige ich mich erneut. »Das musst du mir glauben und er hat gesagt, dass ich …«

»Ich weiß«, unterbricht sie mich. »Er ist ein großer Fan von dir.« Sie lächelt mich an und geht an mir vorbei zu ihrem Schreibtisch.

»Wirklich?«, frage ich und Cara nickt.

»Wirklich«, meint sie. »Er mag die Art, wie die spielst, und glaubt, dass du die Foxes zurück zu ganz großem Ruhm führst.«

Sprachlos sehe ich sie an und warte darauf, dass sie in Gelächter ausbricht und mir sagt, dass sie mich verarscht, aber das tut sie nicht.

»Ehrlich?«, frage ich nochmal. »Das denkt er von mir? Wow.«

Cara zuckt wenig beeindruckt mit den Schultern und verschränkt die Arme vor der Brust. Natürlich nimmt sie direkt eine defensive Haltung ein, wenn man zu lange von ihrem Dad schwärmt. Mist. Ich habe mir doch vorgenommen, genau das nicht zu tun.

»Was ist mit meinem Auto?«, wechselt sie das Thema. Ihre Augen durchbohren mich förmlich und ich kann mir ein Grinsen nicht verkneifen. Lässig gehe ich auf sie zu.

»Reden wir doch lieber wieder über mein Talent«, necke ich sie.

»Einen Scheiß tun wir«, faucht sie. »Was ist mit meinem Auto? Wenn du es kaputt gemacht hast, dann …«

Nun stehe ich direkt vor ihr und sehe auf sie runter. Cara bricht ihren Satz ab und erwidert meinen Blick. Wenn ich noch einen Schritt nach vorn mache, kann ich mich so weit vorlehnen, um ihre Lippen zu berühren. Wir sind uns so nah. Ihr Atem trifft auf meinen Hals, weil sie trotz der hohen Absätze um einiges kleiner ist als ich. Das Blut rauscht in meinen Venen und ich muss aufpassen, dass es nicht in meinen Schwanz rutscht. Diese Frau ist die reinste Versuchung.

»Dann?«, nehme ich unsere Unterhaltung wieder auf und kann mich nur mit Mühe und Not darauf konzentrieren.

»Dann Gnade dir Gott«, zischt sie und ich muss grinsen.

»Keine Angst«, sage ich und schnalze mit der Zunge. Ich platziere meine Hände links und rechts neben ihr, da sie an ihrem Schreibtisch lehnt. Cara erwidert meinen Blick und ich beuge mich weiter zu ihr vor. Dieses Mal bin ich nicht so dumm wie gestern. Ich will diese Frau. »Mit deinem Auto ist alles in Ordnung.«

»Ach, wirklich?«, fragt sie und schlüpft unter meinen Armen hindurch. »Das will ich sehen.«

Ich fahre herum und sehe ihr nach. »Wo willst du hin?«

»Zu meinem Auto«, sagt sie und schnappt sich ihre Tasche. »Kommst du?«

Perplex schaue ich sie an. »Ich soll mitkommen?«, hake ich nach. Auf die Gefahr hin, dass ich meine Chance bei ihr vielleicht wieder verspiele, möchte ich das aus ihrem Mund hören.

»Wenn du nicht willst …« Cara lässt den Satz in der Luft hängen. »Noch eine Einladung, dass ich dir Boston zeige, bekommst du nicht.«

Ich glaube, dass ich noch nie so schnell die Beine in die Hand genommen habe und losgerannt bin.

10. Kapitel

Cara

Es ist ewig her, dass Marina und ich uns getroffen haben. Sie hat mir neue Ultraschallbilder mitgebracht und berichtet ausführlich von ihrer Schwangerschaft.

»Ich erkenne nichts«, sage ich und halte das Ultraschallbild gegen das Licht. »Bist du dir sicher, dass es ein Junge wird?«

Auf diesem Bild ist wirklich nichts zu erkennen. Vor allem nicht der kleine Strich, der ein Penis sein soll.

»Zu hundert Prozent kann sie es erst beim nächsten Termin sagen, aber wir gehen davon aus, dass es ein Junge wird«, berichtet meine beste Freundin stolz.

»Ich wollte aber ein Mädchen«, mosere ich, was sie zum Lachen bringt.

»Ich auch«, erwidert sie. »Caleb freut sich aber sehr über seinen Sohn.«

»Das glaube ich dir gern«, murmle ich. Es war so klar, dass ein Kerl wie Caleb sich einen Stammhalter, einen Erstgebornen wünscht. Ob das Kind gesund ist oder nicht, ist dabei wohl eher nebensächlich.

Letztendlich hoffe ich immer noch, dass es die richtige Entscheidung für meine beste Freundin ist, und sie es nicht irgendwann bereut, mit ihm zusammen zu sein.

»Wir freuen uns sehr«, schwärmt Marina weiter, als mein Handy vibriert und ich einen Blick darauf werfe.

\+ 1 neue Nachricht von Noah

Aus Respekt meiner Freundin gegenüber nehme ich das Gerät nicht in die Hand. Beharrlich konzentriere ich mich auf unser Gespräch, was mir alles andere als leichtfällt. Es juckt mich in den Fingern, zu schauen, was er geschrieben hat. Letzte Woche war ich mit meinen Eltern beim Eröffnungsspiel und habe ihn siegen gesehen. Außerdem haben wir uns einmal getroffen, um Boston zu erkunden, und dann war er bei seinem ersten Auswärtsspiel in Seattle. Leider haben die Boston Foxes das Spiel verloren. Dementsprechend frustriert war Noah.

Ehrlich gesagt weiß ich nicht, wie ich in die ganze Sache reingeschliddert bin. Aber plötzlich ist er so präsent in meinem Leben und ich glaube, dass wir wirklich Freunde werden können. Meine peinliche Aufforderung an ihn, dass er mich küssen soll, ist längst vergessen, und seitdem achte ich penibel darauf, ihm nicht näherzukommen. Ich möchte versuchen, eine richtige Freundschaft zu ihm aufzubauen.

»Und bei dir?«, fragt Marina und nippt an ihrem Wasser. »Wie läuft es mit Noah?«

Da ist das Thema auch schon wieder bei ihm. Hat sie nicht noch mehr über das Baby zu erzählen?

Marina weiß genau, dass nichts zwischen uns läuft. Dennoch fragt sie mich wieder und wieder nach ihm. Es ist wie eine ellenlange, nervige Schallplatte.

»Es läuft nichts mit Noah«, erwidere ich genervt. »Wir sind Freunde.«

»Wer sagt denn, dass sich meine Frage auf eine sexuelle Ebene bezieht?«

»Jeder, der dich kennt«, entgegne ich nüchtern.

»Okay«, meint sie und grinst mich an. »Wie läuft eure Freundschaft?«

Vielleicht sage ich Marina einfach das, was sie hören möchte, und das Thema ist beendet. Doch das ist nicht richtig. Noah und ich sind Freunde. Sie soll nicht ständig mehr hineininterpretieren. Noah ist in ihren Augen der absolute Jackpot für mich.

»Gut«, sage ich. »Unsere Freundschaft läuft gut. Wir unternehmen viel.«

»Und?«, kommt es von ihr.

»Und was?«, hake ich skeptisch nach.

»Mann, Cara.« Marina rollt mit den Augen. »Du willst mir doch nicht erzählen, dass du eine rein platonische Freundschaft mit diesem wirklich heißen Typen hast?«

Ich finde es gar nicht so abwegig, dass wir Freunde sind. Noah und ich verstehen uns gut, haben dieselben Interessen. Wir beide mögen schnelle Autos, lieben es ungeniert fettige Pizza in uns reinzuschieben und stehen auf dieselben Comedy Programme im Fernsehen. Abseits des Jobs tut er mir gut. Es ist schön, mit jemandem Zeit zu verbringen, der Football mag, aber nicht pausenlos darüber oder über meinen Dad redet.

»Doch, das will ich«, erwidere ich. »Warum glaubst du mir nicht?«

»Weil es totaler Blödsinn ist in meinen Augen.«

»In deinen Augen?«, frage ich und ziehe die Augenbrauen hoch. »Warum gönnst du es mir nicht?«

Sobald ich es ausgesprochen habe, beiße ich mir auf die Lippe. Scheiße, das wollte ich so nicht sagen. Vor allem wollte ich ihr keinen Vorwurf machen. Ich weiß doch, dass sie es mir gönnt.

»Du glaubst, dass ich es dir nicht gönne?«, faucht sie. Seitdem sie schwanger ist, ist sie viel empfindlicher geworden. Sachen, über die sie vorher lachte, sind nun ein großes Drama. Ständig schaffe ich es, etwas zu sagen, was sie auf die Palme bringt oder noch schlimmer: zum Weinen.

»Nein!«, rufe ich. »Das wollte ich nie sagen.«

»Ach ja?«, will sie spitz wissen.

»Ja«, erwidere ich. »Ich hab es nicht so gemeint.« Ich atme tief durch und schließe für einen Moment die Augen, um mich zu fangen und mir meiner Worte nochmal ganz genau bewusst zu werden. »Es ist kompliziert.«

»Was?«, fragt sie und pikst in ihren Salat. »Dass du den heißesten Typen in Boston datest und …«

»Ich will mich wirklich mit ihm anfreunden.«

Marina stöhnt auf und zieht die Augenbrauen hoch.

»Wo ist das Problem? Warum vögelst du nicht einfach mit ihm?« Sie meint das todernst und sieht mich, wieder völlig gefasst, an.

»Das hast du jetzt nicht gefragt, oder?«, erwidere ich genervt. »Ich will nichts von Noah. Nicht so.«

»Ich habe doch nicht gesagt, dass du ihn heiraten sollst«, meint sie. »Ich kenne deine Prinzipien, aber verdammt …« Marina versucht sich zu beruhigen, was mich kichern lässt. Das Thema Noah McCarter bringt ihr Blut ganz schön in Wallung. Ich kichere erneut.

»Wie findet Caleb es eigentlich, dass du so interessiert an Noah bist?«

Nun verdreht sie die Augen. »Du lenkst ab, Cara«, erwidert sie. »Was Caleb denkt, tut doch gar nichts zur Sache.«

»Nein?«, frage ich und sie schüttelt den Kopf.

»Nein.«

Meiner Meinung nach würde Caleb durchdrehen, wenn er das wüsste. Ich hatte immer die Hoffnung, dass sie einen besseren Mann findet, aber diese habe ich, seitdem sie schwanger ist, endgültig begraben.

»Noah McCarter ist so heiß. Bitte schlaf nur ein Mal mit

ihm.«

Deutlicher kann sie es wirklich nicht sagen.

»Vergiss es«, lehne ich ab. »Das macht es nur unnötig kompliziert. Und wie kommst du überhaupt darauf, dass ich das will?«

»Das wollen alle Frauen«, meint sie lapidar. »Und es gibt keine bessere Position als deine, um mit einem so heißen Typen in der Kiste zu landen.«

»Du nervst! Können wir bitte über etwas anderes reden?«

Mein Handybildschirm leuchtet wieder auf und ich werfe einen Blick darauf. Marina linst grinsend über den Tisch. »Noah?«, will sie zuckersüß wissen. »Du kannst ihm gern antworten.«

»Nein«, sage ich und sperre den Bildschirm. »Ich bin mit dir hier.«

»Na und?«, meint sie. »Stellst du ihn mir wenigstens bald vor?«

»Warum?«

»Weil ich deine beste Freundin bin und ihn kennenlernen möchte.«

»Du kennst ihn«, revidiere ich ihren Wunsch. »Und ich erinnere dich wirklich nur sehr ungern daran, wie du mich vor ihm komplett bloßgestellt hast.«

Es treibt mir immer noch die Schamesrote ins Gesicht, wenn ich an diesen Abend denke. Das war so peinlich.

»Ach das!« Marina schüttelt den Kopf. »Das habe ich doch gern gemacht. Du solltest mir danken.«

»Du bist furchtbar«, zischle ich. »Und ich weiß nicht, ob dein Zustand das noch verschlimmert.«

Sie lacht und trinkt von ihrem Wasser.

»Und ich bin deine beste Freundin und du liebst mich«, vervollständigt sie meinen Satz.

»Das auch«, sage ich versöhnlich. »Aber du bist aktuell wirklich fies.«

»Schuldig im Sinne der Anklage und …« Marina stoppt und sieht in Richtung Tür. »Dein Schnuckel mit noch einem anderen Schnuckel sind gerade zur Tür reingekommen.«

»Was?« Mein Kopf fährt herum und tatsächlich betreten Noah und Alex das Restaurant. »Er hat gar nicht gesagt, dass er zum Mittag ausgeht.«

»Nicht?«, fragt Marina und ich werfe ihr einen entnervten Blick zu. »Und ich dachte, das tun Freunde.«

»Ach, weißt du …« Es liegt mir auf der Zunge, ihr eine Beleidigung an den Kopf zu werfen, aber ich spare es mir. Marina provoziert mich mit voller Absicht, weil sie mir doch noch irgendwelche Kommentare dazu entlocken will, dass Noah und ich mehr als Freunde sind.

Ich schaue erneut zu ihm und will ihn beobachten, als Alex mich entdeckt. Er hebt die Hand und ich tue es ihm gleich. Dann stößt er seinen Bruder an und deutet auf mich. Noahs Gesichtsausdruck hellt sich auf und er lächelt ebenfalls. Mein Lächeln wird noch breiter, als sie unseren Tisch ansteuern.

»Uh, sie kommen her«, kommentiert Marina das Ganze.

»Halt die Klappe«, zische ich.

»Hey«, sagt Alex und nimmt auf dem Stuhl neben Marina Platz, sodass Noah neben mir sitzt. Alex grinst mich an und wendet sich an meine beste Freundin. »Alexander, hi, aber Alex ist auch okay. Du warst mit Cara unterwegs, als Noah sie in der Bar kennengelernt hat.«

Warum betont er, dass Noah mich dort kennengelernt hat? Na gut, das war auch so. Noah kam zu unserem Tisch und hat mich, mit tatkräftiger Unterstützung von Marina, angesprochen.

»Ich bin Marina. Caras beste Freundin und ihr schlechtes

Gewissen.«

Ich verdrehe die Augen und die Jungs lachen.

»Ich bin Noah«, stellt dieser sich vor und reicht ihr die Hand. »Freut mich, dich kennenzulernen.«

»Ich freue mich auch«, meint sie und sieht mich grinsend an. Bevor sie noch mehr dummes Zeug erzählen kann, kommt eine Kellnerin an unseren Tisch.

»Hi«, meint sie und flirtet die McCarter Zwillinge offensiv an. Und wie sollte es anders sein? Alex springt darauf an.

»Hi«, meint er. »Was kannst du uns empfehlen?«

Noah stöhnt neben mir auf und ich grinse.

»Wir haben heute den Chicken Burger mit Süßkartoffelpommes im Angebot. Aber ich schätze, dass ihr beide etwas Gesünderes essen müsst.«

Sie kichert abartig künstlich und ich verdrehe die Augen. Kann man solche Frauen einfach zum Abschuss freigeben? Das ist erbärmlich für unsere Spezies.

»Ich glaube, dass ich heute sündigen darf«, flirtet Alex sie ungeniert an und nun verdreht sogar Marina die Augen.

»Okay, und was ist mit dir? Sündigst du auch?«, wendet sie sich an Noah. Ich sehe sie an und merke, dass sie meinen Blick mitbekommt. Wie kann man so niveaulos sein, erst Alex und nun Noah schöne Augen zu machen? Ich bin nicht eifersüchtig, aber es ist wirklich unglaublich, wie manche Frauen sich verhalten. Ich räuspere mich und greife nach meinem Glas. Noah sieht mich an. Marina lacht.

»Vielleicht bestellt ihr erstmal was zum Trinken …«, meint meine beste Freundin und rettet die Situation damit. »Essen bestellen sie, wenn Sie zurückkommen. Ihr solltet erst einmal in die Karte schauen.« Um ihre Worte zu verdeutlichen, schiebt sie Alex unsere hin.

»Und was möchtet ihr trinken?«, fragt die Kellnerin deutlich zurückhaltender. Dennoch klimpert sie mit den Wimpern, während sie zwischen den Zwillingen hin und her schaut. Wie kann man nur so frech sein? Ihr muss doch langsam aufgefallen sein, dass sie nervt.

»Ich nehme eine Cola light«, sagt Alex und Noah nickt seinem Bruder zu.

»Ich auch, danke, und wenn Sie es haben, gern noch eine Karaffe Wasser dazu.«

»Aber natürlich«, säuselt sie. »Wie Sie wünschen.«

Dann dreht sie sich endlich um und verschwindet mit schwingenden Hüften am Tresen, um unsere Bestellung weiterzugeben. Noah greift an mir vorbei zur Karte und grinst mich an.

»Und was kannst du mir empfehlen?«, will er wissen.

»Wenn du glaubst, dass ich dir auch etwas Sündiges empfehle«, meine ich. »Vergiss es. Meine Ofenkartoffel war sehr gut.« Ich deute auf meinen leeren Teller.

»Okay«, meint er. »Dann nehme ich eine.«

Alex studiert die Karte noch einen Moment länger, aber bleibt bei dem Vorschlag der ätzenden Kellnerin. Diese kommt für meinen Geschmack auch viel zu schnell zurück.

»Da bin ich wieder!«, flötet sie und diesmal verdrehe ich absichtlich die Augen. »Bitte schön«, meint sie und stellt Alex und Noah ihr Getränk vor die Nase. »Schon etwas zum Essen gefunden?« Sie klemmt das Tablett unter ihre Achsel und nimmt ein iPad aus der Tasche an ihrem Gürtel heraus, in das sie die Bestellungen eintippt.

»Für mich die Ofenkartoffel«, sagt Noah.

»Pikant gewürzt oder normal?«

»Normal«, sagt er und sie nickt und sieht zu Alex.

»Ich bleibe bei dem Burger. Das Fleisch bitte Medium und dazu normale Pommes.«

»Sehr gerne«, erwidert sie und geht davon. Ich schüttle nochmal den Kopf und auch Marina verdreht die Augen.

»Warum guckt ihr so?«, fragt Alex. »Ich finde sie nett.«

»Natürlich tust du das«, meint Marina und verbirgt die Ironie in ihrer Stimme keineswegs. »Du bist auch scharf auf sie.«

»Möglich«, meint er und wir müssen alle lachen. Noah hebt seine Cola light ebenfalls an und damit auch den Bierdeckel, weil das feuchte Glas daran hängenbleibt. Unter diesem kommt ein Zettel zum Vorschein mit einer Telefonnummer darauf. Meine Brust hebt und senkt sich angestrengt und ich versuche, mir nicht anmerken zu lassen, wie sehr mich die Situation nervt. Dass sie schamlos mit ihnen flirtet, okay. Aber Noah auch noch ihre Nummer zuzustecken, obwohl ich neben ihm sitze, ist echt frech.

Ich bin nicht eifersüchtig, denke ich, aber trotzdem gefällt mir der Gedanke, dass er sie später kontaktieren könnte, überhaupt nicht. Ich mache mir nun mal Sorgen um ihn. Als seine Freundin, rein platonisch.

»Sie hat dir ihre Nummer gegeben?«, fragt Alex und schnappt nach Luft. Wenigstens ist er genauso entsetzt von dieser Unverfrorenheit, wie ich es bin. »Das kann doch nicht sein. Ich habe mir so viel Mühe gegeben mit ihr zu flirten und du bekommst ihre Nummer.« Genervt wirft er seine Serviette auf den Tisch und Noah lacht.

Ich nehme es zurück! Der Kerl regt sich lediglich darüber auf, dass sein Zwilling die Nummer bekommen hat und nicht er. Wow, der Nachmittag hat einen neuen Tiefpunkt erreicht.

»Hier!« Noah wirft ihm den Zettel rüber. »Du kannst sie haben. Bis heute Abend weiß sie sowieso nicht mehr, wen sie reitet.«

Marina bricht in schallendes Gelächter aus und ich starre die Zwillinge fassungslos an. Das ist unfassbar. Was für eine billige

Nummer ist das?

Andererseits hat Noah recht. Sie wird die beiden heute Abend nicht mehr unterscheiden können, und vermutlich ist es ihr auch schier egal, mit wem sie ins Bett geht. Trotzdem gefällt es mir nicht, dass ursprünglich Noah den Zettel bekommen hat und nicht Alex. Marina schnappt sich den Zettel.

»Hat sie fein säuberlich geschrieben«, meint sie.

»Es ist wohl keine Meisterleistung, eine Nummer auf eine Serviette zu schreiben«, fauche ich und alle sehen mich mit großen Augen an. Vor allem Noah. Seine Augenbrauen wandern langsam in die Höhe. »Was?«

»Du bist doch nicht etwa eifersüchtig?«, will er schmunzelnd wissen.

»Bitte?«, keuche ich. »Eifersüchtig? Ich?« Ich zeige auf mich selbst. »Wovon träumst du nachts?«

Ein riesiges Grinsen erscheint auf Noahs Lippen und er beugt sich zu mir rüber. Ich will zurückweichen, aber er lässt mich nicht. Stattdessen trifft sein heißer Atem auf mein Gesicht. Ein Schauer läuft mir über den Rücken und ich beiße mir auf die Lippe. Bloß nicht einknicken, Cara.

»Wovon ich nachts träume?«, raunt er mir zu.

»Hm«, murmle ich – zu keiner weiteren Regung in der Lage.

»Den Super Bowl zu gewinnen«, erwidert er und ich starre ihn an. Noah grinst und zieht sich zurück. »Was dachtest du denn?«

Amüsiert sieht er mich an und ich schlage ihm auf den Arm. Doch dieser neckische Klaps entwickelt sich schnell zu einem richtigen Punch, der mich volle Kanone zurück trifft. Meine Handfläche kribbelt und mein Herz schlägt schneller. Wir wissen beide, wovon er nachts träumt, und ich bin mir nicht sicher, ob das gut für unsere Freundschaft ist.

Aber solange ich nicht darauf eingehe und meinen Herzschlag unter Kontrolle bekomme, läuft doch weiterhin alles wie am Schnürchen.

11. Kapitel

Cara

Ich bin mit meinen Eltern im Stadion, um ein Spiel der Boston Foxes live zu verfolgen. Sie spielen gegen die Seattle Commanders. Ihr neuer Quarterback, Jalen Armstrong, kam erst dieses Jahr ins Team. Die Commanders wählten ihn beim Draft aus. Mein Dad hat auf der Autofahrt von ihm geschwärmt und gemeint, dass die Foxes ihn auch hätten holen können, aber in dem erfahreneren Noah eine bessere Option für die Zukunft sehen. Rookies, vor allem Quarterbacks, können in ihrer ersten Saison im Profibereich schlechter spielen als am College und dieses Risiko wollten die Foxes nicht eingehen. Die Anzahl der Interceptions ist in der Rookie Saison in der NFL deutlich höher als im College und späteren Jahren. Die jungen Spieler müssen sich erst an die erfahrenen und oft agileren Defense-Spieler gewöhnen, die natürlich ein ganz anderes Tempo spielen.

Ich habe meinem Dad geduldig zugehört, aber seinen Aussagen nicht viel beigemessen. Er redet gern über Spieler und wie er sie einschätzt. Vor allem über Quarterbacks, um festzustellen, dass sie niemals so gut sein werden wie er. Dad würde es öffentlich nie sagen, aber er genießt es, der beste Quarterback aller Zeiten zu sein.

Wenn ich mit meinen Eltern im Stadion bin, sitzen wir natürlich in unserer familieneigenen Loge. Ohne sie bevorzuge ich es auf der Tribüne zu sitzen, weil ich finde, dass man dort den Vibe des Spiels besser mitbekommt. Heute sind wir nicht nur als Familie hier, sondern auch um Corse Sport Management zu repräsentieren.

Obwohl es Mitte September ist, hält sich in diesem Jahr eine unangenehme spätsommerliche Hitze an der Ostküste der USA. Im Stadion steht die Luft und ich fächere mir mit der Speisekarte zu, sodass ein Windzug entsteht. Der kühle Hauch ist allerdings nur ein Tropfen auf dem heißen Stein.

Das Stadion ist bereits gefüllt und die Stimmung ist wie immer gigantisch.

Noah hat mir gestern Abend zuletzt geschrieben. Heute habe ich noch nichts von ihm gehört, aber er sagt, dass er an Spieltagen immer in sich gekehrt ist. Er braucht diese Ruhe, um sich besser fokussieren zu können, und wer bin ich, ihm diese nicht zu gönnen. Dennoch habe ich ihm eine kurze Nachricht geschrieben, in der ich ihm viel Glück gewünscht habe.

Auf einmal wird es unerträglich laut und ich lenke meinen Blick auf den Tunnel, aus dem die Spieler der Boston Foxes kommen. Angeführt von Noah laufen sie auf den Platz, um sich aufzuwärmen. In seinem Trikot, mit den Protektoren und den verboten engen Hosen sieht er noch heißer aus als sonst. Sein Helm baumelt locker in seiner rechten Hand, als Alex ihn anstößt. Er hebt seinen Finger und deutet im Stadion herum. Noah sagt etwas zu ihm, schüttelt den Kopf und beschleunigt seine Schritte, um von Alex wegzukommen.

Umso besser ich die Zwillinge kennenlerne, desto unterschiedlicher finde ich sie. Noah ist eher ruhig und in sich gekehrt, während Alex laut und geradeheraus ist. Ob ihr Bruder Logan die goldene Mitte ist? Macht zwar eigentlich keinen Sinn, da er älter ist, aber eine Frage ist es dennoch wert.

»Ob du dich jemals an das Stadion gewöhnen wirst?«, fragt meine Mom und ich sehe sie an.

»Vermutlich nicht«, erwidere ich seufzend. »Aber es gehört zu unserem Leben.«

»Das tut es«, meint sie. »Und bald vielleicht noch mehr zu deinem, als dir bewusst ist.«

Fragend ziehe ich die Augenbrauen hoch, aber sie grinst mich nur an. Es ist Quatsch, dass ihre Aussage auf Noah abzielt. Jetzt wo ich selbst im Sportmanagement arbeite, kann ich es lediglich noch weniger von mir schieben, wer ich bin.

»Ich bin Michael Corses Tochter«, antworte ich. »Natürlich tut es das.«

»Ich meinte nicht deinen Dad«, erwidert sie lächelnd und sieht auf das Spielfeld. Ich folge ihrem Blick, als Noah seinen Helm aufzieht. Plötzlich hebt er die Hand und winkt in unsere Richtung. Erschrocken reiße ich die Augen auf. Meint er etwa mich?

»Wir sind auf der Videowand«, sagt meine Mom und deutet auf diese. »Er winkt dir.«

Hitze steigt in mir auf, und ich traue mich kaum, zur Videowand zu sehen. Wieso tut er das? Und warum glaubt meine Mutter, dass er mir winkt?

»Wie kommst du darauf, dass er mir winkt?«

»Er hat erst gewunken, nachdem du gezeigt wurdest.« Sie zuckt mit den Schultern. Also winke ich zurück, weil es sich gehört. Unter unseren Gesichtern werden unsere Namen eingeblendet: »Dana & Cara Corse – Michael Corses Ehefrau & Tochter«.

»Toll«, murre ich. »Jetzt weiß das ganze Stadion, dass wir hier sind und Noah McCarter mir winkt.«

»Ist doch nett«, erwidert sie.

»Ach, Mom«, murmle ich. »Ich mag es nicht, in der Öffentlichkeit zu stehen.«

Was auch ein weiterer Grund ist, wieso ich Noah nicht date!

»Das weiß ich«, meint sie lächelnd und drückt meinen Arm. »Aber er hat dir gewunken.«

Ich kann nur hoffen, dass meine Mom nicht auf denselben dämlichen Noah-Zug aufspringt wie Marina. Meine beste Freundin hat kein anderes Thema mehr als ihn. Vielleicht noch ihre Schwangerschaft, aber da gibt es auch nicht mehr so viel Neues, außer, dass ihr Bauch wächst.

»Wir kennen uns«, sage ich. »Ich arbeite für ihn, Mom.«

»Das weiß ich.« Sie lächelt mich zufrieden an. »Ich finde ihn nett und er sieht sehr gut aus.«

»Mom!« Entrüstet sehe ich sie an. »Warum sagst du das?«

»Weil es die Wahrheit ist«, besteht sie auf ihre Sicht der Dinge. »Oder findest du etwa nicht?«

Ja, super, was soll ich jetzt antworten? Natürlich sieht Noah gut aus und er ist nett und mit Sicherheit auch ein Traum von einem Schwiegersohn, aber nicht für meine Mom. Das kann sie sich abschminken. Noah und ich sind Freunde und das ist gut so.

In den letzten Wochen haben wir uns immer weiter angefreundet und das finde ich schön. Wirklich schön. Und er auch. »Also, ich denke … Daddy!«, rufe ich und bin froh, dass das Auftauchen meines Vaters mich aus der Situation rettet.

»Da seid ihr ja«, sagt er und lächelt uns an. »Seid ihr auch schon so aufgeregt? Ich denke, dass Noah heute wirklich gut drauf sein wird. Auf keinen Fall darf er im Schatten eines Rookies stehen.«

Ich sehe auf das Feld und zu Noah. Er wirft Alex ein paar Bälle zu und täuscht einen Lauf an. Dann gleitet mein Blick weiter zu Jalen Armstrong. Er redet mit einem der Teammitglieder der Seattle Commanders. Er sieht ziemlich gut aus, das muss ich zugeben. Ich habe aber gehört, dass er eine feste Freundin hat, die er bereits am College kennengelernt hat.

»Hm«, erwidere ich. »Wir werden sehen.«

»Setzen wir uns?« Mein Dad zeigt auf die Sessel vor uns und lächelt uns an.

»Natürlich«, erwidert meine Mom und ich folge ihnen. Kurz nachdem wir uns gesetzt haben und auch die Fans ihre Plätze eingenommen haben, geht das Spektakel los. Die Teams laufen ein und die Nationalhymne erklingt.

Die Foxes haben den Münzwurf für sich entschieden und eröffnen das Spiel mit ihrem ersten Drive. Die Offense, angeführt von Noah, kommt aufs Feld und stellt sich auf.

Mein Dad ist in den kommenden Minuten ein reines Nervenbündel und als Boston nach dem ersten Quarter mit einem Touchdown sieben zu vierzehn zurückliegt, wird er noch angespannter. Im zweiten Quarter wird es besser, unsere Defense steht gut und schafft eine Interception. Noah kommt wieder aufs Feld und ich lehne mich nach vorne. Die Jungs haben bei dem Turnover einige Yards gutgemacht und ich hoffe, dass wir einen schnellen Touchdown schaffen.

»Komm schon«, murmle ich, als sie sich aufstellen und Noah sich platziert. Er gibt das Kommando und der Center führt den Snap durch. Noah bewegt sich für wenige Schritte in der Pocket. Doch sogleich ist ein Defense-Spieler zur Stelle und reißt ihn zu Boden.

»Verdammt!« Reflexartig springe ich auf, was mir einen fragenden Blick meines Dads einbringt. »Sorry.«

Schnell setze ich mich wieder auf meine vier Buchstaben und versuche, mich zu beruhigen. Sie sind erst im zweiten Versuch und haben noch alle Zeit der Welt.

Im nächsten Drive gelingt es ihnen, einige Yards gutzumachen. Schlussendlich schaffen sie es, in Field Goal Range zu gelangen. Noahs genervtes Gesicht wird groß auf der Videowand gezeigt. Er löst die Sicherungen von seinem Helm, wirft ihn auf den Boden und setzt sich auf die Bank. Alex nimmt neben ihm Platz.

Ich seufze und lenke meinen Blick wieder auf die Mannschaft, die nun im Vorteil ist: Seattle! Angeführt von ihrem jungen Quarterback Jalen Armstrong, stellen sie sich auf. Zugegebenermaßen ist er wirklich, wirklich gut. Noch dazu gelingt ihm ein Big Play und Seattle erzielt einen Touchdown. Mein Dad flucht neben mir und die anderen Personen in der Loge tuscheln.

Ich versuche ihre Stimmen auszublenden, weil die meisten von ihnen Noah kritisieren und ihn infrage stellen. Sie meinen, dass man mit Jalen besser dran gewesen wäre. Das ist totaler Blödsinn und wenn sie genauer darüber nachdenken würden, wüssten sie das. Noah hat einige Jahre Erfahrung in der Liga, die Jalen Armstrong erst sammeln muss. Heute ist einfach ein guter Tag für ihn, mehr nicht.

»Los, Noah«, wispere ich. »Komm schon.«

Die Offense kommt wieder aufs Feld und es läuft erneut alles ab wie zuvor. Sie stellen sich auf und der Center wirft Noah den Ball zu. Noah läuft – meiner Meinung nach – wieder einen falschen Weg und wird zu Boden gebracht. Es ist zum Verrücktwerden. Er bringt keinen Pass an. Das Schlimmste ist, dass alle froh sind, als es endlich in die Pause geht. Mit einem vernichtenden 10:28. Seattle hat zwei Touchdowns und ein Field Goal plus einen weiteren Punkt Vorsprung. Und wenn da unten keine Wunder geschehen, wird das ein sehr bescheidener Abend für die Boston Foxes. Meine Eltern gehen in die Loge, um sich neue Getränke zu holen. Ich bleibe stehen und lasse meinen Blick durchs Stadion gleiten. Es ist mein erster Besuch in dieser Saison und natürlich hätte ich mir gewünscht, dass Noah besser spielt. Das ganze Team sollte besser spielen und in der zweiten Halbzeit eine Schippe drauflegen.

Das dritte Quarter fängt so beschissen an, wie das zweite aufgehört hat. Noahs Pässe sind eine Katastrophe und Jalen Armstrong spielt, als wäre er ein Gott.

Wie durch ein Wunder schafft es unsere Defense dennoch das 10:28 noch ein paar Spielzüge zu halten.

Ich blicke zu Noah. Seine Körperhaltung hat sich verändert. Er ist deutlich angriffslustiger und das bekommt auch sein Bruder zu spüren. Noah schubst ihn von sich und gibt ihm ein klares Kommando, wo er sich zu positionieren hat. Natürlich lässt Alex das nicht auf sich sitzen und ein verbaler Schlagabtausch zwischen den Zwillingen folgt. Noah kann diesen für sich entscheiden und Alex muss sich aufstellen, wo Noah ihn haben will. Diesmal visiert Noah einen anderen Spieler an und der Spielzug funktioniert. Er erläuft einige Yards.

»Yes«, flüstere ich und beiße mir auf die Lippe, als sie sich erneut bereit machen. Diesmal geht alles glatt und es gelingt ein Touchdown. Auch der Zusatzpunkt des Kickers sitzt. Zwar steht es immer noch 17:28, aber es ist ein Lichtblick. Im nächsten Drive der Seattle Commanders lässt unsere Defense ihnen keine Chance und es ist, als hätte Noahs Touchdown einen Knoten gelöst. Dazu kommt, dass Armstrong eine Interception wirft und der Ball zu uns zurückfindet.

Nachdem auch bei diesem Drive ein Touchdown erlaufen wird, geht es mit einem 24:28 in das vierte Quarter.

»Oh Gott«, murmle ich und fahre mir durch die Haare. Man sollte ein Footballspiel niemals abschreiben, bevor das letzte Quarter gespielt wurde. Mein Dad ist mittlerweile auch aufgestanden und gibt den Jungs von seiner Position aus Anweisungen. Ich bin heilfroh, dass er seine Karriere als

Coach erst einmal wieder an den Nagel gehängt hat. Die armen Kerle.

Die Boston Foxes sind erneut am Ball und stellen sich auf. Noah führt eine hitzige Diskussion mit Toby und geht kopfschüttelnd zu seinem Center. Ich falte meine Hände ineinander, als würde beten noch etwas bringen, und starre auf das Feld. Bei diesem Drive schaffen sie es bis in die Endzone. Nicht nur ich, das ganze Stadion ist angespannt. Wenn die Foxes nun einen Touchdown erzielen, haben sie Seattle eingeholt.

»Komm schon«, wispere ich, als sie sich aufstellen und Noah in Position geht. Er muss es schaffen. Die Reihen stehen sehr eng vor der Endzone, aber es sind nur wenige Meter bis dahin. Der Center wirft den Ball zu Noah und dieser versucht es durch die Mitte. Wie zu erwarten, wird er sofort geblockt.

»Scheiße!«

Meine Eltern sehen mich fragend an und ich schüttle den Kopf. Als hätten sie nicht genau das Gleiche gedacht. Wir haben noch einen Versuch, um den Touchdown zu erreichen und diesen Drive ohne Punktverlust zu beenden. Das Team bringt sich erneut in Position. Noah bekommt den Pass und Alex läuft sich in der Endzone frei. Kreischend springe ich auf, als er den Ball fängt.

»Sehr gut!«, rufe ich so laut, dass die Leute unter mir hochschauen. »Weiter so!«

In den kommenden Minuten überholen die Commanders die Foxes mit einem Touchdown und führen mit 35:31. Auf der Uhr ist noch eine Minute und die Foxes sind wieder am Ball. Sie müssen einen Touchdown erzielen, sonst ist das Spiel verloren. Die Zeit will nicht vergehen und natürlich nehmen die Commanders mitten in unserem Drive ein Time-out.

Ich beobachte Noah. Er wirkt gelassen, redet mit seinem

Coach und dann mit Alex und Toby. Vor der Loge laufe ich auf und ab, um die Nervosität loszuwerden.

»Cara?«, fragt meine Mom. »Bist du nervös?«

»Nein«, antworte ich. »Überhaupt nicht.«

Sie grinst mich an, doch ich verdrehe nur die Augen und konzentriere mich auf das Spiel. Das Time-out ist um und die Offense stellt sich wieder auf. Noah gibt seinen Spielern letzte Anweisungen und sie stellen sich in Position. Der Center führt den Snap aus, der Ball landet in Noahs Händen und er tanzt in der Pocket. Das sorgt dafür, dass die Defense Zeit bekommt, die sie nutzen.

Quarterback Sack und damit ist es vorbei. Wie in Gottes Namen kann er da zurücklaufen? Das ist ein rabenschwarzer Tag für die Foxes. Auch der nächste Angriff verpufft im Nichts und die Zeit läuft gnadenlos ab.

•••

Ich stehe in der Tiefgarage und warte auf meine Eltern, die noch hunderte von Händen schütteln. Mit einem vorgetäuschten Toilettengang habe ich mich schnell aus der Affäre gezogen und bin schon mal vorgegangen – in der Hoffnung, Noah zu treffen. Die Boston Foxes haben das Spiel nicht nur verloren, sondern in den letzten Sekunden auch noch einen Turnover verursacht und den Commanders einen weiteren Touchdown ermöglicht. Ein richtig gebrauchter Sonntag.

»Cara, hey!« Ich drehe mich um und sehe Toby auf mich zukommen.

»Hey!« Lächelnd gehe ich meinem Kindheitsfreund entgegen und umarme ihn. »Tut mir leid wegen des Spiels.«

»Passt schon«, meint er und zuckt mit den Schultern. »Die

Saison ist noch lang und wir hatten einen schlechten Tag.«

»Habe ich gemerkt«, bemerke ich. »Gegen wen spielt ihr nächste Wochen?«

»Atlanta«, meint er. »Wo sind deine Eltern?«

»Die schütteln noch Hände«, erwidere ich grinsend.

»Hast du meine Eltern gesehen?«, erkundigt er sich, aber ich antworte ihm gar nicht mehr. Denn in diesem Moment öffnet sich der Aufzug und Noah kommt heraus.

Er unterhält sich mit Alex, der ihm folgt. Noah hebt den Kopf und sieht mich an. Seine Mundwinkel wandern nach oben und ich lächle ebenfalls. Das veranlasst Toby dazu, sich umzudrehen.

»Ach ja«, meint er grinsend und wackelt mit den Augenbrauen. »Natürlich wartest du auf Noah.«

Hitze steigt mir in die Wangen und ich weiche seinem Blick eilig aus. »Gar nicht«, widerspreche ich halbherzig. »Das ist alles … Zufall.«

Toby kann sich nur schwer ein Lachen verkneifen.

Noah und Alex kommen zu uns herüber, und Toby ist so nett und tritt einen Schritt zur Seite.

»Hey«, meint Noah und ich lächle ihn an.

»Hi«, sage ich. Er beugt sich zu mir vor und drückt mir einen Kuss auf die Wange.

»Wie hat dir das Spiel gefallen?«, will er grinsend wissen.

»Hm«, murmle ich und weiß nicht recht, was ich antworten soll. Das Spiel war nicht sonderlich gut, aber das kann ich unmöglich sagen. Es würde ihn nur runterziehen. »Es war okay.«

»Du bist eine miserable Lügnerin«, antwortet er.

»Sorry«, kichere ich. »Ich wollte dich aufbauen.«

Vorsichtig hebe ich meinen Blick und mein Herz schlägt schneller. Noah erwidert mein Lächeln und zieht mich näher an sich heran. Unweigerlich schmiege ich mich an ihn und lege meine Hände auf seinen muskulösen Brustkorb.

»Was machst du heute noch?«

Überrascht sehe ich zu ihm auf. »Ich warte auf meine Eltern und denke, dass wir dann nach Hause fahren und du?«

»Ich will auch nach Hause«, murmelt er. »Hast du Lust mitzukommen? Wir können etwas kochen und den Abend ausklingen lassen.«

Überrascht sehe ich ihn an und an ihm vorbei zu Alex und Toby. Ich bin mir nicht sicher, ob sie Notiz von uns nehmen, da sie in eine angeregte Diskussion über das Spiel vertieft sind.

»Alex fliegt heute Abend noch nach Nashville.«

»Okay, wow«, murmle ich. »Und du nicht?«

»Ich habe noch ein paar Termine in den kommenden Tagen. Ich fliege am Mittwoch.«

»Okay«, sage ich erneut wenig geistreich und Noah lacht.

»Und? Kommst du mit?«, hakt er nach.

Ich beiße mir auf die Lippe und stelle mir die gleiche Frage. Noah und ich waren noch nie allein bei ihm zu Hause, um einen Abend miteinander zu verbringen. Unschlüssig überlege ich hin und her. Ob das wohl zu intim ist? Wir sind Freunde, aber tun Freunde nicht genau so etwas?

»Cara?«, fragt er. »Ja oder nein?«

»Ich weiß nicht«, erwidere ich ehrlich. »Ich habe dort kein Auto …«

»Ich fahre dich später nach Hause«, bietet er an. »Und natürlich fahre ich dich auch nicht, wenn du bei mir bleiben willst.«

Mein Puls rast und eine Gänsehaut breitet sich auf meinem Körper aus. Nicht auszudenken, dass zwischen uns mehr laufen könnte als ein netter Abend unter Freunden. Das geht nicht.

»Hast du etwa schlechte Absichten mit mir?«, starte ich einen Versuch, die Unterhaltung ins Lächerliche zu ziehen.

»Absolut nicht«, meint Noah und zwinkert mir zu. »Wir verbringen einen Abend unter Freunden.«

Ich atme tief durch und schaue nochmal zu Alex und Toby.

»Okay«, gebe ich schließlich nach. »Ich komme mit.«

12. Kapitel

Cara

Noah öffnet mir die Wohnungstür und ich trete nach ihm ein. Es ist das erste Mal, dass ich bei ihm zu Hause bin. Die untere Etage der Wohnung wird von einer großen Wohnküche dominiert. Eine riesige schwarze Ledercouch steht mitten im Raum und ist in Richtung eines gigantischen Flachbildfernsehers gerichtet.

»Fühl dich wie zu Hause«, sagt Noah und stellt seine Trainingstasche neben der Treppe ab. »Wein?«

»Gern«, erwidere ich und lächle ihn an. »Mein Wein-Buddy ist aktuell out of order.« Er zieht die Augenbrauen hoch, was mich grinsen lässt. »Marina«, erkläre ich ihm. »Sie darf aktuell keinen Wein trinken.«

»Verständlich«, meint er. »Freut sie sich auf das Baby? Wie lange dauert es noch?«

»Sie freut sich wahnsinnig«, erwidere ich und folge ihm in die Küche. »Die Geburt ist im Februar.« Ich stelle meine Handtasche auf der Theke ab und setze mich auf einen der Barhocker. »Marina kann es kaum noch erwarten und zählt bereits die Tage.«

»Es ist noch mehr als ein halbes Jahr«, entgegnet Noah amüsiert und nimmt zwei Gläser aus dem Schrank. Dann geht er an mir vorbei ins Wohnzimmer, um eine Flasche aus dem riesigen Weinregal an der Wand zu holen.

»Rotwein oder Weißwein?«, fragt er und sieht mich über die Schulter hinweg an.

»Weißwein, bitte«, erwidere ich. »Das sage ich Marina auch, aber sie möchte das nicht hören. Ist das ein lieblicher Wein?«

»So wie du es bist?«, entgegnet er frech.

»Lieblich?«, frage ich.

»Nein, weiß.« Noah rollt mit den Augen. »Du bist doch nicht lieblich.«

Ich lache und Noah stellt die Flasche vor mir ab.

»Natürlich bin ich lieblich«, behaupte ich. »Du hast gar keine Ahnung, wie lieblich ich bin.«

»Nicht?«, fragt er, stützt seine Unterarme auf der Kücheninsel ab und beugt sich zu mir rüber. »Du könntest es mir zeigen?«

Ich tue es ihm gleich und beuge mich über die Kücheninsel hinweg zu ihm vor. Noah sieht mich abwartend an. Sein Blick tanzt zwischen meinen Lippen und meinen Augen hin und her. Wir sind uns schon wieder so nah, dass ich seinen Atem auf mir spüren kann. Mein Herz schlägt schneller und meine Haut kribbelt, wenn ich daran denke, seine Lippen auf meinen zu fühlen.

Fuck, wir sind Freunde. Hastig ziehe ich mich zurück und beende den magischen Moment zwischen uns.

»Der Wein«, räuspere ich mich. Noah verharrt noch einen Augenblick in seiner Position und richtet sich ebenfalls auf.

»Wein«, brummt er. »Natürlich.«

Er nimmt die Gläser an sich und schenkt uns ein. Während er das Glas über die Kücheninsel zu mir schiebt, ist er penibel darauf bedacht, dass wir uns nicht berühren. Meine Zurückweisung hat ihn gekränkt. Zumindest wirkt es so. Aber wir sind doch Freunde und Freunde werfen sich keine schmachtenden Blicke zu, oder?

»Wir haben über Marina gesprochen«, fängt Noah das Gespräch wieder auf. »Wie lange seid ihr schon befreundet?«

»Seit wir in der Middle School nebeneinandergesetzt wurden«, sage ich. »Sie ist quasi schon mein ganzes Leben meine beste Freundin.«

»Das ist schön«, erwidert er. »Ist sie auch … äh … reich?«

Verlegen sieht er weg, als wäre es eine unangebrachte Frage, dabei ist es das nicht. Meine Eltern sind reich. Da liegt es natürlich nicht fern, dass ich auch reiche Freunde habe.

»Nein«, sage ich. »Ihre Mom hat als Sekretärin an unserer Schule gearbeitet. So konnten Marina und ihre Brüder die Schule kostenlos besuchen.«

»O wow«, meint Noah. »Kam sie sich da nicht … äh … seltsam vor zwischen den ganzen Rich Kids?«

»Manchmal«, erwidere ich achselzuckend. »Es machte ihr nichts aus. Vielmehr spornte es Marina an, dass sie etwas aus sich machen wollte. Wie war es bei dir in der Schule?«

»Der reichste Schüler an unserer Schule war der Sohn des Bürgermeisters. Und er war ein Idiot.«

»Hat er Football gespielt?«, frage ich grinsend und klimpere mit den Wimpern.

»Nein!«, antwortet Noah entrüstet und trinkt von seinem Wein. »Er war im Schwimmteam und hat immer mit seinem Körper angegeben.«

Ich kann nicht anders, als loszulachen.

»Er hat mit seinem Körper angegeben?«, frage ich. »Und was hast du getan?«

»Dieses Meisterwerk …« Er zeigt auf seinen Körper. Ich folge seiner Hand und muss mal wieder feststellen, wie unsagbar gut er aussieht. Oh ja, das tut er. Das graue T-Shirt, das er heute trägt, schmiegt sich perfekt an seine Brust. »Ist harte Arbeit. Dieser Idiot hat doch nicht hart gearbeitet.«

»Na ja«, meine ich und nippe an meinem Wein. »Ich glaube schon, dass Schwimmen ein harter Sport ist. Vielleicht probierst du es mal aus?«

»Verarschst du mich gerade?«, hakt er nach und ich lache los.

»Vielleicht«, erwidere ich grinsend. »Ist Alex dein bester Freund?« Irgendwie gehe ich davon aus. Sie sind bereits ihr ganzes Leben zusammen und mag man Alex glauben, haben sie diese magische Beziehung zueinander.

»Auch«, sagt Noah. »Mein bester Freund Jamie lebt noch in Nashville. Er hat nach dem College die Firma seines Dads übernommen.«

»Ihr seid auch zusammen zur Schule gegangen?«

»Ja«, sagt er. »Unsere Lehrer haben Alex und mich ab der Highschool auseinandergesetzt und ich wurde neben Jamie gesetzt.«

»Cool«, sage ich. »Und wie war das für euch?«

»Ich glaube für mich war es einfacher als für Alex. Allerdings wurde er damals neben Daisy gesetzt. Kurz darauf war sie seine erste Freundin.«

»Oh, wie süß«, quietsche ich.

»Natürlich findest du das süß«, meint er. »Daisy und Alex waren fast drei Jahre zusammen.«

»Warum haben sie sich getrennt?«, hake ich interessiert nach und nippe an meinem Wein. Es ist schön, mit ihm über seine Vergangenheit und seine Freunde aus der Schulzeit zu sprechen. So lernen wir uns noch besser kennen. Noah ist niemand, der prahlt, das habe ich mittlerweile begriffen. Er muss nicht damit angeben, was sein Dad alles erreicht hat oder wie viele Yachten seiner Familie gehören. Vermutlich keine, so wie es klingt. Er ist furchtbar normal. Genau wie Marina und das macht ihn nur noch interessanter für mich.

»Daisy wollte nicht das Leben einer Spielerfrau führen«, sagt Noah und dreht sein Glas in der Hand. »Alex war am Boden zerstört und über Monate nicht zu gebrauchen.

Zwischenzeitlich dachten wir, dass er das College nicht packt, sein Stipendium hinwirft und zurück zu ihr geht.«

»Oh Gott!« Ich schlage mir die Hand vor den Mund. Dennoch kann ich mir nur sehr schwer vorstellen, dass Alex ernsthaft Liebeskummer hatte. Im Gegenteil. Er ist ein absoluter Aufreißer und Schwerenöter. Ich wette, dass er mich auch anmachen würde, wenn er die Chance hätte. »Liebeskummer würde ich ihm als letztes zuschreiben. Sorry.« Ein wenig beschämt darüber, wie ich über seinen Bruder denke, lächle ich ihn an.

»Nicht mehr«, sagt Noah. »Daisy hat ihn komplett zerstört. Seitdem hatte er keine Beziehung mehr und möchte nicht mehr als eine Nacht oder vielleicht auch zwei, wenn es richtig gut lief. Er hat sie wirklich geliebt.« Noah sieht mich an und wenn ich es nicht besser wüsste, würde ich sagen, dass man den Schmerz darüber in seinen Augen immer noch sehen kann. Ihm scheint es nahezugehen, was damals mit seinem Bruder passiert ist.

»Das ist so schön und so traurig zugleich«, wispere ich. »Und … und du? Hattest du auch eine … Daisy?«

Noah sieht auf und mir direkt in die Augen. Gänsehaut breitet sich auf meinem Körper aus und mein Herz beginnt schneller zu schlagen.

»Nein«, sagt er und ich stoße einen Schwall angehaltener Luft aus. »Hatte ich nicht. Und du? Hattest du einen Alex?«

»Ich date keine Footballer«, erwidere ich und Noah seufzt.

»Das meinte ich nicht«, sagt er. »Ich meinte, ob du auch eine Highschool Liebe hattest?«

»Wer nicht?«, stelle ich ihm die Gegenfrage.

»Ich?«

»Echt?« Verdutzt sehe ich ihn an. »Das geht doch gar nicht.

»Cara«, meint er mit Nachdruck. »Lenk nicht vom Thema ab.

Hattest du?«

Ich sehe ihn an und seufze.

»Ja«, antworte ich. »Hatte ich.«

»Und weiter?«

»Nichts weiter. Ich hatte eine Highschool Liebe.«

»Name, Alter, Adresse«, meint er. »Und was zur Hölle hat er angestellt, dass er es mit dir vergeigt hat?«

»Tja.« Noahs Blick ausweichend, lache ich freudlos auf. Ich drehe mein Weinglas in der Hand, sodass der Inhalt hin und her schwappt. »Er war mehr an meinem Dad interessiert als an mir. So wie alle.«

Noah sieht mich erstaunt an und ich ziehe die Augenbrauen hoch.

»Was?«, frage ich. »Dachtest du, dass ich mir das damals ausgedacht habe?«

»Nein«, erwidert er. »Das habe ich nicht. Aber es sind nicht alle so.«

»Zumindest alle, die ich bisher kennengelernt habe«, sage ich und seufze leise. »Natürlich nicht alle, so wie nicht alle Frauen nur an deinem Geld interessiert sind.«

»Du zum Beispiel«, meint er.

»Ja, weil ich mehr als genug davon habe und es mir nicht wichtig ist. Ich weiß, das lässt sich so leicht sagen, wenn man mal fünfzig Millionen Dollar erbt. Als Alleinerbin wohlgemerkt. Aber es ist mir wirklich nicht wichtig. Ich wäre lieber so aufgewachsen wie du. Mein Dad war nie da. Er hat nicht eine meiner Schulaufführungen gesehen und hatte nicht wirklich viel Ahnung von meinem Leben. Statt zu meiner Abschlussfeier an der Highschool zu kommen, musste er zu einem Vorbereitungscamp nach Kalifornien. Der Sport ging immer vor und das möchte ich nicht.«

Noah bring kein Wort über die Lippen, während ich den

Monolog über mein Leben und die Rolle meines Vaters darin halte.

»Das tut mir leid«, erwidert er aufrichtig. »Dazu kann ich leider nichts Gegensätzliches sagen.«

»Nein«, sage ich und seufze. »Tut mir leid, wir sind vollkommen vom Thema abgekommen. Ich hatte, wie gesagt, diesen Freund und er war hin und weg von meinem Dad. Damals dachte ich noch, dass es cool ist, aber irgendwann habe ich gemerkt, dass es das nicht ist.«

»Und das zog sich immer so weiter?«, mutmaßt Noah.

»Leider«, erwidere ich. »Es war immer das Gleiche. Erst haben sie mich umworben, ich bin darauf reingefallen und dann haben sie mir eröffnet, dass sie meinen Dad kennenlernen möchten.«

Noah verzieht den Mund und seufzt.

»Wolltest du deswegen kein Date mit mir? Weil du Angst hattest, dass ich über deinen Dad meinen Stand bei den Boston Foxes festigen möchte?«

»Nein«, sage ich ehrlich. »Ich date einfach keine Footballer.«

»Gar keine?«, fragt er entsetzt.

»Nein, gar keine und jetzt frag mich nicht ständig danach. Das habe ich dir doch schon öfters gesagt.«

»Und was tust du, wenn da dieser unglaublich gutaussehende, einzigartige und wahnsinnig charismatische Typ ist, der auch noch fantastisch küssen kann?«, fragt er und kommt mit großen Schritten auf mich zu. »Und dir dann sagt, dass er Footballer ist?« Noah sieht mich unentwegt an und steht dicht vor mir. Ich muss meinen Kopf in den Nacken legen, um seinen Blick erwidern zu können.

»Dann sage ich ihm, dass ich nicht interessiert bin.«

»Auch wenn du ihm bereits verfallen bist?«, wispert er und beugt sich zu mir runter. »Mit Haut und Haar?«

Mein Herz schlägt mir bis zum Hals und ich schlucke. Wann genau ist das Gespräch um Marinas Schwangerschaft, Wein und Alex erste Freundin so eskaliert?

Ich sehe Noah an und weiß, worauf er hinauswill. Verdammt. Was antworte ich nur? Er wird niemals aufgeben.

»Ist das dieser männliche Jagdtrieb?«, platzt es aus mir heraus, was ihn dermaßen aus der Fassung bringt, dass er zurückzuckt.

»Wa … was?«, stottert er und ich nutze die Situation, um mich von ihm zurückzuziehen und etwas Raum zwischen uns zu bringen. Er war mir viel zu nah und ich muss unweigerlich darüber nachdenken, ihn zu küssen.

»Ist das dieser männliche Jagdtrieb, dass du alles versuchst, um mich rumzukriegen?«

»Männlicher …« Noah lacht und hält inne. Plötzlich macht er einen Satz auf mich zu, sodass ich nicht schnell reagieren kann. Er greift nach mir und schlingt seinen Arm um meine Hüfte, um mich an sich zu ziehen. Mein Körper prallt gegen seinen und ich spüre seine harten Muskeln. Noah sieht auf mich herab und sein Atem geht schneller.

»Tu es nicht!«, warne ich ihn mit heiserer Stimme.

»Was?«, fragt er und beugt sich zu mir herunter. Mein Herz schlägt wieder schneller und in mir sträubt sich alles dagegen, mich an ihn zu schmiegen und das, was er vorhat, zuzulassen. Aber verdammt … ich bin auch nur eine Frau. Und er ist ein extrem heißer Typ.

»Küss mich nicht«, flehe ich ihn und sehe zu ihm auf. »Bitte.«

»Wieso nicht?«, wispert er. »Mein Gott, Cara.«

Noah stößt Luft aus, sodass diese meine Wange streift. Gänsehaut breitet sich auf meinem Körper aus und ich schiebe meine Hände über seine breite Brust.

»Beim letzten Mal sollte ich dich noch küssen«, flüstert er

mir zu.

»Es würde alles unnötig kompliziert machen«, sage ich und sehe ihn an. »Und das weißt du.«

Noah erwidert meinen Blick und schlägt die Lider nieder. Ich denke bereits, dass er es einsieht, und weiß, dass es keine gute Idee ist, doch dann umfasst er mein Gesicht mit seinen großen Händen. Erneut will ich protestieren. Doch ich stehe stocksteif da und starre ihn an.

»Verdammt, Cara«, knurrt er. »Das funktioniert nicht, das weißt du doch. Wir können nicht nur Freunde sein.«

Seine Aussage hallt in meinem Kopf wider und ich will ihm antworten, als seine Lippen bereits auf meinen liegen.

13. Kapitel

Cara

Noahs Lippen auf meinen zu spüren, fühlt sich wahnsinnig gut an. Viel besser, als ich es mir jemals vorgestellt habe und eingestehen würde. Er gibt mir Zeit den Kuss zu erwidern, doch ich bin zu keiner Reaktion fähig.

Meine innere Stimme warnt mich noch immer vor diesem Kuss und dem, was er zwischen uns verändern wird.

Ich darf ihn nicht zulassen und in das Unvermeidbare schlendern: Mich in Noah McCarter zu verlieben.

Aber seine Lippen fühlen sich zu gut an. Sie passen perfekt auf meine. Meine Hände, die auf seiner Brust liegen, streichen auf und ab. Noah rückt noch näher an mich heran und sein Griff um meine Hüfte festigt sich. Langsam aber sicher beginnt mein Widerstand zu bröckeln, weil es sich zu gut anfühlt. Von seiner muskulösen Brust bahne ich mir den Weg hinauf zu seinem Nacken und verschränke meine Hände ineinander.

Endlich erwidere ich den Kuss. Das lässt alle Mauern, die ich so akribisch aufgebaut habe, brechen.

Noah intensiviert den Kuss. Küsst mich drängender und klopft mit seiner Zunge an meine Lippen an. Seufzend gebe ich mich geschlagen und lasse seine Zunge in meine Mundhöhle eindringen. Seine rechte Hand wandert an meine Wange und schiebt sich in meine Haare. Er winkelt meinen Kopf an und ich lasse es geschehen, sodass der Kuss noch intensiver wird. Sein Gesicht schwebt über meinem und ich überlasse ihm die Kontrolle. Unsere Zungen führen einen erbitterten Kampf, wer die Oberhand gewinnen wird. Noah zieht meinen Körper näher an seinen und ich spüre seinen harten Schwanz an meinem Bauch. Fuck. Ich hätte nicht gedacht, dass dieser Kuss ihn so sehr erregt. Aber natürlich tut er das, weil es sich unglaublich anfühlt.

Ich habe mich so lange gegen das Unvermeidbare gewehrt, aber es hat keinen Sinn mehr. Mit diesem Kuss reißt er meine letzten Mauern ein und ich gebe mich ihm hin.

»Was ist?«, flüstert er und lässt seinen Daumen über meine Wange gleiten.

»Nichts«, sage ich und lächle ihn an. »Alles gut.«

Unsere Lippen finden einander erneut. Diesmal ist der Kuss leidenschaftlicher und ungestümer. Noahs Zunge dringt tief in meine Mundhöhle ein und entlockt mir ein Stöhnen.

Plötzlich liegen seine Hände auf meinen Oberschenkeln und er hebt mich hoch, sodass ich meine Beine um seine Hüfte schlingen muss.

»Wo willst du hin?«, frage ich zwischen zwei Küssen, als er mich die Treppe nach oben trägt.

»Wonach sieht es denn aus?«, ist seine schlichte Antwort.

Ja, wonach sieht es aus? Nach seinem Schlafzimmer!

Noch bevor ich weiter darüber nachdenken kann, ob wir das wirklich tun sollten, küsst er mich wieder um den Verstand. Die obere Etage seiner Wohnung läuft wie in einem Film an mir vorbei, bis Noah eine Tür öffnet und mich zum Bett trägt. Die Sonne geht unter und steht so perfekt am Himmel, dass sie in einem warmen Orangeton durch die Vorhänge der großen Panoramafenster scheint.

Noah lässt mich vor seinem riesigen Bett runter und lächelt mich an. Für einen Moment sehen wir einander in die Augen und betrachten das Gesicht das anderen. Ich bin es schließlich, die ihre Hand ausstreckt und über seine Wange streicht. Über den Bartschatten und seine schönen Lippen, die so sündhaft gut küssen können, sowie eine kleine Narbe an seiner linken Schläfe, die mir noch nie aufgefallen ist.

»Was hast du da gemacht?«, frage ich und berühre sie vorsichtig mit meinen Fingern. Die Stelle ist uneben und noch immer spürbar.

»Kleine Auseinandersetzung«, erwidert er. »Mit Logan.«

»Du hast dich mit deinem großen Bruder geprügelt?«, frage ich und er lacht und küsst meinen Hals.

»Ja. Lass uns jetzt zu wichtigeren Dingen kommen.«

Noah beugt sich wieder zu mir vor, aber ich schüttle den Kopf.

»Ich finde das wichtig«, halte ich dagegen und schiebe ihn von mir.

Noah zieht die Augenbrauen zusammen und scheint nicht zu begreifen, was ich von ihm will. Sein Gehirn ist komplett auf Sex gepolt.

»Auf die Gefahr hin, dass du mich rauschmeißt«, murmle ich und lasse mich zurück aufs Bett fallen. »Erzähl es mir! Alles! Über die Narbe, andere Narben, deine Brüder.«

Noah öffnet den Mund und kann es zunächst nicht glauben. Ich weiß, dass er in diesem Moment nichts anderes tun möchte, als mit mir zu schlafen. Doch verdammt! Das interessiert mich so viel mehr als Sex.

»Okay«, lenkt er ein. »Du machst mich fertig, Cara Catherine Corse. Warte kurz.«

Ich will etwas erwidern, als er auf dem Absatz kehrt macht und in einem angrenzenden Raum verschwindet. Einige Sekunden später kommt er mit Klamotten in der Hand wieder.

»Hier«, bietet er mir eines seiner Trikots an. »Die rechte Tür ist mein Bad. Zieh dich um. In der Jeans ist es vielleicht etwas unbequem.«

»Du erzählst es mir?«, frage ich erstaunt und krabble vom Bett.

»Natürlich«, sagt er. »Wenn du es wissen möchtest.«

Glucksend springe ich vom Bett auf und verschwinde im angrenzenden Badezimmer. Es ist kleiner, als ich vermutet habe. Graue Fliesen und dunkelgraue Möbel sowie eine riesige runde Badewanne säumen es. Die Fenster sind bodentief und mit einem blickdichten Plissee versehen. Ich streife meine Jeans und mein Shirt ab und lege beides auf den Rand der Badewanne. Dann schlüpfe ich in das Trikot. Es geht mir bis über die Knie. Auf meiner linken Brust prangt das Logo der Boston Foxes. Ein großes B mit den Umrissen eines Fuchskopfes darum. Ohne darüber nachzudenken, was ich tue, hebe ich den Stoff an und halte ihn mir vor die Nase. Zu meiner Enttäuschung riecht es nicht nach Noah, sondern nach Lavendelwaschmittel. Aber was erwarte ich auch von einem frischen Trikot? Ich drehe mich einmal im Kreis, um meinen Rücken zu betrachten. »N. McCarter – 10« steht dort in großen Druckbuchstaben.

Dieser Tag ist ganz anders geendet, als ich es mir ausgemalt habe. Gleich liege ich in Noahs Bett, wenn auch absolut plantonisch. Grinsend betrachte ich mich nochmal und binde meine Haare auf dem Weg zurück ins Schlafzimmer zusammen.

Noah sitzt auf seinem Bett. Den Rücken an das große Kopfende gelehnt, sieht er auf sein Handy herab.

Räuspernd mache ich mich bemerkbar. »Da bin ich wieder.«

Er hat sein graues T-Shirt gegen ein weißes getauscht und seine lange Jogginghose gegen Shorts.

»Sexy«, kommentiert er mein Outfit und Hitze steigt mir in die Wangen. Komplimente dieser Art tragen nicht gerade dazu bei, dass ich nicht mit ihm schlafen möchte. Noch mehr, wenn er so verdammt sexy dasitzt.

»Selbst sexy«, erwidere ich.

»Also«, wechselt er zu meiner Überraschung das Thema und legt sein Smartphone beiseite. »Was möchtest du wissen?«

»Hm«, mache ich und überlege, womit ich anfange. »Fangen wir mit der Narbe an.«

Noah seufzt und fasst an die Stelle, an der sie sich befindet.

»Logan und ich haben gestritten. Er ist fünf Jahre älter als wir. Er war elf und ich sechs. Alex und ich haben ihn geärgert und dann hat er eines unserer Spielzeugautos genommen und nach mir geworfen. Es hat mich hier«, er tippt an das vernarbte Gewebe oberhalb seiner linken Augenbraue, »getroffen und ich habe diese Narbe bekommen.«

»Konnte er sich nicht anders wehren?«

»Natürlich konnte er das«, meint Noah und lacht. »Aber das war am effizientesten aus der Sicht eines Elfjährigen. Er musste sich immer gegen zwei kleine Brüder durchsetzen. Alex und ich hielten stets zusammen.«

»Gegen Logan?«, vermute ich und Noah lacht.

»Natürlich gegen Logan«, stimmt er mir zu. »Alex und ich sind und waren eine Einheit.«

»Verstehe«, murmle ich. »Und wie hat Alex es dann geschafft eine Freundin zu finden – ohne, dass du beteiligt warst?«

»Ich war beteiligt«, antwortet er lachend. »Ich durfte nicht mehr neben ihm sitzen und Daisy wurde dorthin gesetzt.«

»Mochtest du sie?«, frage ich.

»Daisy?«

Ich nicke.

»Klar«, sagt er. »Ich mag sie immer noch. Wir sind alle in einem Alter und treffen uns, wenn wir in Nashville sind. Wir sind Freunde.«

»Das ist schön«, sage ich. »Dass du dort immer noch Anschluss hast.«

»Das finde ich auch«, meint er und lächelt mich an. »Es ist unser zu Hause und manchmal tut es gut, dem Medienstress in Boston zu entfliehen.«

»Warum fliegt ihr diesmal nach Nashville?«, will ich wissen.

»Unsere Mom hat Geburtstag und es ist Herbstmarkt.«

»Herbstmarkt?«, frage ich neugierig nach, weil ich davon noch nie gehört habe.

»Du kennst sowas wirklich gar nicht, oder?«, erwidert Noah amüsiert.

»Nein«, sage ich und beiße mir auf die Lippe. »Woher denn? Ich komme aus Boston und habe nur in Großstädten gelebt. Was macht man da?«

»Tagsüber ist es ein Markt, auf dem die Farmer aus der Umgebung ihre Waren anbieten, es gibt Essen und Trinken. Natürlich auch viele Schausteller und Livebands. Wir versuchen jedes Jahr hinzufliegen. Außerdem findet der Herbstmarkt immer um den Geburtstag unserer Mom statt.«

»Das ist natürlich der offizielle Grund«, necke ich ihn.

»Unbedingt!« Noah lacht ebenfalls. »Jedes Jahr sind wir am Geburtstag unserer Mom betrunken, weil am Abend zuvor die große Party auf dem Herbstmarkt ist. Einmal kam Alex direkt vom Festplatz zum Kaffeetisch.«

»Oh Gott!«, rufe ich aus. »Und was hat eure Mom gesagt?«

»Sie war sauer, aber hat es weggelächelt«, meint er und zuckt mit den Schultern. »Was hätte sie auch tun sollen? Es ist nicht so, dass es uns sonderlich interessiert hat.«

»Stimmt«, überlege ich und denke darüber nach, ob mir sowas schon mal passiert ist, aber komme schnell zu dem Entschluss, dass dem nicht so ist. Meine Freunde stammen allesamt aus Familien, in denen man solche Feste meidet, und

Familiengeburtstage stets einem hochoffiziellen Ereignis der Gesellschaft angehören, sodass man sich sowas nicht erlauben darf.

Noahs Erzählungen klingen lustig. Es muss toll sein, eine so befreite Kindheit und Jugend verbracht zu haben.

»Okay, weiter«, treibe ich ihn an. »Was ist mit deinem Tattoo?« Er hält mir sein Handgelenk hin und ich nicke.

»A für Alex und L für Logan«, erklärt er mir. »Und die Krone finde ich schön. Logan hat ein N und ein A und Alex ein N und ein L.«

»Voll schön«, sage ich und strecke die Hand aus, um die Linien mit meinen Fingern nachzuziehen. Das Tattoo ist nicht mehr neu, es ist bereits ein wenig verlaufen, dennoch ist es schön gestochen und man sieht, wie viel es ihm bedeutet. Wie viel ihm seine Brüder bedeuten.

Noah sieht mich an und beugt sich zu mir vor. Er greift nach meiner Hand und drückt einen Kuss auf die Innenseite meines Handgelenks. Eine Gänsehaut bildet sich auf meinem Körper und ich sehe ihn mit großen Augen an. Noah denkt gar nicht daran, es bei dem einen Kuss zu belassen, sondern küsst sich weiter meinen Unterarm hinauf. Bis er schließlich den Kopf hebt und mich ansieht.

Mein Herz pocht laut in meiner Brust, als er sich vorbeugt.

»Was machst du da?«, will ich mit belegter Stimme wissen.

»Wonach sieht es denn aus?«, erwidert er keck. »Ich muss dich davon überzeugen, dass es bessere Dinge gibt als quatschen.«

»Und die wären?«, frage ich und komme ihm entgegen. Noah erwidert meinen Blick und überwindet die letzten Zentimeter zwischen uns, um seine Lippen auf meine zu legen. Er küsst mich sanft und abwartend. Seine Lippen erkunden meine. Seufzend gebe ich mich ihm hin, lege meine Hand in seinen

Nacken und erwidere den Kuss. Unsere Zungen begrüßen einander. Noah zieht mich rittlings auf seinen Schoß. Meine Mitte berührt seinen harten Schwanz und wir stöhnen beide auf.

Noahs Hände streichen über meinen Rücken bis zu meinem Hintern, den er sanft umfasst und knetet. Ich weiß, dass er drauf und dran ist, das Trikot hochzuschieben, um meine nackte Haut zu berühren. Allein bei dem Gedanken daran, dass er mich weiter berührt, stöhne ich auf. Der Wunsch, seine Lippen auf meinem gesamten Körper zu spüren, wird immer größer. Ich reibe mein Becken an seinem, spüre seine Härte unter mir. Am liebsten würde ich seinen harten Schwanz aus seiner Hose ziehen und meinen Slip lediglich beiseiteschieben, um uns beiden Erleichterung zu verschaffen. Angespornt von meinen eigenen Gedanken, schiebe ich meine Hände über seine Brust bis zu meinem Bauch und dem Saum seines T-Shirts. Ohne den Kuss zu lösen und um Erlaubnis zu bitten, lasse ich sie darunter gleiten. Seine stahlharten Bauchmuskeln heißen mich willkommen. Noah stöhnt auf, als ich mit meinen Fingernägeln die Rillen seines Sixpacks nachziehe. Sein Schwanz reibt gegen meine Mitte, die lediglich durch den zarten Stoff meines Slips verhüllt ist.

»Noah«, wispere ich und ziehe am Saum seines Shirts. »Darf ich?«

»Natürlich«, flüstert er, hilft mir bei meinem Vorhaben, und wirft es neben uns auf den Boden. Ich betrachte seine muskulöse Brust und lasse meine Finger darüberfahren. Er sieht so gut aus. Warum sollten wir unsere Freundschaft nicht durch diese kleine, aber feine, Sache erweitern? Guter Sex hat noch keinem geschadet. Warum soll Freundschaft plus nicht auch bei uns funktionieren?

Noah zieht mich näher an sich heran und legt seine Lippen

auf meine. Ich erwidere den Kuss, lege meine Hände in seinen Nacken und schiebe meine Zunge in seinen Mund. Wir stöhnen beide, als meine Mitte über seine rutscht und nun ist es Noah, der das Trikot hebt und mir über den Kopf zieht. Es landet neben seinem auf dem Boden und er betrachtet mich. Meine Brüste stecken in einem durchsichtigen Bralette, das einen perfekten Blick auf meine harten Brustwarzen freigibt. Noahs Lippen erkunden meinen Hals. Er saugt die dünne Haut oberhalb meines Pulses in seinen Mund ein und lässt sie wieder frei. Das wird sicher ein Knutschfleck.

»Ich will dich«, stöhnt er und zieht mich näher an sich. Seine Küsse wandern über meine Schultern bis zu meinen Brüsten. Seine Hände auf meinem Rücken umkreisen immer wieder den BH-Verschluss. »Willst du mich auch?«

»Ja«, wispere ich und lächle ihn an.

Noah dreht uns herum, sodass ich unter ihm liege. Er rutscht zwischen meine gespreizten Beine und seine Lippen finden erneut meine. Von diesen bahnt er sich den Weg über meinen Hals bis zu meinen Brüsten. Sanft leckt er mit der Zunge über meine aufgerichteten Brustwarzen. Der dünne Stoff des Bralette wird durch seinen Speichel feucht und klebt an meiner erhitzten Haut.

»Noah«, keuche ich und hebe mein Becken an.

Er lacht gegen meinen Bauch, sodass ich eine Gänsehaut bekomme. Noah sieht zu mir hoch und richtet sich auf, um seine Lippen auf meine zu legen. Seine Hände platziert er neben meinem Kopf und senkt sein Becken gegen meines. Mit kreisenden Bewegungen heizt er mich noch weiter an. Es fühlt sich unglaublich gut an.

Meine Finger bahnen sich erneut den Weg über seine Brust und seinen Bauch bis zum Saum seiner Shorts. Vorsichtig schiebe ich meine Hand hinein und er stöhnt gegen meinen

Mund, als meine Finger seinen heißen Schaft berühren.

»Gott!«, keucht er und bewegt sein Becken vor und zurück.

Ich umfasse seinen Schwanz und bewege meine Hand auf und ab. Immer wieder lasse ich sie über sein erhitztes Geschlecht gleiten, bis hin zu seiner Eichel.

»Cara!« Seine Hand greift nach meiner und er hält mich auf. Grinsend blicke ich ihn an. Meine Hand umfasst seinen Schwanz immer noch und obwohl er mich festhält, gibt er mir genug Freiraum, dass ich ihn weiter streichle. Schließlich zieht er meine Hand aus seiner Hose und platziert sie neben meinem Körper.

»Liegen lassen«, flüstert er. »Bitte.«

»Wieso?«, frage ich. »Hast du sonst einen Schnellstart?«

Noahs Augenbrauen schießen in die Höhe und ich lache amüsiert auf. Das ist definitiv ein Ja.

»Du machst mich wahnsinnig«, raunt er und küsst erneut meinen Hals, meine Brüste und meinen Bauch. An meinem Slip angekommen, spreizt er meine Beine weit auseinander und drängt seine breiten Schultern dazwischen. Die sanften Küsse auf die Innenseiten meiner Schenkel lassen mich fast hochspringen.

»Noah, bitte«, keuche ich, als sein heißer Atem meine empfindliche Mitte trifft.

»Du bist so perfekt«, wispert er, ehe er seine Finger in den Bund meines Slips einhakt und ihn nach unten zieht. Ich stöhne laut auf, als er seinen Mund auf meine Mitte drückt.

»Noah«, stöhne ich und hebe mein Becken an, um ihm entgegenzukommen. Er teilt meine Schamlippen mit seiner Zunge und dringt mit einem Finger in mich ein. Mein Stöhnen erhellt das Schlafzimmer und ich komme ihm entgegen. Seine Zunge fährt in meiner Spalte auf und ab. Seine Zungenspitze umkreist immer wieder meine empfindlichste Stelle, sodass ich meine Finger in die Decke unter mir kralle. Mein Becken bockt auf, doch Noah drückt es mit Leichtigkeit runter.

»Gott, ja!«, rufe ich, als er einen zweiten Finger dazu nimmt. Es dauert nicht lange, bis ich zu meinem ersten Höhepunkt komme.

Unglaubliche Glücksgefühle rauschen durch meinen Körper und ich schließe zufrieden die Augen. Noah löst sich von mir und ich bekomme nur am Rande mit, dass er seine Shorts und Boxershorts auszieht und mich an den Kniekehlen an sich zieht. Mein Blick fällt auf seinen harten Schwanz, der zwischen unseren Körpern emporragt. Ich betrachte ihn und meine Fingerspitzen tanzen über seine Hüftknochen.

»Du bist so heiß«, flüstere ich ihm zu.

Noah beugt sich über mich, sodass er die Schublade seines Nachtkastens öffnen kann. Aus diesem zieht er ein Kondom heraus. Lächelnd schaue ich ihn an und er erwidert es. Mein Herz schlägt schneller, als er das Kondom aus der Verpackung nimmt und über seine harte Länge streift. Aufgeregt beiße ich mir auf die Lippe, als er sich über mich beugt und seinen Schwanz an meinem Eingang positioniert, um im nächsten Moment in mich einzudringen.

»Noah«, keuche ich, als er mich dehnt. Meine Finger krallen sich in die harten Muskeln seiner Schultern. Er dringt Zentimeter für Zentimeter in mich ein. »Oh Gott!«

Es fühlt sich unglaublich an, ihn in mir zu spüren. Meine Lider flattern leicht, als er komplett in mir ist.

»Alles okay?«, vergewissert er sich und ich nicke.

Ich schlinge meine Beine um seine Hüften und meine Arme um seinen Hals, als er sich zu mir vorbeugt.

Seine Lippen finden erneut die meinen und er schenkt mir einen leidenschaftlichen Kuss, ehe er sich in mir bewegt.

14. Kapitel

Noah

Nashville, Tennessee, ein paar Tage später

Ich schmunzle, als ich Caras staunenden Blick sehe. Mit jeder Meile, die wir meinem Elternhaus näher kommen, werden ihre Augen größer. Hier gibt es keine Villen, keine Pools und abgeriegelte Wohnviertel. Hier sind süße Reihenhäuser mit Gärten und ab und zu ein kleiner Laden und eine Tankstelle, der das Bild der Stadt vor den Toren Nashvilles abrundet.

Für Cara ist es sicher ein Kulturschock – von den Metropolen der Ost- und Westküsten in eine Kleinstadt in Tennessee. Sie betont zwar immer wieder, dass ihre Eltern auch aus normalen Verhältnissen stammen und ihr Dad sich durch den Football und ihre Mom durch das Modeln einen erheblichen Wohlstand aufgebaut haben, dennoch hat sie dieses Leben nie gelebt. Für Cara war es immer normal, Millionen von Dollar zur Verfügung zu haben. Sie hat alles bekommen, was sie wollte, und ihr hat es nie an etwas gefehlt. Aber sie hat mir auch schon oft gesagt, dass das Materielle nicht die Aufmerksamkeit ihrer Eltern – speziell die ihres Vaters – ersetzen konnte. Wohingegen meine Eltern zu jeder Schulfeier, zu jedem Spiel und jedem wichtigen Anlass in meinem und auch im Leben meiner Brüder anwesend waren.

»Gefällt es dir?«, frage ich und sehe zu ihr hinüber.

Cara lächelt. »Ja, sehr«, sagt sie und kichert. »Ich bin so gespannt auf deine Familie.«

Wir haben uns gestern in ihrem Büro getroffen und über eine Kampagne gesprochen, die ich nächste Woche drehen soll. Es handelt sich um einen Werbespot für ein Parfum. Ich hatte ihr bereits am Sonntag erzählt, dass ich nach Tennessee fliege. Gestern habe ich sie spontan gefragt, ob sie mitkommen möchte. Cara war im ersten Moment überrascht und wusste nicht, was sie antworten soll. Aber dann hat sie zugestimmt. Mir ist bewusst, dass ich vielleicht ein bisschen viel in diese Reise hineininterpretiere. Ich mag Cara, ich mag sie sogar sehr, und ich freue mich, dass wir zusammen zu meinen Eltern fahren.

»Da sind wir!«, sage ich und parke den Leihwagen in der Einfahrt unseres Hauses. Die Autos meiner Eltern stehen in der Garage und ich sehe lächelnd zu Cara herüber. Ich habe meiner Mom gesagt, dass ich jemanden aus Boston mitbringe. Sie wollte sofort wissen, ob es eine Frau ist, und ich habe es bejaht. Was hätte ich auch tun sollen? Sie kennt alle meine Freunde und weiß, dass diese in der Bye-Week andere Pläne haben. Wie zu erwarten war sie völlig aus dem Häuschen. Alle weiteren Fragen – wie ich zu Cara stehe und ob sie meine feste Freundin sei – habe ich abgewehrt und betont, dass wir Freunde sind. Meine Mutter hat mir kein Wort geglaubt.

»Es sieht schön aus«, sagt Cara und lächelt mich an. Für sie muss das Haus winzig sein. Die Villa der Corses ist riesig. Wenn nicht sogar gigantisch.

»Das ist es«, erwidere ich und stelle den Motor ab. »Lass uns aussteigen.«

Cara schnallt sich ab und ich tue es ihr gleich. Wir steigen aus dem Wagen und ich sehe sie lächelnd an. Bevor ich noch etwas sagen kann, geht die Haustür auf und meine Mom kommt heraus.

»Noah!«, ruft sie und geht die drei Stufen der Veranda

herunter und auf mich zu. »Wie schön, dass du wieder da bist.«

»Hallo, Mom«, sage ich und nehme sie in den Arm. Lächelnd drücke ich ihr einen Kuss auf die Wange. »Alles in Ordnung bei euch?«

»Alles bestens«, erwidert sie und sieht an mir vorbei zu Cara. Mein Blick folgt ihrem und ich grinse. Cara hat die Finger ineinander gefaltet und schaut uns schüchtern an.

»Mom«, räuspere ich mich. »Das ist Cara. Cara, das ist meine Mom Charlotte.«

»Hallo, Mrs. McCarter«, sagt Cara lächelnd und geht auf sie zu. »Vielen Dank für die Einladung.«

»Du musst dich doch nicht bedanken«, antwortet meine Mom sogleich. »Und bitte nenn mich Charlotte. Wir sind doch unter uns.« Mom wirft mir einen vielsagenden Blick zu. »Kommt rein, kommt rein. Logan und Alex sind mit deinem Dad vor dem Fernseher.«

Sie sieht mich nochmal an, dann Cara und dreht sich herum, um ins Haus zu gehen.

Cara wirkt noch ein wenig irritiert vom Auftritt meiner Mutter, als ich auf sie zugehe. »Alles okay?«, frage ich und ziehe sie an mich. Ich erwische mich immer wieder dabei, dass ich ihre Nähe suche und sie bei mir haben will. Es fühlt sich zu gut an, als dass ich es missen möchte. Vor allem, seitdem wir Sex hatten – welcher der absolute Wahnsinn war. Einer Wiederholung bin ich nicht abgeneigt, allerdings kann ich nicht sagen, wie Cara dazu steht.

Diese sieht zu mir auf und ich lege meine Arme um sie. Ich verschränke meine Hände auf ihrem Rücken und grinse sie an.

»Ich denke schon«, meint sie. »Und bei dir?«

»Bei mir auch.«

»Ich hoffe, deine Mom denkt nichts Falsches?«

»Glaub mir«, seufze ich. »Sie glaubt, was sie glauben will,

seitdem ich gesagt habe, dass ich jemanden mitbringe. Egal was wir sagen. Mach dir darüber keine Gedanken.«

»Jemanden oder mich?«

»Dich«, sage ich und suche ihren Blick. Am liebsten würde ich mich zu Cara runterbeugen und sie küssen, aber das kann ich nicht machen. Meine Eltern und meine Brüder stehen bestimmt wie die Kavallerie hinter den Vorhängen im Haus und warten nur darauf, dass wir uns küssen. Cara will keine Beziehung, sie ist noch nicht so weit.

»Vielleicht sollten wir reingehen«, meint sie. »Was meinst du?«

»Sollten wir«, sage ich und löse mich von ihr. Ich gehe zwei Schritte zurück und grinse sie an.

»Los, komm. Unser Gepäck hole ich später.«

Cara nickt und schließt zu mir auf. Lächelnd begleitet sie mich zum Haus und wir treten ein. Sofort umfängt mich die vertraute Umgebung meiner Kindheit. Wir haben unseren Eltern oft angeboten, ihnen ein größeres und besseres Haus zu kaufen, aber sie haben immer abgelehnt. Sie meinten, nur weil ihre Söhne Millionen verdienen, müssten sie noch lange nicht überschnappen und ihr Zuhause aufgeben.

»Du kannst deine Jacke an die Garderobe hängen«, sage ich und ziehe meine ebenfalls aus. Cara kommt meiner Bitte nach und folgt mir ins Wohnzimmer.

Wie meine Mom angekündigt hat, sitzen Dad, Alex und Logan vor dem TV. Meine Brüder auf der Couch und Dad in seinem Massagesessel, den er vor wenigen Monaten zum Geburtstag bekommen hat. Cara sieht sich interessiert um. An der Wand über dem großen Fernseher hängen unsere Trikots. Außerdem stehen fast überall Fotos. Mom bekommt gar nicht genug davon, ihre Söhne auszustellen.

»Hallo«, sage ich und lächle sie an. »Darf ich vorstellen.«

»Hallo«, sagt Cara schüchtern und meine Mom lächelt sie an. Sie mag sie, eindeutig. Allein wie sie sie ansieht, lässt mich das erkennen. In ihrem Kopf spielen sich die wildesten Fantasien ab, was Cara und mich betrifft. Am liebsten wäre es ihr bestimmt, dass Cara meine Freundin ist, aber das ist sie nicht.

»Das ist Cara«, stelle ich sie vor.

»Cara, das ist mein Dad Peter und mein großer Bruder Logan. Alex kennst du bereits.«

»Hallo«, sagt sie nochmal und hebt die Hand. »Es freut mich, hier zu sein.«

»Wir freuen uns, dass du hier bist«, meint Logan und steht auf, um Cara die Hand zu geben. »Da hast du dir eindeutig den ruhigeren Zwillingen geangelt.«

Logan zwinkert mir zu und ich verdrehe die Augen. Alex protestiert natürlich und gibt Cara im Vorbeigehen einen Kuss auf die Wange.

»Hallo, Cara«, sagt Dad und lächelt sie an. »Du musst diese drei Kindsköpfe entschuldigen. Sie sind immer noch dieselben Lausbuben aus Tennessee.«

»Kein Problem«, meint sie. »Es ist wirklich toll, hier zu sein. Was schaut ihr?« Sie geht an mir vorbei auf den Fernseher zu.

»Eine Wiederholung von Logans Spiel letzte Woche«, entgegnet er. »Magst du Football?«

Ich kann nicht anders als leise zu lachen. Alex stimmt mit ein und reicht mir ein Bier.

»Ein wenig, Sir.« Cara sieht mich an und ich zwinkere ihr zu. Alex und Logan setzen sich wieder auf die Couch.

»Komm«, sage ich und deute auf den zweiten Fernsehsessel. Cara sieht mich skeptisch an. Ich nehme Platz und ziehe sie auf meinen Schoß. Sie wirkt verunsichert, aber meine Brüder und mein Dad nehmen nicht weiter Notiz von uns. Vielmehr analysieren sie das Spiel.

»Das war kein Touchdown!«, ruft Alex empört. »Niemals!«

»Natürlich war das einer«, hält Logan dagegen. »Der Ball war über der Linie.«

»War er nicht!«

Cara sieht mich an und ich zucke mit den Schultern.

»So ist das hier immer«, erkläre ich ihr. »Sei nicht überrascht. Möchtest du etwas trinken?«

»Erstmal nicht«, sagt sie und schaut auf den Fernseher, auf dem nun ein Angriff des gegnerischen Teams gezeigt wird. Die Defense der Nashville Warriors steht wirklich schlecht. Logan vergräbt sein Gesicht in den Händen.

»Lasst uns doch das Spiel von Noah und Alex gegen Seattle schauen«, schlägt er vor, um seiner eigenen Schmach zu entgehen.

»Nein!«, rufen Alex und ich aus einem Mund. Das Spiel war ein Desaster und ich muss es nicht nochmal sehen. Cara lacht und ich werfe ihr einen genervten Blick zu.

»Was?«, meint sie grinsend. »Habt ihr Angst, dass sie euch auseinandernehmen?«

Sie deutet mit einem Nicken auf meinen Dad und Logan.

»Nein«, lüge ich, obwohl ich weiß, dass sie es tun würden.

»Wie gut, dass ich all eure Spiele aufzeichne«, meint unser Dad und schaltet um. Ich stöhne auf und lehne mich zurück. Cara grinst mich an und schaut auf den Fernseher. Das Spiel war eine einzige Katastrophe.

»Man sieht sofort, dass Noah nicht gut steht«, analysiert Logan und hat jetzt wieder eine große Klappe. »Die Defense von Seattle hatte den Drive sofort gelesen.«

Ich verdrehe die Augen. Das weiß ich selbst.

»Ach, komm schon«, meint Cara. »Ihr habt im letzten Quarter nochmal aufgeholt, aber dann warst du zu eigensinnig.« Mein Dad spult zur Szene, über die sie spricht.

»Ja, genau!«, ruft Cara. »Du wolltest durch die Mitte gehen und den Touchdown selbst machen, aber das war zu eigensinnig. Toby steht komplett frei in der Endzone.«

Ich verdrehe die Augen und meine Brüder und mein Dad kichern leise.

»Mach du es erst einmal besser.« Ich pikse ihr in die Seite, was sie lachen lässt.

»Du hättest die Defense von Seattle locker überwerfen können. Stattdessen willst du den Helden spielen und lässt dich von einem Rookie vorführen.«

Dad und Logan grölen, Alex lacht und ich verdrehe die Augen.

»Danke, Cara«, sage ich sarkastisch. »Darauf wären wir nie gekommen.«

»Bitte«, meint sie lachend und legt ihre Hand in meinen Nacken. Kurz zucke ich zusammen, weil ich nicht damit gerechnet habe. Ihre Finger streichen sanft über meine Haut. Mal wieder geht eine Berührung zwischen uns deutlich über Freundschaft hinaus.

»Du hast echt Ahnung«, lobt mein Dad sie anerkennend und lächelt Cara an. »Football-Fan?«

»Ein wenig«, meint sie grinsend und sieht mich an. »Liegt in der Familie.«

Ihre kleine Notlüge bringt uns alle zum Lachen und lässt meinen Dad ziemlich dumm aus der Wäsche schauen.

»Wieso lacht ihr denn?«, will er wissen und greift nach seinem Bier. »Es ist doch toll, dass sie sich für Football interessiert.«

»Nein, nein«, meint Cara und winkt ab. »Mein Dad hat auch mal Football gespielt.«

Ich beiße mir auf die Lippe, um nicht laut loszulachen. Wie Cara das sagt, ist wirklich zu goldig. Unser Dad steht immer noch auf dem Schlauch und zieht fragend die Augenbrauen zusammen.

»Ach ja?«, fragt er. »Wo denn?«

»Boston und Atlanta«, antworte ich und er nickt.

»Das klingt sehr gut. Super Teams. Wann denn? Die Boston Foxes waren in den 1990er Jahren sehr erfolgreich. Sie haben einige Super Bowls gewonnen.«

»Das haben sie«, meint Cara. »Mein Dad hat viermal den Super Bowl mit den Foxes geholt.«

Dads Augen werden groß wie Teller und es haut ihn fast aus seinem Sessel. »Viermal?«, keucht er. »Wer ist denn dein Dad? Das ist eine außerordentliche Leistung.«

Alex lacht wieder und auch Logan grinst breit. Dad sieht Cara fragend an und verlangt mit seinem Blick eine Antwort von seinen Söhnen.

»Michael Corse«, sagt Cara leise und es ist still.

Dad schnappt nach Luft und lacht dann lautstark. »Guter Witz, Mädchen«, meint er. »Wer ist dein Dad wirklich?«

»Michael Corse!«, sagt Cara mit Nachdruck. Es ist das erste Mal, dass ich sie verärgert erlebe, weil man ihr nicht glaubt. »Er ist mein Dad.«

»Michael Corse?«, fragt er wieder. »Quarterback-Legende, meistgewählter MVP und–«

»Fünfmaliger Super Bowl Gewinner Michael Corse ist mein Vater, ja«, sagt sie. »Glaubst du mir nicht?«

»Das ist … wow.« Dads Blick fällt auf mich. »Wieso sagst du nichts?«

»Das ist doch nicht meine Aufgabe«, erwidere ich achselzuckend. »Michael ist Caras Dad.«

»Wahnsinn«, sagt Dad anerkennend. »Er ist wirklich der Größe aller Zeiten.«

»Für mich ist er mein Dad«, meint Cara und schmiegt sich

an mich. »Es ist seltsam, dass alle in ihm den Football-Superstar sehen. Er ist einfach mein Dad.«

»Das glauben wir dir«, sagt meine Mom und setzt sich auf die Kante des Sessels neben meinen Dad. »Als Logan als erster von den dreien in die NFL kam, war es für uns auch komisch, dass alle einen Star in unserem Sohn sahen. Als Noah und Alex ihm gefolgt sind, wurde es noch komischer, aber sie bleiben immer unsere Söhne, die nur Unfug im Kopf haben.«

»Mich kann hier keiner meinen!«, ruft Alex, hebt die Arme und geht in Richtung Küche. »Ich bin das langweilige Sandwichkind.«

»Du bist der Schlimmste von ihnen!«, ruft Mom aus und wirft lachend ein Handtuch hinter ihm her. »Bring Cara etwas zu trinken mit.«

»Ja, Mom!«, ruft er reumütig und ich muss lachen und ziehe Cara noch näher an mich. Sie lächelt mich an und ich weiß, dass sie sich wohlfühlt und kein Problem mit den Fragen meines Dads hatte.

•••

Cara und ich betreten den Keller in meinem Elternhaus und ich führe sie zu einem der Gästezimmer. Früher waren das unsere Kinderzimmer. Heute nutzen meine Eltern die vielen leeren Räume hauptsächlich für ihre Hobbys und Gäste. Alex ist nochmal ausgegangen und ich wette, dass er ein Date hat. Logan ist wieder nach Hause in seine Wohnung gefahren. Bis nach Nashville ist er nur knapp eine halbe Stunde unterwegs.

»Hier schläfst du«, sage ich und zeige auf das große Bett, die Kommode und den kleinen Nachtkasten.

»Okay«, erwidert sie. »Deine Familie ist wirklich sehr nett und witzig. Ich bin gespannt auf morgen.«

»Ich auch«, sage ich. »Ich hoffe, du magst meine Freunde auch.« Ich trete näher an Cara heran und bleibe direkt vor ihr stehen. Sie schaut zu mir auf und ich erwidere ihren Blick. Vorsichtig strecke ich die rechte Hand aus und streiche ihr eine Haarsträhne hinters Ohr. Sie lächelt und beißt sich auf die Lippen, was extrem heiß aussieht.

»Nimmst du an dem Bullriding teil?«, fragt sie.

Logan und Alex haben beim Abendessen vom alljährlichen Bullriding auf dem Herbstmarkt erzählt. Cara fand es unglaublich und will nun, dass ich teilnehme.

»Nein«, antworte ich und schüttle mit dem Kopf. »Auf keinen Fall.«

»Wieso nicht?«, will sie wissen. »Ich würde dich auch anfeuern.«

»Oh, da bin ich mir sicher«, erwidere ich und ziehe sie an mich. »Das Risiko, dass ich mich bei so einem Schwachsinn verletze, ist zu groß.«

»Oh, stimmt«, meint sie und seufzt. »Schade.«

»Das hättest du gern gesehen, was?«, feixe ich und beuge mich zu ihr herunter. »Hätte ich denn auch eine angemessene Belohnung bekommen?«

»Vielleicht«, flüstert sie und geht auf mein Spielchen ein. »Was schwebt dir denn vor?«

In meinem Bauch kribbelt es und mir gehen tausende Dinge durch den Kopf, die ich gern mit ihr tun würde. Dieses Necken und Flirten zwischen uns ist toll und zeigt mir, dass ich nicht komplett auf verlassenem Posten kämpfe.

Das sind die Momente, in denen wir einfach wir sind. Ich bin der Junge aus Tennessee, der sich total in das Mädchen vor sich verknallt hat, und sie ist die süße Studentin aus Boston. Nicht die megareiche Tochter einer Football-Legende.

»Hm …« Ich tue so, als würde ich überlegen, aber das muss

ich gar nicht. »Vielleicht ein Kuss.«

»Ein Kuss?«, fragt Cara und zieht die Augenbrauen hoch. »Das ist aber ein ziemlich hoher Einsatz, meinst du nicht?«

»Nein«, sage ich. »Vielleicht kannst du mir eine Kostprobe geben und ich überlege, ob es sich lohnt.« Vermutlich wäre ich wirklich so dumm und würde mich für einen Kuss von ihr auf dieses Vieh setzen. Aber das Verletzungsrisiko ist und bleibt zu hoch. Ich kann es nicht riskieren und ich will es auch nicht.

»Schon klar, Mr. McCarter.« Cara legt ihre Hände in meinen Nacken und zieht mich zu sich herunter. Ich überbrücke die letzten Zentimeter zwischen uns und drücke meine Lippen auf ihre. Cara erwidert den Kuss sofort und schmiegt sich an mich.

Meine Zunge streicht über ihre Lippen und teilt diese. Cara öffnet ihren Mund und gewährt meiner Zunge Einlass. Wir stöhnen auf, als sich unsere Zungen berühren und meine Hände den Weg unter ihr Shirt finden. Kommentarlos schiebe ich sie zum Bett hinter uns. In der Hoffnung, dass ich der Bulle bin und sie mich reitet.

15. Kapitel

Cara

Noah hat nicht zu viel versprochen, als er mir vom Herbstmarkt erzählt hat. Es gibt zahlreiche Buden mit Essen und Getränken, Fahrgeschäfte, und Buden, wo man allerhand Kleinkram kaufen kann. Am beeindruckendsten finde ich das Riesenrad, das mit seinen bunten Farben über das Festgelände strahlt.

»Wow«, platzt es aus mir heraus, als wir gemeinsam mit Alex über den Markt schlendern.

Vor mir erstreckt sich eine Bühne mit Livemusik, auf der eine Band Country Songs zum Besten gibt.

»Gefällt es dir?«, fragt Noah neben mir.

»Absolut«, antworte ich. »Du hast nicht zu viel versprochen.«

»Das tue ich nie«, meint er mit einem Zwinkern.

Meine Gedanken gehen einen neuen Weg und bleiben an gestern Abend hängen. Dass wir nochmal Sex hatten, war absolut nicht geplant. Wir sind doch nur Freunde. Aber irgendwie rutschen wir immer tiefer in die ganze Sache hinein. Es fühlt sich viel zu gut an mit ihm – alles. Noah ist toll und seine Familie ebenfalls. Sein Dad hatte den Schock, dass ich Michael Corses Tochter bin, irgendwann überwunden und sich neutral mit mir unterhalten. Er hat auch nicht nochmal nach Dad gefragt, was ich ihm hoch anrechne. Normalerweise suchen die Menschen immer wieder das Gespräch über meinen Dad.

»Da sind die anderen!«, ruft Alex uns zu und zeigt auf eine

Gruppe, die an einer Theke steht.

Noah und ich folgen Alex.

Er begrüßt die Männer mit einem Handschlag und den Frauen gibt er einen Kuss auf die Wange.

»Noah!«, ruft einer von ihnen. »Du bist hier!« Er hat kurze braune Haare, ist deutlich schlanker als Noah und trägt ein blaues T-Shirt und eine Bluejeans. Er macht einen netten Eindruck.

»Hey!« Noah breitet die Arme aus. »Das lasse ich mir doch nicht entgehen.«

Die beiden schlagen miteinander ein und drücken sich deutlich inniger, als Alex es getan hat. Mit etwas Abstand bleibe ich hinter Noah stehen und lächle. Was soll ich auch anderes tun? Ich kenne hier niemanden außer den McCarter Zwillingen.

»Darf ich vorstellen.« Noah dreht sich zu mir um und lächelt mich an. »Das ist Cara. Eine Freundin aus Boston. Cara, das ist Jamie, mein bester Freund.«

»Hallo«, sage ich und reiche ihm die Hand. »Freut mich sehr, dich kennenzulernen.«

»Die Freude liegt ganz auf meiner Seite«, erwidert er lächelnd. »Was wollt ihr trinken?«

»Wir nehmen beide ein Bier, oder?« Noah wirft mir einen fragenden Blick zu und ich nicke. Bier gehört nicht zu meinen Lieblingsgetränken, aber hier scheint es das Getränk der Massen zu sein.

Gemeinsam treten wir an die Theke heran und Noah stellt mir den Rest der Clique vor. Da ist Ned, ein Freund aus der Schule mit seiner Freundin Kelly und ihrer Freundin Natascha. Und Harry, ebenfalls ein Schulfreund der beiden.

Noah stellt mich ihnen vor und zu meiner Überraschung nehmen sie nicht weiter Notiz von mir oder stellen mir Fragen.

Es ist schön, Noah inmitten seiner Freunde zu erleben, die er schon seit seiner Kindheit kennt.

»Alex, Noah!«, ruft eine weibliche Stimme und ich drehe meinen Kopf. Eine wunderschöne, blonde Frau kommt auf uns zu. Sie ist groß und schlank, die Haare fallen ihr in weichen Wellen über die Schultern und ihre schwarzen Wedges lassen ihre Beine noch länger wirken.

»Daisy!« Alex umrundet den Tisch und begrüßt sie überschwänglich.

Daisy?

Ich sehe Noah an, der nur schwach nickt, als er sie ebenfalls begrüßt. Ich bleibe stehen, rühre mich nicht und warte ab, bis sie fertig mit den beiden ist. Daisy drückt Noah einen Kuss auf die Wange und ich beiße mir auf die Lippen, um meine Gedanken in eine andere Richtung zu lenken. Aus irgendeinem Grund gefällt es mir nicht, dass sie Noah so nahe kommt. Sie umschlingt ihn mit ihren Armen, als würde er ihr gehören. Ist sie nicht Alex' Ex-Freundin?

Ich presse die Lippen zusammen und versuche das ungute Gefühl, das sich Eifersucht nennt, zu unterdrücken. Ich will nicht eifersüchtig sein, weil es dazu keinen Grund gibt. Noah und ich sind kein Paar. Ich bin nicht verliebt in ihn. Er ist mein Freund, mehr nicht.

Aber Daisy riecht nach Ärger.

»Oh Gott, Days!«, ruft Noah und schüttelt den Kopf. »Ich möchte dir jemanden vorstellen.« Noah dreht sich um und sieht mich an. Ich erwidere seinen Blick und als er mich anlächelt, schlägt mein Herz schneller. Seine Augen sagen so viel aus, aber auf keinen Fall, dass er ein romantisch-sexuelles Interesse an Daisy hat.

»Das ist Cara«, stellt er mich vor. »Cara, das ist Daisy.«

»Hey«, sagt sie freundlich und reicht mir die Hand. »Freut

mich, dich kennenzulernen. Ich wusste gar nicht, dass du eine Freundin hast.«

»Hat er auch nicht«, stelle ich klar. »Ich bin nur eine gute Freundin. Cara, freut mich.«

»Oh!« Daisy sieht zu Noah und wieder zu mir. »Das wusste ich nicht, sorry. Schön, dass du da bist.«

Ich muss feststellen, dass sie wirklich nett ist. Mist. Normalerweise trügt mich mein erster Eindruck nicht. Daisy lächelt mich nochmal an und wendet sich dann an Harry und Alex.

Noah macht einen Schritt auf mich zu und legt seinen Arm um meine Hüfte, um mich an sich zu ziehen. »Bist du eifersüchtig?«, flüstert er mir so leise zu, dass nur ich es hören kann.

»Was?«, piepse ich und Panik breitet sich in mir aus.

»Du musst nicht eifersüchtig sein«, meint er. »Nicht auf Daisy.«

»Aber auf andere Frauen?«, platzt es sogleich aus mir heraus. Damit bestärke ich ihn wohl in der Annahme, dass ich eifersüchtig bin.

»Auch nicht«, antwortet er und drückt mir einen Kuss auf die Schläfe. »Und jetzt komm.«

Lächelnd nimmt er meine Hand und zieht mich mit sich, zurück zur Theke. Keiner kommentiert es, die Gruppe führt ihr Gespräch einfach weiter. Seltsame Menschen sind das. Bei uns in Boston wäre das sofort ein Skandal und ein Topthema. Oder Noah hat ständig irgendwelche Frauen hier und sie sind daran gewöhnt? Vielleicht ist er hier der große Aufreißer und nicht Alex. Das würde auch erklären, warum er noch nie von einer festen Freundin erzählt hat.

Ein ungutes Gefühl macht sich in mir breit und ich nehme etwas Abstand von ihm. Ich will nicht eine von vielen sein, aber ich will auch nicht die Eine sein. Er ist immer noch Footballer und ich will nicht mit einem Footballer zusammen sein.

Herrgott, das ist alles so kompliziert.

»Glaubst du, die Tasche ist echt?«

Ich zucke zusammen, als ich eine weibliche Stimme links von mir wahrnehme, und drehe den Kopf. Neben uns stehen zwei junge Frauen, die mich beobachten. Ich sehe sie direkt an und sie erwidern meinen Blick herausfordernd.

»Keine Ahnung«, sagt die Brünette. »Hat Noah ihr sicher geschenkt, weil sie die Beine breit macht.«

Ich schnappe empört nach Luft. Was sind das für bösartige Frauen? Ich lasse mir doch keine Chanel-Tasche für Sex schenken. Die kann ich mir gerade noch selbst leisten.

»Die Glückliche«, kichert die Blonde. »Da würde ich auch nicht nein sagen. Zur Tasche und zu Noah.«

Blöde Kühe! Die sind doch nur neidisch.

»Lass dich von denen nicht ärgern.« Ich zucke zusammen und drehe mich um. Vor mir steht eine junge Frau mit schulterlangen braunen Haaren. Ihre Kurven lassen sie aus der Masse an Kleinstadt-Frauen in unserem Alter herausstechen, aber nicht im negativen Sinne. Sie hat eine tolle Ausstrahlung und ein wahnsinnig hübsches Gesicht, das von ihrem Long Bob eingerahmt wird. »Oh, ich bin wohl mit der Tür ziemlich ins Haus gefallen. Ich bin Emily.«

»Ich bin Cara«, sage ich. »Alles okay … hier laufen interessante Menschen herum.«

Sie lacht und schaut kurz zu den beiden Frauen, die gerade noch über meine Tasche und viel wichtiger, mein Sexleben, geurteilt haben.

»Willkommen in Tennessee. Wo kommst du her?«

»Ich komme aus Boston«, sage ich. »Ich bin mit Noah hier.«

Ich zeige auf ihn und Emily nickt lächelnd.

»Cool«, meint sie. »Woher kennt ihr euch?«

»Ich bin seine Managerin«, antworte ich. »Und du?«

»Ich bin nicht seine Managerin«, antwortet sie kichernd und ich stimme mit ein. »Alex war mal mit meiner Schwester zusammen. Wir waren zusammen auf der Highschool.«

Überrascht schaue ich Emily an, dann Alex und Daisy, die wieder zu uns aufgeschlossen haben, und wieder Emily. Das kann nicht sein, oder? Emily und Daisy sind Schwestern? Sie sehen sich überhaupt nicht ähnlich und wenn ich überhaupt nicht sage, meine ich es auch so. Daisy ist blond und schlank und Emily ist dunkelhaarig und curvy.

»Daisy ist deine …« Erneut sehe ich zwischen ihnen hin und her. »Schwester?«

»Ja!« Emily lacht. »Kaum zu glauben, oder?«

»Nein«, sage ich und sehe nochmal zu Daisy. Sie steht immer noch neben Alex und unterhält sich mit ihm. Ich wette, dass die beiden heute Nacht im Bett landen, so wie sie miteinander flirten.

»Überhaupt nicht. Ich fasse es nicht.«

»Nicht nur du.« Emily zuckt mit den Schultern, als wäre das die gängige Reaktion. »Niemand würde denken, dass wir Schwestern sind.«

»Emily, hey«, sagt Noah und geht an mir vorbei, um sie zu drücken. »Wo kommst du denn her?«

»Ich habe Anna verabschiedet«, sagt sie und lächelt. »Du hast eine nette Begleitung!« Emily zwinkert mir zu und ich werde rot.

Noah lacht und legt seinen Arm um mich. »Schön, dass du es erkennst«, meint er schmunzelnd. »Willst du was trinken?«

»Ich nehme einen Cosmopolitan.«

»Es gibt Cocktails?«, frage ich und sehe auf mein Bier.

»Wieso sagst du mir das nicht?«

Noah verdreht die Augen und sieht Emily vorwurfsvoll an. »Danke«, meint er. »Ich dachte, dass ich sie mit dem billigen Bier abspeisen kann.«

»Du bist unmöglich. Typisch McCarter«, murrt Emily. »Sie sollte dir mehr wert sein als ein Bier für zwei Dollar.«

»Der Cocktail kostet sieben«, sagt Noah und Emily schüttelt den Kopf.

»Du verdienst im Jahr zehn Millionen Dollar, Noah McCarter. Da kannst du dieser reizenden Lady wohl einen Cocktail für sieben Dollar ausgeben.«

Emily wird mir immer sympathischer.

»Schon gut«, sage ich, öffne meine Handtasche und ziehe zwanzig Dollar raus. »Ich gehe zur Theke und hole mir einen Caipirinha. Was möchtest du?«

»Ich nehme noch einen Cosmopolitan«, sagt sie und ich nicke.

»Daisy?«

Überrascht sieht diese mich an. »Ja?«, fragt sie und wirkt irritiert, weil ich sie anspreche. »Hey, Em.«

»Hey, Days«, sagt diese. »Willst du was trinken?«

»Klar«, meint sie. »Holt ihr Cocktails?«

»Ja«, antwortet sie. »Was möchtest du?«

»Ich nehme eine Bloody Mary, danke«, erwidert sie und ich nicke.

»Hier.« Ich drücke Noah das Bier in die Hand. »Wir holen uns was Anständiges zum Trinken.«

Er lacht und zieht mich an sich. Überrumpelt pralle ich gegen seine muskulöse Brust. Er beugt sich zu mir runter und haucht mir einen Kuss aufs Ohr.

»Amüsiere dich mit Emily«, meint er. »Du wirst es lieben.«

Ich lächle ihn nochmal an und gehe mit Emily zur Bar. Sie

ist wirklich supernett und wir amüsieren uns gut. Sie ist, so wie ich, zweiundzwanzig Jahre alt und arbeitet als Physiotherapeutin in der Stadt. Alex und Noah kennt sie seit ihrer Kindheit und natürlich auch, weil Alex und ihre Schwester mal ein Paar waren. Mich würde interessieren, ob sie mal in einen der Zwillinge verliebt war. Doch das ist zu privat, dafür kennen wir uns noch nicht lange genug.

Emily und ich haben vor kurzem die Tanzfläche erobert. Lachend nippe ich an meinem vierten oder fünften Cocktail. Ich habe alle bezahlt, was Emily nicht sonderlich in den Kram gepasst hat, aber ich habe es nicht zugelassen, dass sie zahlt. Ehrlich gesagt habe ich keine Ahnung, wie viel sie verdient, aber es wird im Monat weniger sein, als meine Tasche gekostet hat. Ich kann es nicht mit meinem Gewissen vereinbaren, dass sie diese viel zu teuren Cocktails für mich bezahlt.

»Gehen wir zu unserem Tisch zurück?«, rufe ich ihr über die laute Musik hinweg zu. Zur Bestätigung zeigt sie den Daumen nach oben. Gemeinsam machen wir uns auf den Weg. Unsere Gruppe ist ein wenig schmaler geworden. Noah, Alex, Jamie, Emily und ich sind noch übrig. Logan ist irgendwann mit einer Blondine verschwunden und Daisy wurde auch nicht mehr gesehen. Sie ist nett, keine Frage, aber ich habe keinen richtigen Draht zu ihr gefunden. Sie war mir immer wieder zu nah an Noah dran.

Ich stelle mein Getränk auf dem Tisch ab und sehe Noah lächelnd an. Er ist ebenso betrunken und ich habe keine Ahnung, wie wir nach Hause kommen sollen.

Ein neuer Song erklingt und ich wippe hin und her.

»Willst du tanzen?«, fragt Alex Emily. Ihre Wangen färben sich rosa und sie zieht verlegen ihre Unterlippe mit den Schneidezähnen ein. Oh je, da beantwortet sich meine Frage von vorhin von selbst. Emily steht auf Alex.

»Ja, okay«, meint sie. »Wieso nicht?«

Er greift nach ihrer Hand und zieht sie mit sich zur Tanzfläche. Ich schmunzle, weil Alex ziemlich stürmisch vorgeht und Emily herumwirbelt.

»Die Arme!« Noah legt seine Arme um meine Schultern und zieht mich an seine Brust. Lächelnd bette ich meine Hände auf seine Unterarme und lehne mich gegen ihn. Alex wirbelt Emily nur so über die Tanzfläche, aber sie haben viel Spaß miteinander. Ich muss zugeben, dass die beiden wirklich süß zusammen sind. Schade, dass Emily nicht Alex' Typ zu sein scheint. Die Frauen, die er in Boston abschleppt – und Daisy –, sind das absolute Gegenteil von ihr.

»Sie sind süß zusammen, nicht?«, frage ich und sehe Noah an.

Er lacht. »Alex und Em?«

»Ja«, sage ich. »Ich finde sie süß. Sie passen gut zusammen.«

»Alex und Em?«, wiederholt er.

»Ja!«, rufe ich. »Warum fragst du mich das ständig?«

»Emily ist wie eine kleine Schwester für uns«, meint Noah. »Alex hat ihre Schwester gedatet und landet regelmäßig in Daisys Bett, wenn er in Nashville ist. Er und Emily? Auf keinen Fall.«

Ich schaue zurück auf die Tanzfläche und seufze. Alex zieht Emily an sich, sodass ihr Tanz sinnlicher wird.

»Schade«, sage ich und drehe mich zu ihm um. »Ich finde sie sehr nett und glaube, dass sie gut für Alex wäre.«

»Wie wäre es«, meint Noah und zieht mich näher an sich heran. »Wenn wir aufhören, uns Gedanken über Alex und Emily zu machen, und uns um uns kümmern?«

»Hm«, bestätige ich und schlinge meine Arme um seinen Hals. »Klingt nach einem Plan.«

16. Kapitel

Cara

Am nächsten Tag treffen Noah, Alex und ich uns erneut mit Jamie, Emily, Daisy und Harry. Diesmal nicht auf dem Herbstmarkt, sondern in einer Bar in der Stadt. Die Einrichtung ist gemütlich und versprüht einen ländlichen Charme. Einmal in der Woche findet hier eine freie Bühne statt, auf der man singen oder etwas vorführen kann, erklärt Noah. In den letzten zwei Tagen in Nashville habe ich so viele neue Dinge kennengelernt. Die Leute hier sind so wahnsinnig nett, vor allem Emily habe ich sofort ins Herz geschlossen. Auch wenn wir auf den ersten Blick aus völlig verschiedenen Welten kommen, verstehen wir uns unheimlich gut.

»Hi«, sagt die Kellnerin und ich stelle fest, dass es eine der Frauen ist, die gestern über meine Chanel-Tasche philosophiert haben. Na klasse, das hat mir gerade noch gefehlt.

»Was darf ich euch bringen?«, fragt sie und wirft einen Blick in die Runde.

»Vier Biere«, bestellt Noah. »Und was möchtet ihr?«

»Wir nehmen einen Cosmopolitan und einen Caipirinha«, sagt Emily.

»Natürlich«, erwidert die Kellnerin. »Auf deinen Deckel?« Grinsend wendet sie sich an Noah.

»Ja, bitte«, meint er und sie dreht sich um und stöckelt davon. Ich sehe ihr noch einen Moment nach und wende mich Noah zu. Wie selbstverständlich legt er seine Hand auf meinen

Oberschenkel. Völlig kommentarlos, aber vor den anderen unter dem Tisch verborgen. Die Stelle, die er berührt, kribbelt angenehm.

»Ich sage es euch«, meint Harry. »Das war das krasseste Auto, das ich jemals gefahren bin.«

Damit hat er meine Aufmerksamkeit.

»Welches?«, frage ich und er sieht mich an, als wolle ich ihn verarschen. Als ob es kein Thema für eine Frau ist.

»Sorry, aber ich glaube, das ist nicht so dein Bereich, Cara.«

Sage ich doch!

Tja, leider ist das genau mein Thema, denn ich liebe Autos. Noah schmunzelt und ich ziehe die Augenbrauen hoch.

»Denkst du das?«, frage ich. »Warum?«

»Du siehst nicht aus, als hättest du Ahnung von Autos und PS«, erwidert er locker. »Oder Jungs?« Um die Zustimmung seiner Kumpels bettelnd, sieht er in die Runde. »Nimm es mir nicht böse, ja?«, schiebt er nach.

»Sag du mir doch, was für ein Auto, und dann kannst du immer noch überlegen, ob ich keine Ahnung habe«, erwidere ich angesäuert.

Harry wird rot. Seine Kumpels und auch Daisy und Emily sehen ihn auffordernd an.

»Ich arbeite in einer Autowerkstatt und dort bin ich letztens einen Ferrari gefahren.«

Jetzt kommen wir der Sache langsam näher.

»Modell?«, will ich wissen und Noah kann sein Lachen kaum noch unterdrücken.

»Das war ein SF90 Stradale«, antwortet er großspurig, als wäre ich nun endgültig raus aus dem Gespräch. Bin ich aber nicht, und der Spaß fängt gerade erst an.

»Klingt gut«, antworte ich. »Der Motor läuft einwandfrei, wenn man ihn ordentlich durchtritt. Aber du solltest dem nicht zu viel beimessen.«

»Wa … was?«, stottert er. »Der war der Hammer. Du musst dich irren. Bist du so ein Auto überhaupt schon mal gefahren?«

Alex und Noah lachen lautstark und Jamie sieht irritiert zwischen uns hin und her.

»Ich irre mich nicht«, erwidere ich. »Ich fahre ihn täglich. Er geht gut, keine Frage, aber du solltest mal einen Lamborghini Aventador fahren. Das ist richtiger Spaß.«

»Komm schon, Cara«, meint er. »Der Witz ist jetzt auch vorbei, ja? Lass gut sein.«

»Keine Ahnung, was dein Problem ist und wieso du meinst, dass ich nicht dazu in der Lage bin, ernsthaft mit dir über Autos zu diskutieren. Aber wenn du keine Ahnung hast, was gut ist und was nicht, solltest du vielleicht bei einem Ford oder Dodge bleiben.«

»Okay, fein!« Oh je … ich habe sein Ego angekratzt. »Dann sag mir doch mal, wieso du Ferrari und Lamborghini vergleichen kannst?«

»Weil ich sie besitze«, platzt es aus mir heraus. »Bevor du fragst – auch einen Porsche 911.«

»Wow!«, stößt Daisy aus. »Woher hast du so viel Geld?«

Nun sehen mich alle an und ich bereue, dass ich den Mund aufgemacht habe. Natürlich möchten sie wissen, wie sich eine Zweiundzwanzigjährige diese Autos leisten kann.

»Das geht dich nichts an«, verteidigt Emily mich. »Euch alle nicht. Lasst sie doch.«

»Schon gut«, sage ich und rechne Emily hoch an, dass sie für mich in die Bresche springt. »Meine Eltern sind sehr wohlhabend«, erwidere ich ausweichend. »Reicht das als Antwort?«

Daisy läuft rot an und wendet ihren Blick ab. Und ich bin froh, dass die Kellnerin mit unseren Getränken kommt und sie vor uns abstellt.

»Danke«, sage ich höflich und sie nickt. Sie mag mich wohl nicht sonderlich und glaubt immer noch, dass ich für eine Chanel-Tasche mit Noah schlafe.

»Okay, Leute!« Es wird furchtbar laut in der Bar und wir drehen die Köpfe zur Bühne. Ein Mann in unserem Alter steht dort mit einem Mikrofon in der Hand. »Herzlich Willkommen zu der heutigen freien Bühne. Freut ihr euch?« Um mich herum wird geklatscht und gejubelt. Der Kerl moderiert den ersten Act an und wir verfallen wieder in unsere Gespräche.

»Du solltest auftreten, Noah«, sagt Daisy und legt ihre Hand auf seinen Oberarm. Ich sehe ihn fragend an und dann sie. Was meint sie damit? Hat er ein Talent, von dem ich nichts weiß?

»Nein«, sagt er und winkt ab. »Heute nicht.«

»Komm schon«, animiert ihn Jamie. »Du hast es echt drauf.«

»Nein und ich habe keine Gitarre.«

»Ich glaube, das ist das kleinste Problem«, kichert Emily neben mir und ich verstehe nur Bahnhof. Ich sehe Noah an und er verdreht die Augen. Dann blicke ich zu Alex und Jamie, die grinsen.

»Noah kann unglaublich gut singen«, klärt mich Emily endlich auf.

»Kann ich nicht«, sagt er und wirft Emily einen vorwurfsvollen Blick zu.

»Kannst du wohl«, argumentiert sie dagegen. »Du hättest mit sechzehn fast einen Plattenvertrag bekommen.«

»Was?«, kreische ich. »Ist das wahr?«

»Sie übertreibt«, murmelt er. »Ich habe in einem Musical in der Schule mitgemacht, weil ich noch eine Note brauchte. Scheinbar war ich ganz okay …«

»Aha.« Meine Augenbrauen schießen in die Höhe.

»Zwischen ganz gut in einem Schulmusical und einem Plattenvertragen liegen Welten.«

»Ich …«

»Und scheinbar kannst du auch Gitarre spielen. Also … was hat es damit auf sich?«

»Ja, gut«, murrt er. »Ich kann singen. Zufrieden?«

Ich sehe ihn an und lächle. »Ich würde es gern hören«, wispere ich und drücke seine Hand. »Bitte, Noah.«

Er kneift die Augen zusammen und seufzt nach einigen Augenblicken. Geräuschvoll schiebt er seinen Stuhl zurück. Die anderen klatschen, während er die Hände hebt.

»Hey, Fred!«, ruft Noah. »Hast du eine Gitarre für mich?«

»Noah, Alter! Für dich habe ich jede Gitarre der Welt!«, ruft Fred zurück und verschwindet hinter der Bühne.

Noah wirft mir einen vielsagenden Blick zu, der mir durch Mark und Bein geht, und steuert die Bühne an. Ich drehe mich auf meinem Stuhl so, dass ich ihn gut sehen kann. Er steigt auf die Bühne und die Gäste in der Bar klatschen erneut. Fred gibt ihm eine Gitarre und stellt ihm einen Hocker hin, auf den er sich setzen kann. Fasziniert beobachte ich ihn dabei. Ich hätte niemals damit gerechnet, dass er singen kann. Dieser Mann steckt voller Überraschungen.

Noah nimmt auf dem Hocker Platz und winkelt sein rechtes Bein an, um die Gitarre auf seinem Oberschenkel abzustützen, und legt sich den Gurt um den Körper. Er sieht unheimlich sexy aus. Und wenn ich mich hier umschaue, sehe nicht nur ich das so. Daisy hängt an seinen Lippen und er hat noch nicht mal einen Ton von sich gegeben. Emily lächelt ebenfalls. Auch die anderen jungen Frauen in der Bar schmachten Noah an.

»Hi«, sagt er und richtet das Mikrofon vor seinem Mund. »Warum lande ich bei jedem meiner Besuche auf dieser Bühne?« Kollektives Lachen geht durch die Bar. »Ich fange einfach mal an. Wenn es euch gefällt, wisst ihr, dass eure Spenden für Freds Bar sind, die ich, wie immer, mit einer null ergänze.«

Es wird still in der Bar, als würde jeder nur darauf warten, dass er anfängt zu spielen. Und das tut er. Noahs Finger gleiten über die Seiten und ich forme meinen Mund zu einem stummen »Wow« – und das, obwohl er noch keinen Ton gesungen hat.

Als er die ersten Zeilen eines Songs, den ich nicht kenne, singt, komme ich gar nicht mehr aus dem Staunen raus. Noah hat eine wunderschöne Stimme.

»Er singt unglaublich«, flüstere ich Emily zu und sie nickt sofort.

»Unfassbar, oder?«, fragt sie. »Und man muss ihn immer zwingen.«

Noahs Augen sind geschlossen und selbst ich spüre, dass er jeden einzelnen Ton fühlt. Der Refrain haut mich völlig aus den Socken, weil er genau in dem Moment die Augen öffnet und mich ansieht.

Er singt einen Countrysong aus den frühen Neunzigern, den ich nicht kenne, aber sehr schön finde. Seine Stimme hüllt mich vollkommen ein und ich nehme kaum noch etwas wahr, außer Noahs sanften Tönen und den Klängen der Gitarre.

Ich bin sprachlos und bekomme den Rest des Liedes nur noch durch Watte mit. Das ist der absolute Hammer. Ich kann nicht glauben, dass er singen kann. Noch dazu so gut. Wäre er kein Quarterback, wäre er der perfekte Countrysänger.

Alle in der Bar erheben sich, als er fertig ist und klatschen. Noah grinst verlegen und legt die Gitarre ab. Es scheint ihm unangenehm zu sein, beklatscht zu werden, und ich kann das kaum glauben.

Mein Herz schlägt schneller für ihn. Seine Stimme hat mich

absolut verzaubert und dafür gesorgt, dass ich noch ein bisschen mehr begeistert von diesem Mann bin als sowieso schon. Dieser Trip nach Nashville lässt unsere Beziehung zueinander immer weiter verschwimmen.

»Danke«, sagt er. »Wir können dann auch wieder zur abendlichen Routine kommen.«

Er gibt Fred die Gitarre, springt von der Bühne herunter und kommt zu unserem Tisch zurück. Die anderen haben sich wieder gesetzt, aber ich stehe immer noch und sehe ihn mit großen Augen an.

»Du kannst … singen«, stelle ich fest und er lacht, als er bei mir ankommt.

»Ein wenig«, meint er verlegen. »Ist keine große Sache.«

»Keine große Sache?«, frage ich. »Du hast unglaublich gesungen. Einfach Wahnsinn und …«

»Cara«, bremst er mich. »Es ist keine große Sache.« Noah setzt sich und ich tue es ihm gleich. Er greift nach meiner Hand und lächelt mich an. Ich schiebe meine Finger zwischen seine und grinse. Dieses Lied war unglaublich schön. Das sehen auch die anderen so. Sie überschütten Noah mit Lobeshymnen – vor allem Daisy, doch dann schmiegt sie sich wieder an Alex. Diese Frau ist mir ein Rätsel. Sie macht sich ständig an Noah ran und geht anschließend zu Alex. Komisch …

»Wann fliegt ihr zurück?«, fragt Emily in unsere Richtung. Ich will ihr antworten, als Alex und Daisy aufstehen.

»Wir sind weg, Leute«, sagt er und hebt die Hand.

»Ciao«, meint Daisy und winkt. Ich winke kurz zurück und wende mich wieder an Emily. Aber ihr Blick ist vollkommen verändert. Ihre Augen sind starr und ihre Schneidezähne graben sich in ihre Unterlippe. Von der gutgelaunten jungen Frau vor einigen Minuten ist nichts mehr zu sehen. Ich schaue nochmal nach Alex und Daisy, die Hand in Hand die Bar verlassen, und dann wieder zu Emily.

»Ich bin gleich wieder da«, sagt sie plötzlich und verschwindet. Ich öffne den Mund, um ihr etwas nachzurufen, als Noah meine Aufmerksamkeit auf sich zieht.

»Gehen wir auch?«, will er wissen und lächelt mich an.

»Ich … ich weiß nicht«, murmle ich und halte erneut nach Emily Ausschau, aber sie ist weg. »Was ist mit Emily?«

»Keine Ahnung.« Noah zuckt mit den Schultern. Typisch Mann. »Ich denke, dass sie das Verhalten unserer Geschwister genauso scheiße findet wie ich.«

Ich glaube nicht, dass das der Grund ist, aber das sage ich Noah nicht. Sie wirkte nicht wütend, sondern verletzt. Immerhin hat Alex sie gestern noch über die Tanzfläche gefegt und wer weiß, was zwischen ihnen gelaufen ist? Und heute vögelt er ihre Schwester?

Ach du Scheiße. Diese Kleinstadtdynamik kann durchaus seltsam sein. Aber wer bin ich, dass ich das beurteilen kann?

»Ich möchte ihr Tschüss sagen, ja?«

Noah nickt und lächelt mich an. »Ich bezahle schon mal für uns.«

Es dauert nicht lange, bis ich Emily in den Toiletten aufgespürt habe.

»Hey«, sage ich. »Alles okay?«

Sie steht am Waschbecken und lässt sich Wasser über die Handgelenke laufen.

»Klar«, antwortet sie, dreht den Wasserhahn zu und zieht Tücher aus dem Spender. »Ich komme wieder.«

»Wirklich?«, frage ich und greife nach ihrem Unterarm. »Ich habe dich und Alex gestern gesehen und heute …«

»Zwischen mir und Alex war nichts«, erwidert sie hastig. »Er steht auf meine Schwester.«

Emily sieht mich einen Moment lang an und stürmt dann an mir vorbei aus der Toilette. Ich bleibe einige Sekunden sprachlos zurück, bevor ich ihr folge. Irgendwas stimmt doch da nicht, aber das ist nicht meine Baustelle. Ich verlasse die Toilette ebenfalls und Noah steht vor mir. Mit unseren Jacken in der Hand.

»Wollen wir?«, fragt er und ich nicke.

»Ja«, sage ich. »Wo ist Emily?«

»Sie ist wieder bei den anderen«, meint er und hält mir seine Hand hin. Ich nehme sie an und folge ihm aus der Bar.

•••

Noah und ich betreten die Veranda seines Elternhauses und ich setze mich in die Hollywoodschaukel. Noah setzt sich neben mich und zieht mich an sich. Lächelnd schmiege ich mich an ihn und schlinge meinen Arm um seinen Rumpf.

»Warum hast du mir nie gesagt, dass du so gut singen kannst?«, frage ich und sehe zu ihm auf.

»Ich fand es nicht wichtig«, meint er. »Und es ist echt keine große Sache.«

»Du singst so gut«, erwidere ich. »Sag sowas nicht.«

»Cara«, seufzt er. »Es ist keine große Sache. Ja, ich kann singen, aber mehr nicht.«

»Du bist so bescheiden«, kichere ich und sehe ihn an.

»So wie du mit den Autos?«, stellt er mir die Gegenfrage. »Du hast Harry komplett den Wind aus den Segeln genommen.«

»Oh!« Ich beiße mir auf die Lippe. »Das wollte ich nicht, aber ich mag Autos und …«

»Du musst dich doch nicht rechtfertigen«, erwidert er und legt seine Hand an meine Wange. Ich schmiege mich in diese und schließe die Augen. Die Tage mit ihm in Nashville waren wunderschön und unsere Freundschaft steuert immer mehr auf eine Richtung zu, die man nicht mehr als Freundschaft deklarieren kann. Zumindest glaube ich das. Noah und ich schlittern mehr und mehr in etwas hinein, das wir nicht mehr kontrollieren können. Er sieht auf mich runter und drückt seine Lippen sanft auf meine. Ich erwidere seinen Kuss und lege meine Hand in seinen Nacken, um ihn näher an mich zu ziehen.

»Harry tat der Dämpfer ganz gut. Ich glaube, dass ihm immer nicht so klar ist, dass das auch für Alex und mich keine Luxusautos sind, sondern normale Fahrzeuge.«

»Stimmt«, murmle ich. »Deine Freunde sind nett.«

»Du magst sie?«

»Klar«, sage ich. »Vor allem Emily.«

»Das habe ich gemerkt«, erwidert er lächelnd. »Ihr habt euch wirklich gut verstanden.«

Ich will erneut auf die Sache mit Alex und Daisy eingehen, aber möchte Emily in keine dumme Situation bringen. Ich glaube nämlich nicht, dass bisher jemand bemerkt hat, warum es sie wirklich stört, dass Alex und Daisy Sex haben.

»Alex und Daisy haben Sex, oder?«, rutscht es mir doch tatsächlich raus. Hitze steigt mir in die Wangen und ich wende den Blick ab. Das denkbar Schlechteste, was ich hätte sagen können, sage ich. Dass die beiden Sex haben, geht mich doch gar nichts an. Noah soll nicht eins und eins zusammenzählen und darauf kommen, dass ich das wegen Emily gefragt habe. Ob die beiden Sex haben, ist mir persönlich herzlich egal.

»Bestimmt«, meint er und zuckt mit den Schultern. »Ist nichts Neues.«

»Aber warum?«, frage ich.

»Warum haben wir Sex?«, stellt er mir die Gegenfrage und ich sehe ihn an. Kurz überlege ich und lache dann.

»Na ja«, meine ich und setze mich rittlings auf Noahs Schoß. Grinsend legt er seine Hände auf meine Hüften. »Weil es Spaß macht und ziemlich gut ist.«

»Wird bei Alex und Daisy auch so sein«, erwidert er. »Letztendlich müssen sie das selbst wissen. Ich mag Daisy, aber es nervt. Sie macht Alex unnötig Hoffnungen.«

Noah drückt seine Lippen auf meine, sodass das Gespräch beendet ist. Das ist besser für uns alle. Am Ende verplappere ich mich noch mit meinem Verdacht, dass Emily unglücklich in Alex verliebt ist.

17. Kapitel

Noah

Boston, ein Monat später

Cara wirft die Decke zurück und steigt aus meinem Bett. Ich beobachte sie dabei und ein Grinsen legt sich auf meine Lippen. Ihre langen braunen Haare fallen über ihren Rücken und ich checke ihren heißen Körper ab.

Sie läuft durch mein Schlafzimmer und sammelt ihre Klamotten auf, die sie gestern Abend auf wunderbare Weise verloren hat.

Ein Monat ist vergangen, seitdem wir in Nashville waren. In dieser Zeit sind wir uns immer näher gekommen. Es vergeht kaum ein Tag in der Woche, an dem wir keinen Kontakt haben. Zwar muss ich einmal in der Woche durch die Staaten reisen, aber am Tag danach sehen wir uns meistens oder schon am selben Abend. Cara sträubt sich noch dagegen, das Wort >Beziehung< in den Mund zu nehmen, aber meiner Meinung nach führen wir eine.

Sie ist ständig bei mir zu Hause, sodass mein Bruder schon witzelt, ob das noch unsere Wohnung ist oder die von Cara und mir. Ich habe Gefühle für sie. Echte Gefühle, die weit über die anfängliche Schwärmerei und das sexuelle Interesse hinausgehen. Allmählich stört es mich, dass ich ihr das nicht offen sagen und zeigen kann. Doch ich habe Angst, dass sie mir den Laufpass gibt, wenn ich es tue. Cara kämpft bei dem Thema mit ihren ganz eigenen Dämonen, und ich weiß nicht, wie ich diese überwinden soll.

Sie fühlt sich wohl bei mir, das weiß ich. Doch sobald ich versuche, ihr eine ernste Beziehung ans Herz zu legen, blockt sie ab und rennt weg. Vielleicht bilde ich mir doch zu viel auf unser Zusammensein ein.

Aber dass ihr Herz nicht genauso aus dem Takt gerät, wenn wir uns küssen, oder ihre Haut nicht ebenso verräterisch kribbelt und mit einer Gänsehaut überzogen wird, wenn wir uns nahe sind, ist schlichtweg nicht wahr. Ich meine, kann man eine Gänsehaut vorspielen? Orgasmen, ja, aber eine Gänsehaut?

Ich schüttle den Kopf. Ich sollte wirklich nicht so paranoid werden. Diese Gedanken sind absurd. Cara möchte keine Beziehung mit einem Footballer, weil sie nicht das Leben ihrer Mutter und ihrer Kindheit weiterleben möchte. Selbst wenn sie auch Gefühle für mich hat, wird sie mir diese nicht offen zeigen.

»Komm wieder ins Bett«, bitte ich und werfe einen Blick auf die Uhr am Fernseher. »Es ist erst halb sieben.«

»Ich muss zur Arbeit«, erwidert sie grinsend und zieht ihren Slip hoch. »Und mir vorher noch etwas zum Anziehen holen.«

»Was ist mit dem Kleid von gestern?«, frage ich, als sie nach ihrem BH greift. »Kannst du das nicht nochmal anziehen und wir schlafen noch eine Stunde? Mindestens.«

»Nein«, sagt sie. »Ich habe heute eine Reihe wichtiger Termine. Da kann ich nicht in dem Kleid von gestern aufkreuzen.«

Genervt stöhne ich auf und hieve mich aus dem Bett. Cara sieht mich grinsend an und ich weiß genau, was sie denkt, aber aus vielen Gründen nicht sagt.

»Ich gehe duschen«, beschließe ich.

»Siehst du«, meint sie und greift nach ihrem Kleid. »Du

musst auch arbeiten.«

»Sehen wir uns heute Abend?«, frage ich und schlüpfe in meine Boxershorts.

Am Abend finden die NFL Sport Awards statt. Ich bin normiert – als Quarterback des Jahres – und will, dass Cara mich begleitet.

»Noah«, stöhnt sie. »Wie oft denn noch?«

Wir führen diese Diskussion seit über einer Woche und kommen auf keinen gemeinsamen Nenner. Cara weigert sich, mich zu begleiten, obwohl sie auch dort sein wird. Ich habe ihr sogar angeboten, es offiziell als meine Managerin zu tun, aber das wollte sie noch weniger. Wenn es nach ihr ginge, sollten wir am besten gar nicht in der Öffentlichkeit gesehen werden. Nicht dass es mich stört, dass sie unsere gemeinsame Zeit am liebsten mit Sex verbringt, aber ich– verdammt, ich will mehr. Ich will nicht der Typ sein, für den sie ihre schönen Beine breitmacht. Na ja … nicht nur, denn das fühlt sich jedes Mal verdammt perfekt sein.

Ich will alles Drumherum und darüber hinaus für sie sein, so wie sie es für mich ist. Sie soll mich ihren Eltern vorstellen und endlich dazu stehen, dass wir eine Beziehung führen.

»Wie oft du mir noch sagen willst, dass du mich nicht begleitest?«, erwidere ich genervt. »Was ist dein Problem?«

»Wie soll das denn aussehen?« Cara schüttelt den Kopf und schließt ihr Kleid.

»Verdammt!« Ich gehe auf sie zu und schiebe ihre Hände weg. Sie will weggehen und sich gegen meine Hilfe wehren, aber ich lasse sie nicht. »Halt still!«, knurre ich. »Wieso willst du mich nicht begleiten?«

»Es geht nicht.« Sie seufzt und ich tue es ihr gleich. Sanft küsse ich ihren Hals. »Wirklich nicht und außerdem kannst du mit Alex hingehen.«

»Ich will nicht mit Alex hingehen«, antworte ich. »Bitte, Baby.«

Ich schiebe ihre Haare beiseite und küsse ihren Hals intensiver. Sauge mit meinen Lippen an ihrer empfindlichen Haut und hoffe, ihr einen Knutschfleck zu verpassen. Cara seufzt leise und ich grinse in mich hin. Bis hierhin habe ich schon mal gewonnen. Galant drehe ich sie herum und schiebe sie vor mir her.

»Hände aufs Bett«, weise ich sie an.

»Noah!«, ruft sie halb kichernd, halb warnend und reibt dabei ihren süßen Hintern an meinem Schritt. »Ich muss arbeiten.«

»Komm schon«, flüstere ich und küsse ihren Hals weiter, während meine Hände ihren Weg unter das Kleid bis zu ihrem Slip finden. Mit Leichtigkeit schiebe ich ihn nach unten. Gierig streichle ich ihre feuchte Pussy.

Cara stöhnt, als ich zwei Finger in sie schiebe und meinen Daumen auf ihre pulsierende Klit lege.

»Beug dich vor«, flüstere ich und diesmal kommt sie meiner Bitte nach. Eilig ziehe ich meinen Schwanz aus meiner Boxershorts und zerre ihr Kleid über ihren Hintern. Prall reckt sie ihn mir entgegen, und ich lasse es mir nicht nehmen, ihr einen festen Klaps auf ihren schönen Hintern zu geben.

»Noah!«, keucht sie und wackelt mit den Hüften hin und her.

Seit ein paar Tagen schlafen wir ohne Kondom miteinander. Wir sind beide sauber und sie nimmt die Pille.

Mit einem schmatzenden Geräusch ziehe ich meinen Finger aus ihrer Pussy.

»Noah«, stöhnt sie erneut. »Bitte.«

»Du bist so bereit für mich, Baby«, flüstere ich und führe meine Eichel zwischen ihre Falten. Cara wimmert, als ich meine Spitze langsam in sie einführe. »So verdammt feucht.«

Zentimeter für Zentimeter dringe ich tiefer in sie ein, bis ihre

Enge mich komplett umschließt. Meine Hände lege ich auf ihre Hüften und stoße in sie hinein. Ihr Körper ruckt nach vorne und sie stöhnt laut. Ihre schmalen Finger vergraben sich in der Decke des Bettes, während meine Hände schöne Abdrücke auf ihrer Hüfte hinterlassen.

»Schneller«, spornt sie mich an.

Ich beschleunige das Tempo meiner Stöße und spüre, wie sie sich um mich zusammenzieht. Das ist es, genau das liebe ich so am Sex mit ihr. Wenn sie kurz davor ist und immer enger und enger wird.

Hart und schnell ficke ich sie, bis wir beide kurz davor sind. Es fällt mir schwer, das in die Länge zu ziehen, aber ich will nicht, dass sie sofort kommt.

Meine rechte Hand findet den Weg zwischen ihre Beine und ich drücke ihre Klit. Cara schreit auf und ihre Muskeln ziehen sich zusammen. Sie kommt heftig zum Orgasmus und ich halte sie, bis ich ebenfalls so weit bin. Mit einem lauten Stöhnen spritze ich in ihr ab und genieße es einige Sekunden, wie ich mich in ihr versprühe. Sie zu der meinen mache.

Fuck, das klingt so dermaßen daneben. Sie gehört mir nicht, das ist reines Wunschdenken. Aber nach so einer Nummer kann ich nicht anders.

»Das war der Wahnsinn«, flüstert sie, als ich mich aus ihr zurückgezogen habe und mein Sperma über ihre Schenkel läuft.

»Absolut«, erwidere ich. »Duschen?«

Ich helfe ihr auf und ziehe sie an mich. Dabei öffne ich ihr Kleid, das sie auszieht.

»Ich habe keine Wahl, oder?«, meint sie, nachdem sie an sich runtergesehen hat. Grinsend hebe ich sie auf die Arme und küsse sie ausgiebig.

•••

»Morgen«, wünscht Cara meinem Zwilling und sieht ihn grinsend an. Alex erwidert ihren Blick und nippt an seinem Kaffee.

»Morgen«, begrüßt er uns. »War dein Orgasmus gut?«

Cara läuft augenblicklich hochrot an und ich werfe Alex einen vernichtenden Blick zu. Das ist so typisch. Er liebt es, Cara in Verlegenheit zu bringen, und das schafft er mal wieder meisterlich.

»Kaffee?«, lenke ich die Aufmerksamkeit auf mich. Nach dem Sex im Bett und in der Dusche bin ich nun wach.

»Vielleicht nehme ich doch keinen Kaffee«, seufzt Cara. »Ich muss wirklich los.« Sie deutet mit dem Daumen auf die Wohnungstür. »Wir sehen uns sicher heute Abend. Ciao, Alex.«

»Ciao«, erwidert mein Bruder und lächelt sie an. »Tanzt du dort mit mir?«

»Nachdem ich deine Tanzkünste mit Emily gesehen habe?« Cara lacht und zieht die Augenbrauen hoch. »Auf keinen Fall.«

»Ach, komm schon«, meint er und wackelt mit den Augenbrauen. »Ich kann auch sehr romantisch tanzen und gut führen.«

Genervt schlage ich ihm auf den Hinterkopf. »Lass das«, knurre ich. »Du kannst, von mir aus, jede Frau in diesem Land über die Tanzfläche schieben, vorzugsweise deine Ex und ihre kleine Schwester, aber Cara nicht.«

»Nur kein Neid, kleiner Bruder«, meint er arrogant. »Ich kann deiner Süßen zeigen, wo es langgeht.«

Ich verdrehe die Augen, weil es eine erneute Anspielung auf die Sexgeräusche ist, die er gehört hat. Alex ist mein bester Freund und natürlich weiß er mehr über mein Sexleben als

Cara lieb ist. Zwar erzähle ich ihm nicht explizit, was wir tun, aber er kennt meine Vorlieben im Bett gut genug, um zu wissen, wie es heute Morgen ablief. Noch dazu weiß er um meine Gefühle für sie, und würde sie niemals ernsthaft anflirten. Wir wissen beide, was gut für den jeweils anderen ist. Und bei Cara sind wir uns einig, dass sie gut für mich ist. Was man von Alex und den Cluster Schwestern nicht behaupten kann. Auf Daisy fällt er immer wieder rein und von Emily soll er die Finger lassen. Sie ist viel zu gut für ihn. Em sehe ich eines Tages in einem schicken Häuschen, wie es unsere Eltern haben, mit einem Mann, der einem soliden Beruf nachgeht und nicht dem Playboy Ex-Freund ihrer Schwester.

Wenn ich mir vorstelle, dass Daisy und ich … pfui! Das verstößt absolut gegen den Bro-Code. Unter Schwestern gibt es sowas bestimmt auch.

»Lass sie in Ruhe, Alex«, sage ich und stelle meinen Kaffee neben ihm ab. »Ich bringe dich noch zur Tür«, wende ich mich an Cara.

Sie nickt und greift nach ihrer Tasche, die sie gestern Abend auf dem Esstisch abgestellt hat.

»Bis heute Abend, Alex«, verabschiedet sie sich ein weiteres Mal von ihm. »Viel Spaß beim Training.«

»Danke«, sagt er und ich folge ihr zur Wohnungstür.

»Lass dich von ihm nicht ärgern«, sage ich und grinse sie an.

Cara erwidert mein Grinsen. »Du auch nicht«, meint sie. »Er macht das aus purer Provokation.«

»Hm«, murre ich und will sie küssen, aber sie dreht sich weg. »Was ist?«

»Nicht hier«, sagt sie. »Alex sieht uns.«

»Alex hört uns beim Sex«, kontere ich genervt und ziehe die Augenbrauen hoch. »Wieso soll er es nicht sehen?«

»Ich möchte das nicht«, stellt Cara klar und ich presse die

Lippen zusammen, um nicht den nächsten Streit vom Zaun zu brechen.

»Wir sind nicht zusammen, Noah. Es gibt keinen Grund, dass wir uns außerhalb des Schlafzimmers küssen. Noch dazu vor deinem Bruder.«

»Was du nicht sagst«, knurre ich. Es gefällt mir nicht, dass sie immer betont, dass wir nicht zusammen sind. »Sehen wir uns heute Abend?«

»Klar«, sagt sie. »Bis heute Abend.«

Cara lächelt mich nochmal an, macht auf dem Absatz kehrt und verschwindet aus der Wohnung. Ich fahre mir durch die Haare und stöhne genervt auf, als die Tür ins Schloss fällt. Frustriert gehe ich zu Alex zurück, der mir lächelnd meinen Kaffee reicht.

»Danke.«

»Tut mir leid«, sagt er. »Ich wollte nicht …«

»Hast du nicht«, sage ich und drehe meine Tasse in der Hand. »Für sie ist es nur Sex.«

»Und für dich nicht?«, fragt Alex und ich schüttle den Kopf. Im Grunde weiß er das, aber ich verstehe, dass er es aus meinem Mund hören muss.

»Nein, das war es noch nie«, seufze ich. »Ich mag sie, wirklich, aber sie will nicht. Sie hält strikt an ihrem Vorsatz fest, dass sie keine Beziehung zu einem Footballer eingehen wird.«

»Fuck«, murmelt Alex und ich nicke. »Und da kannst du nichts machen?«

»Nein«, sage ich und trinke von meinem Kaffee. »Ich kann sie nicht dazu zu zwingen, mit mir zusammen zu sein.«

»Können schon«, meint Alex und ich verdrehe die Augen. »Tut mir leid, aber ihr muss doch auch klar sein, dass es zwischen euch passt. Ihr seid glücklich.«

»Mir musst du das nicht sagen«, entgegne ich schroff. »Sag es Cara.«

»Soll ich vielleicht wirklich mal mit ihr reden?«, bietet er an.

Ich reiße die Augen auf. Meint er das ernst? Auf keinen Fall soll er mit Cara reden und ihr sagen, was ich für sie empfinde. Erstens schaffe ich das allein und zweitens bekommt sie das nur in den falschen Hals.

»Nein«, erwidere ich. »Sollst du nicht.«

»Okay«, sagt er. »Dann suhl dich weiter in deinem Liebeskummer.«

»Ich suhle mich nicht …« Ich presse die Lippen aufeinander. »Lass mich in Ruhe, Alex.«

»Ja, was denn jetzt?«, fragt er. »Willst du meinen Rat oder nicht?«

»Nein«, sage ich entschieden. »Will ich nicht.«

Dann nehme ich meinen Kaffee und verschwinde die Treppe nach oben, um meine Sachen fürs Training zu packen. Ich liebe Alex, aber Beziehungstipps braucht er mir wahrlich nicht zu geben. Liebeskummer habe ich auch keinen. Na ja, das denke ich zumindest. Liebeskummer ist etwas anderes.

18. Kapitel

Cara

Ich steige hinter meinen Eltern aus der Limousine und würde mir am liebsten die Hand vors Gesicht halten. Die NFL Sport Awards sind ein riesengroßes Event und ich hasse es, im Rampenlicht zu stehen. Diese Veranstaltungen sind einfach nur sinnlos. Dass ich so ziemlich die einzige Person weit und breit bin, die das so sieht, ist mir bewusst.

Der Mann am Wagen lächelt mir freundlich zu und ich greife nach meinem Kleid und folge meinen Eltern. Die Robe ist bodenlang und mit einem Neckholder versehen. Das Dekolleté ist weit ausgeschnitten und meine Brüste werden mit Klebepads an Ort und Stelle gehalten. Der Rücken ist komplett frei – vom Nacken bis zum Steißbein. Mein Dad trägt einen schlichten schwarzen Anzug und meine Mom ein dunkelblaues Kleid, das deutlich geschlossener ist als meins. Es geht ihr bis über die Knie und ist im Off-Shoulder-Stil. Sie sieht wie immer wunderschön aus und strahlt meinen Dad an. Es ist seltsam, dass ich mir einerseits nichts weniger wünsche als ihr Leben und mich gleichzeitig danach sehne. Meine Eltern sind seit fünfundzwanzig Jahren verheiratet, seit siebenundzwanzig Jahren zusammen und immer noch so glücklich. Ich möchte auch so eine Beziehung führen und den einen, richtigen Mann finden. Aber bisher ist er nicht in Sicht. Obwohl das nicht ganz stimmt. Er ist in Sicht, aber ich will ihn nicht. Er ist Footballer von Beruf und widerspricht damit all meinen Prinzipien. Zwischen Noah und mir ist absolut nichts offiziell und trotzdem vermisse ich ihn wie die Hölle, wenn er nicht da ist. Wie würde das nur werden, wenn wir zusammenkommen? Es wird doch nur noch schlimmer, oder?

Ich weiß, dass er mehr will. Noah erwartet eine Beziehung von mir und vielleicht wäre dieser Auftritt heute ein klares Statement gewesen. Nicht nur für die Öffentlichkeit, sondern auch für ihn.

Meine Eltern treten vor das Roll-up auf dem roten Teppich und ich bleibe mit etwas Abstand hinter ihnen stehen. Mein Dad wird heute für sein Lebenswerk ausgezeichnet und das ist für mich der einzige Grund hier zu sein. Ich bin unendlich stolz auf ihn, weil er das erreicht hat. Er ist der größte Spieler aller Zeiten und das wird heute Abend gewürdigt. Meine Mom winkt mich zu ihnen, und sie nehmen mich in ihre Mitte.

Dad sieht mich lächelnd an und Dankbarkeit liegt in seinem Blick. Er weiß, dass ich das alles nur ihm zuliebe mache und es tief in meinem Inneren hasse.

»Danke«, flüstert er. Ich lächle in die Kameras und gebe mein Bestes. Die Resonanz zeigt mir, dass es richtig ist, heute für ihn hier zu sein.

Sobald die Fotos im Kasten sind, schleiche ich mich in Richtung Eingang. Meine Mom folgt mir, während mein Dad noch einige Interviews gibt.

»Mrs. Corse, Ms. Corse«, spricht uns ein Mann am Eingang an. »Wenn ich Sie zu ihren Plätzen bringen darf?«

»Gern«, sagt meine Mom und hakt sich bei mir unter. »Es bedeutet deinem Dad sehr viel, dass du heute hier bist.«

»Warum sagst du das?«, seufze ich. »Du machst mir ein schlechtes Gewissen, weil ich es so wenig genieße.«

»Gut so«, meint sie. »Dann wird dir die Tragweite bewusst.«

Ich verdrehe die Augen, was sie lachen lässt.

»Ist Noah auch hier?«, fragt sie und ich verdrehe wieder die

Augen.

»Was glaubst du denn, Mom?«

Natürlich ist ihr nicht entgangen, dass wir uns treffen. Sie kann sich gewiss denken, dass wir bei diesen Treffen nicht nur fernsehen. Immerhin waren sie und mein Dad auch mal jung und haben sich gedatet. Etwas worüber ich nicht nachdenken möchte, weil sie meine Eltern sind und Noah und ich uns nicht daten. Wir sind Freunde mit Extras.

»Ich denke, dass er hier ist. Wollte er nicht mit dir zusammen herkommen?«

»Vielleicht«, weiche ich ihr aus und setze mich auf unsere zugewiesenen Plätze.

»Vielleicht?« Meine Mom lässt nicht locker und ich verdrehe die Augen. »Was soll das heißen?«

»Ich habe ihm gesagt, dass ich mit euch herkomme«, antworte ich.

»Warum?«, fragt sie weiter.

»Warum nicht, Mom?«, entgegne ich genervt. »Noah ist nicht mein Freund und würden wir zusammen herkommen, wäre das doch komisch, oder?«

»Aber ihr verbringt so viel Zeit miteinander«, sagt sie. »Und ehrlich gesagt dachten dein Dad und ich, dass du ihn uns endlich vorstellst.«

»Vorstellst?«, japse ich. »Was soll das denn heißen?«

»Er ist doch dein Freund, oder nicht?«

»Nein«, gebe ich empört von mir und bin froh, als mein Dad zu uns aufschließt und sich neben meine Mom setzt.

»Lassen wir das Thema«, entscheide ich.

Das fehlt mir gerade noch. Meine Eltern möchten Noah als meinen Freund kennenlernen. Wo kommen wir denn hin, wenn ich ihnen jeden Typen, mit dem ich ins Bett steige, vorstelle? Nein, das wird nicht passieren. Noah und ich sind kein Paar und werden es auch nicht.

Ich schaue auf mein Handy und sehe, dass ich ungelesene Nachrichten von Marina und Noah habe.

Noah: Bist du schon da?
Cara: Ja, und du?
Noah: Gerade angekommen

Ich schließe den Chat und rufe Marinas auf.

Marina: Viel Spaß heute Abend!!! Bist du mit Noah da?

Ich verdrehe die Augen. Natürlich weiß Marina, dass Noah hier ist. Aber warum kommt sie auf die Idee, dass wir zusammen gehen?

Ich seufze.

Es könnte daran liegen, dass sie die erste Vorsitzende des Noah McCarter und Cara Catherine Corse Fanclub ist. Marina meint, dass ich endlich nachgeben und eine Beziehung mit ihm eingehen soll. Immerhin hätte ich nichts zu verlieren. Da hat sie auch nicht ganz Unrecht. Bisher hat das, was ich mit Noah habe, mir gutgetan, und ich bin gern mit ihm zusammen. Aber ich will nicht. Ich habe meine Prinzipien und die werde ich auch für Noah McCarter nicht brechen. Ich blase die Backen auf und antworte Marina.

Cara: Ich bin mit meinen Eltern hier
Marina: Ja, und? Dein Dad wird so oder so ausgezeichnet
Cara: Darüber diskutieren wir nicht mehr
Marina: Doch darüber diskutieren wir sehr wohl noch, weil das eine überhaupt nichts mit dem anderen zu tun hat.

Genervt stöhne ich auf und meine Mom wirft mir einen fragenden Blick zu. Ich winke ab und will mich wieder dem Chat mit Marina widmen, als mir jemand auf die Schulter tippt. Ich fahre herum und Alex grinst mich breit an. Noah steht neben ihm und wirkt deutlich angespannter als sein Bruder. Er mustert mich. Sein Blick gleitet über meinen Körper, aber seine Mundwinkel ziehen sich nicht nach oben.

Gefalle ich ihm nicht? Hitze steigt mir in die Wangen. Wenn ich einem Mann hier gefallen möchte, dann ihm.

»Hey!« Ich erhebe mich von meinem Platz und lasse mir von Alex einen Kuss links und rechts auf die Wange geben. Dies lenkt die Aufmerksamkeit meiner Eltern auf die McCarter Zwillinge.

»Hallo, Mrs. Corse«, sagt Alex und begrüßt sie ebenfalls förmlich.

»Hallo«, sagt sie und lächelt. »Hallo, Noah.«

»Hallo, Mrs. Corse«, meint er und lächelt meine Mom an. »Sie sehen toll aus.«

Ich schmunzle und meine Mom bedankt sich bei ihm. Noah und Alex geben meinem Dad die Hand und plaudern mit ihm.

Ich bin irritiert, dass Noah mich nicht begrüßt, aber hinterfrage es nicht weiter. Lieber betrachte ich ihn. Er hat sich rasiert, was seine Gesichtszüge ein bisschen zu weich wirken lässt. Ich mag es lieber, wenn er ein wenig Bart stehen hat. Der maßgeschneiderte dunkelblaue Anzug steht ihm ausgezeichnet und das rote Einstecktuch ist in derselben Farbe wie mein Kleid gehalten.

»Sitzt ihr hinter uns?«, frage ich und Alex nickt.

»Direkt hinter dir«, meint er und zwinkert mir zu. »Ich kann dir heimlich ein Kaugummi in die Haare kleben.«

»Und ich kann dir vor allen eine knallen, wenn du das tust«, erwidere ich und meine Mom lacht. »Das war kein Witz.«

»Natürlich nicht«, meint Alex amüsiert und setzt sich hin. Ich schaue nochmal zu Noah, dessen Aufmerksamkeit voll und ganz auf meinem Dad liegt. Als meine Mom sich ebenfalls in das Gespräch einklinkt und neben ihnen einer der wichtigsten Funktionäre der NFL erscheint, setze ich mich wieder.

»Hey!« Ich zucke zusammen und sehe Noahs grinsendes Gesicht vor mir. Er stützt sich mit den Unterarmen auf der Lehne des Sessels neben mir ab.

»Hey«, flüstere ich. »Warum fällt mir nur immer die Narbe auf?« Ich hebe die Hand und lege meine Finger darauf.

Er grinst und zuckt mit den Schultern. »Ich weiß es nicht. Vielleicht, weil du sie sexy findest.«

»Vielleicht«, murmle ich. »Du siehst toll aus.«

»Danke«, meint er. »Ich würde dir auch gern sagen, dass du toll aussiehst, aber ich tue es nicht.«

Okay, damit habe ich nicht gerechnet. Jetzt bloß nicht die Fassung verlieren. Es kann durchaus vorkommen, dass ihm mein Outfit nicht gefällt. Ich darf mir auf keinen Fall anmerken lassen, wie getroffen ich bin. Noah hat mir noch nie ein Kompliment verweigert. Ich lächle die offensichtliche Zurückweisung tapfer weg. Es ist nicht schön, wenn einem der Mann, den man begehrt und den man für den attraktivsten auf dem Planeten hält, nicht sagt, dass man toll aussieht.

»Cara?«, fragt Noah. »Alles okay?«

»Klar«, lüge ich. »Alles bestens.«

»Gut«, meint er und zieht sich zurück.

Ich erwarte bereits, dass er sich komplett von mir zurückzieht, aber er tut es nicht. Noah beugt sich nochmal vor und haucht mir einen Kuss auf die nackte Schulter. Sofort breitet sich eine Gänsehaut auf meiner Haut aus und Schmetterlinge flattern in meinem Magen. Wo kommen die denn plötzlich her?

»Du siehst wunderschön aus«, haucht er. »Nicht, dass du denkst, dass es mir entgangen ist. Dieses Kleid ist waffenscheinpflichtig.«

Noah zieht sich von mir zurück und ich drehe mich zu ihm um. Er setzt sich grinsend auf seinen Platz und zieht sein Handy hervor. Als er auf den Bildschirm sieht, wende ich mich ab, als es in meiner Clutch vibriert. Ich ziehe mein Handy heraus und sehe, dass er mir eine Nachricht geschrieben hat.

Noah: Darf ich es dir später ausziehen?

Ich kichere.

Cara: Warum?
Noah: Dann darfst du mich auch ausziehen? Deal?
Cara: Ich brauche aber viel länger, weil du doppelt so viel anhast. Findest du das fair?
Noah: Findest du es fair, dass ich einen Ständer habe? Dieses Kleid gehört verboten!
Cara: Und ich dachte, dass du mich wunderschön findest
Noah: Und rattenscharf, das habe ich vergessen
Cara: Ich überlege es mir!

Ich schicke die Nachricht ab und drehe meinen Kopf nochmal herum, um ihn anzusehen. Noah erwidert meinen Blick und zwinkert mir zu. Dann wendet er sich an Alex und unterhält sich mit seinem Bruder. Ich richte meinen Blick auf die Bühne und packe mein Handy weg. Nach und nach füllt der Saal sich mit allen möglichen Menschen. Aktiven Spielern, ehemaligen Spielern, Club-Besitzern, Funktionären und Coaches. Natürlich dürfen verschiedene Top-Prominente nicht fehlen. Ich versuche, Noah hinter mir auszublenden, und konzentriere mich auf die Verleihung.

•••

Die Aftershow Party findet in einem alten Fabrikgebäude am Hafen statt. Ich sehe mich im Saal um und halte Ausschau nach Noah, als ich aufgehalten werde.

»Brick!«, rufe ich strahlend und lasse mich in seine Arme ziehen. »Wie schön, dich zu sehen.«

Wir waren zusammen auf dem College und hatten ein paar gemeinsame Kurse. Er wurde dieses Jahr von Miami gedraftet.

»Die Freude liegt ganz auf meiner Seite«, meint er. »Erzähl mal … was machst du jetzt? Wo arbeitest du? Wen datest du?« Seine Fragen bringen mich unweigerlich zum Lachen. Brick hat seit dem College eine Freundin und sie ist ebenfalls hier, dennoch kann er nicht gänzlich aufhören, mit mir zu flirten.

»Ich bin erst einmal wieder bei meinen Eltern eingezogen, aber offiziell auf der Suche nach einer Wohnung«, antworte ich. »Ansonsten arbeite ich bei Corse Sport Management.«

»Natürlich tust du das«, erwidert er und zwinkert mir zu. Brick hatte ein Stipendium für Sport und nur so die Chance aufs College zu gehen. Seine Eltern stammen aus einer heruntergekommenen Gegend in Detroit. Wir haben uns sofort gut verstanden und als er gehört hat, wer mein Vater ist, war er sprachlos. Er meinte, dass er noch nie einen so reichen, aber dennoch zuvorkommenden Menschen wie mich getroffen hätte. Er könnte mich, so wie ich bin, seiner Mom vorstellen und sie würde niemals merken, dass ich ein Mädchen der Upperclass bin.

»Und wen datest du?« Er wackelt mit den Augenbrauen und grinst mich an.

»Sie datet mich!« Ein Arm schlingt sich um meine Hüfte und

Brick bekommt große Augen. Wirklich, wirklich große Augen. Ich fahre herum und sehe in Noahs Gesicht. Seine Lippen sind zu einem schmalen Strich zusammengepresst und er sieht Brick feindselig an.

»Noah, freut mich«, stellt er sich unnötigerweise vor. Brick weiß genau, wer da vor ihm steht.

»Ich bin Brick«, erwidert er freundlich. »Freut mich, dich kennenzulernen.«

»Freut mich auch«, meint Noah und entspannt sich langsam. Seine Finger streichen über meine Hüfte, während er die Hand, die er eben noch Brick entgegengestreckt hat, in die Tasche seiner Anzugshose steckt. Ich muss wohl nicht betonen, dass ich stinksauer auf ihn bin. Das geht absolut zu weit. Was denkt er sich denn? Brick könnte ein potenzieller Klient von mir sein und kein alter Freund. Wie sieht das bitte aus, dass mein Freund, der überhaupt nicht mein Freund ist, auf solch erbärmliche Art und Weise sein Revier markiert?

»Wir sehen uns«, sagt Brick und hebt lächelnd die Hand. »Hat mich gefreut, Noah.«

Ob es ihn wirklich gefreut hat, bezweifle ich. Sonst würde er wohl kaum so schnell die Biege machen, oder? Brick entfernt sich von uns und ich löse mich von Noah.

Wütend drehe ich mich zu ihm um und sehe ihn an. »Sag mal, tickst du noch ganz richtig?«, blaffe ich ihn an. Noah öffnet den Mund, um etwas zu sagen, aber ich lasse ihn nicht zu Wort kommen. »Was sollte das gerade? Wieso gibst du dich als mein Freund aus?« Verständnislos schüttle ich den Kopf. »Ich date dich nicht und ich habe es auch nicht vor. Das weißt du. Würdest du also bitte aufhören, so zu tun, als wären wir zusammen?«, mache ich meinem Ärger weiter Luft.

»Komm mit!«, knurrt er und packt mich am Handgelenk. In meinem langen Kleid und den High Heels habe ich Probleme mit ihm Schritt zu halten. Noah zerrt mich hinter sich her durch den Saal. Vorbei an meinen Eltern, Alex und Toby sowie einigen anderen bekannten Gesichtern und leider auch Pressevertretern. Hat der Kerl den Schuss nicht gehört? Wir sind auf einer riesigen Veranstaltung, auf der jeder nur darauf wartet, dass ein Skandal passiert, und ausgerechnet wir bieten diesen? Noah weiß, wie sehr ich das alles hasse. Und nun sorgt er dafür, dass ich im absoluten Mittelpunkt stehe.

»Noah!«, rufe ich. »Was soll das?«

Mich ignorierend läuft er einfach weiter, bis wir die Security am Eingang passieren und vor dem Gebäude zum Stehen kommen.

Wütend entreiße ich ihm meine Hand und stemme sie in die Hüften. »Sag mal, gehts noch?«, keife ich ihn an und deute auf den Eingang. »Was sollte das?«

»Was … das–« Er schüttelt den Kopf. »Sag mir lieber, was das mit diesem Dick …«

»Sein Name ist Brick!«

»Es ist mir egal, wie der Kerl heißt«, ruft er. »Was sollte das, Cara? Siehst du nicht, wie er dich anhimmelt?«

Am liebsten hätte ich ihm ein bissiges »So wie du?« entgegengeschleudert, aber das traue ich mich nicht.

»Er hat eine Freundin. Und selbst wenn«, erwidere ich und versuche, mich zu beruhigen. Das ist eine absolut beschissene Situation und wir befinden uns in der Öffentlichkeit, auf der Aftershow Party der NFL Sport Awards. Wir können uns hier nicht streiten und unseren Beziehungsstatus klären. »Du hast eine totale Show abgezogen.«

»Show?«, fragt er. »Weil ich diesen ganzen sabbernden Säcken, inklusive meinem Bruder, klargemacht habe, dass du vergeben bist?«

»Ich bin nicht vergeben!«

»Doch!«, ruft er. »Und zwar an mich.«

Ich kann nicht anders, als zu lachen, weil er jetzt wohl völlig überschnappt. Ich wüsste es wohl, wenn ich einer Beziehung mit Noah McCarter zugestimmt hätte.

»Du hast sie doch nicht mehr alle!«, rufe ich und schüttle den Kopf. »Wir sind nicht zusammen und werden es auch niemals sein.« Ich will an ihm vorbeigehen, aber Noah greift erneut nach meiner Hand und hält mich auf.

»Cara, bitte«, wispert er. »Warum kannst du nicht einfach dazu stehen, dass du dich auch in mich verliebt hast?«,

Seine Frage trifft mich mit voller Wucht. Wie ein Tackle, das ich nicht habe kommen sehen, und mich nun zu Boden reißt. Mein Herz beginnt zu rasen und die Stelle an meinem Handgelenk, an der er mich berührt, droht in Flammen aufzugehen. Noahs Blick geht mir durch Mark und Bein. Er wirkt so verletzlich in diesem Moment, dass ich mich am liebsten in seine Arme schmeißen würde, um ihm Trost zu spenden. Aber das kann ich nicht und nach seinem Auftritt vorhin noch weniger. Wenn wir Pech haben, weiß morgen das ganze Land, dass wir vögeln. Inklusive meiner Eltern. Und selbst wenn ich eventuell Gefühle für ihn habe, ist er immer noch Footballspieler.

»Weil es nicht so ist«, behaupte ich. »Ich bin nicht in dich verliebt. Wir sind Freunde, die miteinander ins Bett gehen. Mehr nicht.«

19. Kapitel

Cara

Die letzte Nacht war der absolute Horror. Nachdem Noah und ich uns auf offener Straße gestritten haben, obwohl wir nie zusammen waren, bin ich mit einem Taxi nach Hause gefahren. Mir war definitiv nicht mehr nach Feiern zumute.

Dass das alles so eskaliert, wollte ich nicht. Immer wieder habe ich versucht, Noah zu erreichen, aber er ist nicht an sein Handy gegangen.

»Kannst du mir das mal erklären?«, ruft mein Dad und ich schrecke von meinem Kaffee hoch.

Mit hochrotem Kopf knallt er mir eine Bostoner Tageszeitung vor die Nase. Es dauert einen Moment, bis ich reagiere und einen Blick auf die Titelseite werfe. Das Blut gefriert mir in den Adern und ich schlucke schwer, als mir die Schlagzeile entgegen prangt.

»Das hier!«, wütet mein Dad weiter und tippt mit dem Zeigefinger auf das Titelbild. »Erklär es mir!«

Mit zittrigen Händen nehme ich die Zeitung in die Hand. Es ist der Boston Sport Radar, die wichtigste Sporttageszeitung der Stadt, nein, des Staates Massachusetts. Und auf dem Titelblatt ist ein Bild von mir, meinen Eltern und Noah!

Dass ein Bild von meinen Eltern und mir darauf ist, habe ich erwartet. Immerhin wurde mein Dad für sein Lebenswerk ausgezeichnet. Es ist ein Foto vom roten Teppich, aber wie passt Noah da rein? Hastig überfliege ich die Schlagzeile: »Noah McCarter: Quarterback beendet Affäre mit Corses

Tochter!«

Hastig schlage ich die Zeitung auf und schaue mir den Artikel genauer an. Die Fotos sind allesamt von gestern Abend. Eins mit meinen Eltern und der Rest mit Noah und Alex – und die Presse dichtet mir eine Affäre mit beiden McCarter Zwillingen an. Die spinnen doch!

»Ich höre?«, fragt mein Dad und verschränkt die Arme vor der Brust. »Wie kann es sein, dass ich sowas über meine Tochter lesen muss?«

Meine Eltern sind derartige Entgleisungen von mir absolut nicht gewöhnt und ich verstehe, dass sie wütend sind. Mom taucht hinter ihm auf, aber im Gegensatz zu ihm sieht sie nicht wütend, sondern besorgt aus.

»Das ist … das … das war und ich …« Ich schüttle den Kopf. »Ich kann es nicht erklären. Es tut mir leid.«

»Cara Catherine Corse«, sagt er streng. »Da steht, dass er dich, dass du ihn …«

Mein Dad will nicht aussprechen, dass in der Zeitung mein Sexleben breitgetreten wird, und das ist auch gut so. Sowas möchte ich aus seinem Mund nicht hören.

»Noah und ich hatten eine Affäre«, versuche ich die Situation zu schildern. »Und ich habe sie gestern beendet. Das war's.«

»Und dafür ist so ein Theater nötig?«, hakt er nach.

»Er hat angefangen!«, rufe ich wie ein bockiges Kind. »Er hat mich aus dem Gebäude gezerrt, mich vor allen vorgeführt und diesen Streit auf der Straße angefangen - nicht ich.«

»Schieb nicht die Schuld auf Noah«, erwidert mein Dad. »Du hast genauso deinen Teil beigetragen. Die Story ist in aller Munde. Was soll das, Cara?«

»Lass sie in Ruhe, Michael«, mischt sich meine Mom ein und wirft ihm einen bösen Blick zu. »Sie hat einen Fehler gemacht. Na und?«

»Einen Fehler?« Er schnappt nach Luft. »Im Internet kursieren Videos von unserem Kind, wie sie dem Quarterback der Boston Foxes …«

»Das wäre alles nicht passiert, wäre er kein Quarterback!«, schreie ich meinen Dad an. »Wärst du kein Quarterback, würde ich nicht in diesem beschissenen Leben stecken!«

Plötzlich schwingt meine Stimmung von Rechtfertigung zu Traurigkeit und Frustration. Tränen laufen mir über die Wangen und ich wische sie mir vehement weg. Im Grunde weiß ich nicht mal, warum genau ich weine. Wegen meines Dads, wegen des Jobs, wegen Noah oder weil ich einfach eine dumme Kuh bin? Ich weiß es nicht.

»Schatz!« Meine Mom tritt neben mich und streicht beruhigend über meinen Rücken. »Was ist denn nur los mit dir und was hat das mit deinem Dad zu tun?«

»Das wüsste ich auch gern«, blafft er mich an. Sehr einfühlsam. »Habe ich dir und deiner Mutter nicht alles ermöglicht und …«

»Warst du bei einer meiner Aufführungen in der Schule?«, frage ich. »Nein. Weil du Football spielen musstest! Warst du auf meinem Abschlussball von der Highschool? Nein. Du warst nie da, Dad. Immer war dieser Sport wichtiger als ich, als wir, und ich habe mir geschworen, dass ich so nicht leben will. Nicht so wie Mom.«

»Cara!« Meine Mutter stößt Luft aus. »Du glaubst, dass ich unglücklich war?«

»Ich weiß es«, gebe ich zurück und stehe auf. »Ich muss das mit Noah klären.«

»Ich war nicht unglücklich«, sagt meine Mutter. »Manchmal vielleicht einsam, aber nie unglücklich. Ich hatte doch mein größtes Glück immer bei mir.«

Ich öffne den Mund und will etwas sagen, als meine Mom

seufzt.

»Cara, du warst alles, was ich brauchte. Auf deinen Dad konnte ich verzichten. Wir sind uns in unserer Beziehung nie überdrüssig geworden und hatten uns immer etwas zu erzählen. Ich habe ihn vermisst, natürlich habe ich das, aber ich hatte dich. Ich war nie einsam. Bevor du geboren wurdest, bin ich ihm oft hinterhergereist. Es war ein tolles Leben, das beste, und ich will keinen Tag missen.«

»Wirklich nicht?«, hauche ich und sie schüttelt den Kopf.

»Nein«, sagt sie. »Und es zerreißt mir das Herz, dass du das denkst und deswegen diesen wunderbaren Mann in den Wind schießt.« Ihre Augenbrauen schießen in die Höhe. »Ist er so schlecht im Bett?«

»Mom!«, kreische ich und mein Gesicht nimmt eine purpurrote Farbe an.

Mein Dad stöhnt frustriert auf. »Dana!«, murrt er. »Das möchte ich nicht wissen und Cara, Schatz …« Er fährt sich durch die Haare und ich sehe ihm deutlich an, dass er nach den richtigen Worten und nach Fassung ringt. »Es tut mir leid«, sagt er und ich sehe ihn überrascht an. Nach diesem Auftritt hätte ich nicht damit gerechnet, dass er so reagiert. »Warum hast du nie was gesagt?«

»Der Football war dir immer am wichtigsten und Noah ist er auch am wichtigsten und …«

»Nichts ist mir wichtiger als du und deine Mom. Du bist meine Tochter, mein einziges Kind. Und wenn du deswegen deinen Traummann in den Wind schießt, habe ich auf ganzer Linie als Vater versagt.«

»Du hast nicht versagt, Dad.«

»Aber?«

»Ich kann mir so ein Leben nicht vorstellen«, sage ich ehrlich. »Nicht für mich und nicht für meine Kinder.«

Meine Mom lächelt mich an und kommt auf mich zu.

»Manchmal muss man Wagnisse eingehen, um glücklich zu werden. Als wir zusammengekommen sind, war dein Dad schon ein Star und ständig unterwegs. Und du kennst das Leben mit einem Footballer, Schatz.«

Ich sehe meine Mom an und seufze. »Aber ich … ich hab's verbockt«, flüstere ich und wische meine Tränen weg. Mehr sage ich nicht und verlasse die Küche und meine Eltern. Ich möchte nicht mehr mit ihnen reden.

Als ich mal wieder versuche, Noah zu erreichen, geht er natürlich nicht ans Telefon. Meine Nachrichten ignoriert er ebenfalls. Ich kann verstehen, dass er wütend auf mich ist, aber ich muss mit ihm reden. Diese Sache ist eine einzige Katastrophe. Meine Eltern oder vielmehr mein Dad hat jedem, der das Video von unserem Streit und auch den Artikel weiterverbreitet, mit einer Klagewelle gedroht. Ich denke, dass das die Verantwortlichen eingeschüchtert hat, aber das ändert nichts daran, dass ich das mit Noah klären muss. Das Gespräch mit meinen Eltern, wenn es auch verwirrend war, hat mir doch zu denken gegeben.

Es reicht aus, dass ich in ihn verliebt bin. Denn genau das ist es, was meine Mom immer an der Seite meines Dads gehalten hat. Sie liebt ihn. Damit nahm sie auch alles, was das Leben an Entbehrungen vorgab, in Kauf. So ist es auch bei mir. Wenn ich mir vorstelle, dass ich ein Leben ohne Noah führe, weil ich den Arsch nicht hochkriege und Panik wegen meiner Kindheit schiebe, graut es mir. Noah und ich sind schon so viele Schritte gegangen, die einer Beziehung gleichkommen. Wir waren ständig zusammen, haben die Familien des anderen kennengelernt.

Die Türen des Aufzugs öffnen sich und ich trete heraus. Mit jedem Schritt, den ich näher auf die Wohnungstür zukomme, werde ich nervöser. Meine Hände schwitzen und ich versuche, das unkontrollierte Pochen meines Herzens zu ignorieren. Bisher war Noahs Wohnung ein Happy Place für mich. Wir haben tolle Stunden dort verbracht. Viel gelacht und uns geliebt. Mit Alex war es auch immer lustig. Obwohl ich weiß, dass es Noah nicht immer recht ist, wie ungeniert Alex mit mir spricht. Aber darüber muss er sich überhaupt keine Sorgen machen. Denn ich würde mich immer für Noah entscheiden.

Alex ist lustig und wir haben viel Spaß zusammen, aber mit ihm könnte ich niemals so reden wie mit Noah. Ich denke, dass die richtige Frau für den anderen McCarter Zwilling noch irgendwo da draußen wartet. Ich hoffe nur, dass sie nicht in Nashville ist und nach einer Blume benannt wurde. Moment mal. Warum mache ich mir Gedanken über Daisy und Alex, wenn ich selbst nichts auf die Reihe bekomme?

Vor der Wohnungstür atme ich nochmal tief durch und drücke die Klingel. Im nächsten Moment bereue ich es bereits und frage mich, was ich hier tue. Noah wird mich zum Teufel jagen und das aus gutem Grund. Ich habe es komplett verbockt mit uns und einen Skandal sondergleichen an Land gezogen. Obwohl … daran ist er nicht ganz unschuldig, oder? Er hat mich zur Rede gestellt und aus dem Gebäude geschleift.

Die Tür schwingt auf und Alex sieht mich überrascht an. »Cara?«, fragt er mit großen Augen.

»Hi«, wispere ich und fühle mich alles andere als wohl in meiner Haut. »Ist … ich meine, ist … kann ich … reinkommen?«

»Klar«, sagt er und tritt beiseite. An Alex vorbei betrete ich die Wohnung. »Wo ist Noah?«

»Nicht hier«, antwortet er.

Ich kneife die Augen zusammen und nehme mir vor, ruhig zu bleiben. Alex ist meine einzige Chance zu erfahren, wo

Noah ist. Dass er sauer auf mich ist, sollte mich nicht wundern. Noah ist sein Zwillingsbruder und ich habe ihn sehr verletzt.

»Und wo ist er?«, frage ich mit zittriger Stimme.

»Joggen«, meint er. »Und das meine ich wirklich ernst.« Ein kleines Lächeln huscht über seine Lippen. »War ganz schön was los heute Morgen.«

»Äh ja«, sage ich. »Mein Dad hat sich darum gekümmert.«

Alex zieht die Augenbrauen hoch und ich beiße mir auf die Lippe. Das war wohl nicht das, was ich hätte sagen sollen. Ich fröstle leicht, obwohl es in der Wohnung mollig warm ist, und fühle mich extrem unwohl in meiner Haut. »Und … wie … wie lange ist er fort?«

»Keine Ahnung«, meint Alex. »Dauert wohl noch. Willst du was trinken?«

»Du bietest mir etwas an?«, frage ich überrascht und er nickt. Alex stellt zwei Gläser auf die Küchentheke und nimmt eine Flasche Wasser aus dem Kühlschrank. »Warum nicht?«, fragt er. »Ich mag dich, Cara.«

»Oh!«

Alex lacht und dreht die Flasche wieder zu, während ich gierig nach dem Glas greife, um meinen Mund zu befeuchten.

»Bist du so überrascht, weil ich dich mag?«, fragt er. »Ich muss gestehen, dass mich das verletzt.«

»Nein«, sage ich. »Das ist es nicht.«

Ich stelle das Glas vor mir ab und beiße mir nervös auf der Unterlippe herum.

»Noah ist dein Bruder und ich … ich habe es verbockt … ich habe …«

»Du hast ihm das Herz gebrochen«, spricht Alex aus, was ich nicht hören will. Beschämt senke ich den Kopf. »Und ja, das tut mir auch weh. Er ist mein Bruder, Cara. Du kannst ihn nicht wie dein kleines geiles Spielzeug behandeln, weil du gefickt werden willst.«

»Das habe ich nie getan«, fauche ich und sehe ihn an. »Sag das nie wieder.«

»Das hast du nicht, aber so fühlt er sich«, fügt Alex hinzu. »Hör mal … ich sollte dieses Gespräch eigentlich gar nicht mit dir führen, aber Noah ist unerträglich. Wirklich unerträglich und das ertrage ich nicht über Wochen und Monate. Also schlage ich vor, dass du ihn um Verzeihung bittest.«

»So einfach?«, frage ich skeptisch und er lacht.

»Natürlich nicht«, meint Alex. »Er wird dir nicht verzeihen.«

Traurig lasse ich die Schultern sinken. Mein kleiner Hoffnungsschimmer, dass es vielleicht doch nicht so hart wird, ist damit erloschen.

»Und wieso reden wir dann?«, frage ich. »Was mache ich, wenn er mir nicht verzeihen wird?«

»Du musst dich entschuldigen und ihn um Verzeihung bitten«, rät er mir. »Und kaum zu glauben, dass ich das mal sage, aber du bist vermutlich das Beste, was uns zwei Schwachköpfen in den letzten Monaten passiert ist.«

Unweigerlich muss ich lachen. »Dass ich das für Noah bin, verstehe ich, aber für dich?«

»Ich habe gehört, was du zu Noah gesagt hast – über Daisy.«

Ich beiße mir auf die Lippen und senke meinen Blick. Das habe ich gar nicht so gemeint. Obwohl doch, ich habe es so gemeint, aber das war nicht für seine Ohren bestimmt. Alex ist ein erwachsener Mann und weiß, was er tut.

»Und es stimmt. Daisy nutzt mich aus.«

»Liebst du sie noch?«

»Daisy?« Alex lacht. »Nein. Ich mag sie und ich erinnere mich gern an die Zeit mit ihr, aber ich liebe sie nicht mehr. Wir sind Freunde mit Extras.«

»Die sich ausnutzen?« Ich ziehe die Augenbrauen hoch. »Das macht für mich keinen Sinn. Ich sollte gehen.«

»Warum?«, fragt er.

»Ich will nicht Stunden auf ihn warten.« Alex nickt und ich schiebe ihm mein Glas über die Theke zu. »Danke für das Wasser und das Gespräch.« Ich lächle ihn an. »Das hat gut getan.«

»Gern«, meint er und nickt. Ich rutsche von dem Barhocker herunter und drehe mich herum, um zur Wohnungstür zu gehen, als diese geöffnet wird. Noah tritt ein und streift seine Laufschuhe ab.

»Ich bin wieder da«, sagt er müde. Man sieht ihm die Strapazen der letzten Stunden an. »Das Joggen tat wirklich gut, danke, und …«

Als er mich sieht, bleibt er sofort stehen. Sein zuvor noch müder, aber sanfter Blick verhärtet sich und lässt mir das Blut in den Adern gefrieren.

»Raus!« Ich bin überhaupt nicht dazu imstande, seinen Worten zu folgen. »Los, raus!«

»Noah, ich …«, stammle ich und suche nach den richtigen Worten, aber finde sie leider nicht. »Lass uns reden?«

»Nein«, sagt er und packt mich grob am Arm. »Ich bin fertig mit dir.«

»Du tust mir weh«, versuche ich noch Zeit zu schinden, aber er verdreht die Augen und zerrt mich hinter sich her zur Tür.

»Noah!«, mischt Alex sich ein. »Klärt es doch.«

Dankbar lächle ich ihn an, doch leider scheint das Noah nur noch wütender zu machen.

»Kein Bedarf«, raunzt er seinen Bruder an. »Es wäre schön, wenn du dich in Zukunft aus meinen Fickbeziehungen raushältst, so wie ich es bei dir und Daisy seit Jahren mache.«

F-I-C-K-B-E-Z-I-E-H-U-N-G?

Das hat er nicht gesagt, oder? Wütend reiße ich mich von ihm los.

»Wie hast du mich gerade genannt?«, fauche ich. »Fickbeziehung?«

»Ja«, erwidert er nüchtern. »Mehr war es doch nie. Und jetzt verschwinde endlich.«

Ich höre Alex noch etwas sagen, aber Noah reagiert nicht auf seinen Bruder. Stattdessen zerrt er mich weiter zur Wohnungstür, reißt sie auf und stößt mich in den Flur. Mit weit aufgerissenen Augen sehe ich ihn an.

»Noah«, flüstere ich. »Bitte. Lass uns reden.«

Keine Spur von seiner sonst so sanften Art ist in seinem Gesicht zu sehen. Im Gegenteil – seine Miene wird immer starrer und wütender.

»Verpiss dich, Cara!«, stößt er aus. »Ich bin fertig mit dir, deinen Spielchen und unserer Beziehung.« Dann knallt er mir mit einem Rums die Tür vor der Nase zu und brüllt seinen Bruder an.

Ich stehe noch einige Minuten da, meine Unterlippe zittert und schließlich breche ich in Tränen aus, weil ich den Mann, den ich liebe, verloren habe.

20. Kapitel

Cara

Drei Wochen später ignoriert Noah mich immer noch. Meine Anrufe drückt er weg, meine Nachrichten werden nicht zugestellt und all unsere geschäftlichen Termine hat er bis auf Weiteres ausgesetzt. Einfach ausgesetzt! Er kann nicht mal beruflich mit mir reden. Ich verstehe ihn nicht. Wenn wir miteinander reden würden, könnten wir doch alles wieder ins Lot bringen, oder?

Ich will mich bei ihm entschuldigen und ihn um eine zweite Chance bitten. Dann können wir es miteinander versuchen und offiziell eine Beziehung führen, es ist mir egal, aber ich will ihn zurück.

Dazu kommt noch, dass er sich vorgestern beim Spiel gegen Nashville verletzt hat und nach der Halbzeit nicht mehr zurückkam. Ein Defense Spieler der Nashville Warriors, Logans Team, hat ihn umgerissen und er ist auf den rechten Arm geknallt. Seinen Wurfarm. Es sah von Anfang an nicht gut aus, aber Noah wollte weiterspielen. Das Ende vom Lied war, dass er nicht mehr zurückkam und ich keine Ahnung habe, wie es ihm geht. Ob er schwer verletzt ist oder nur leicht. Ich weiß nichts und das macht mich wahnsinnig. Alex antwortet mir auch nicht. An ihn werden meine Nachrichten zwar zugestellt, aber er schreibt mir nicht zurück. Bestimmt hat Noah seinem Bruder ordentlich den Marsch geblasen und ihm den Kontakt zu mir verboten. Was für ein Kindergarten.

Ich betrete einen Starbucks-Store in der Innenstadt von

Boston und laufe zum Tresen, als ich Alex entdecke. Er sitzt mit einem Kaffee im hinteren Bereich des Ladens. Ich überlege, zu ihm zu gehen und ihn anzusprechen, aber wiegle die Situation nochmal ab.

»Was darf es sein?«, fragt die Barista und lächelt mich an.

»Ein Choco-Macchiato, bitte.« Erneut schaue ich zu Alex und krame etwas Geld aus meiner Tasche.

»Vier Dollar«, meint sie und ich schiebe sie ihr hin.

»Danke.« Ich gehe weiter zur Ausgabe und lasse Alex nicht aus den Augen. Er ist meine einzige Chance, an Noah heranzukommen, und rauszubekommen, was mit ihm los ist. Ich muss wissen, wie schwer er verletzt ist und wo er ist. Ich nehme mein Getränk entgegen und gehe auf Alex zu.

Mit klopfenden Herzen bleibe ich vor seinem Tisch stehen und atme einmal tief durch, bevor ich ihn anspreche.

»Hi«, sage ich leise und er hebt seinen Blick. Alex wirkt überrascht und steckt sein Handy sofort weg.

»Hi«, meint er und mustert mich. »Alles klar?«

»Nicht wirklich«, murmle ich und deute auf den freien Stuhl gegenüber von ihm. »Darf ich?«

Alex hadert mit sich, das sehe ich. Ich weiß aber auch, dass wir uns lange genug kennen und er mich genug mag, um mir einen Platz anzubieten.

»Klar«, sagt er schließlich. Ich lächle und setze mich zu ihm.

»Danke«, murmle ich und umklammere meinen Coffee to Go Becher fest.

»Wie geht's dir?« Seine Frage klingt ehrlich und ich schlucke.

»Nicht gut«, gestehe ich. »Ich vermisse Noah.«

»Hm«, macht Alex und kratzt mit seinen Nägeln über seinen Kaffeebecher. »Ihm geht es auch nicht gut.«

»Wegen der Verletzung?«, hake ich nach. »Was hat er denn?«

»Schulter«, sagt Alex und seufzt. »Mindestens drei Wochen

Pause.«

»Scheiße!«, platzt es aus mir heraus. »Wie geht es ihm damit? Hat er schon Physiotherapie gehabt und muss er operiert werden?«

Meine Fragen sind so dämlich und überhaupt nicht zielführend, aber ich will das Gespräch nicht verloren wissen, bevor es richtig begonnen hat.

»Wie soll es ihm gehen, Cara?« Alex schüttelt verständnislos den Kopf. Beschämt beiße ich mir auf die Lippe und richte meinen Blick auf meinen Becher. »Sorry«, rudert er zurück. »Noah ist in Nashville und lässt die Schulter dort behandeln.«

»Er ist in Nashville?« Ich sehe ihn an. »Wie lange?«

»Ich denke zwei bis drei Wochen«, sagt Alex. »Ich weiß es aber nicht … er … er ist … komisch.«

»Okay?«

»Er gibt es nicht zu, aber er vermisst dich auch.« Mein Herz schlägt schneller bei seinen Worten. »Er wird sich aber kaum überwinden, nochmal mit dir zu reden.«

»Das merke ich«, murmle ich. »Er ignoriert mich … meine Anrufe, Nachrichten und sogar unsere geschäftlichen Termine sagt er ab.«

»Ich weiß«, erwidert Alex und lehnt sich in seinem Stuhl zurück. »Er lässt sich auch nicht dazu überreden, auf dich zuzugehen. Es tut mir leid, Cara. Ich habe wirklich alles versucht, aber er macht dicht.«

»Ich verstehe ihn nicht«, sage ich. »Ich habe meinen Fehler eingesehen, aber jetzt muss er mir auch zuhören.«

Alex nickt und seufzt.

»Ich weiß«, sagt er nochmal. »Es tut mir leid.«

Das Gespräch mit Alex bringt mich also auch nicht weiter. Er kann oder will mir nicht mehr sagen. Niemand wird Noah dazu überreden können, mit mir zu reden und mir zu verzeihen.

»Du gehst schon wieder?«, fragt er, als ich aufstehe.

»Ich muss arbeiten«, antworte ich ausweichend. »Man sieht sich.«

Alex' Gesichtsausdruck ist gequält und ich seufze. Langsam strecke ich die Hand aus und streiche über seinen Oberarm.

»Danke, Alex«, sage ich. »Ehrlich, danke, aber es bringt alles nichts.«

»Ich versuche es weiter«, meint er und lächelt mir zu. Ich glaube ihm, aber habe wenig Hoffnung. Dann drehe ich mich um und verschwinde aus dem Starbucks-Store.

•••

Am späten Nachmittag steige ich nicht in Boston aus meinem Porsche, um mit Marina essen zu gehen, sondern in Noahs Heimatstadt aus einem Taxi, weil ich keine Ahnung habe, wo seine Eltern wohnen.

»Danke«, sage ich zu dem freundlichen und wirklich hilfsbereiten Taxifahrer und gebe ihm einhundert Dollar. »Das ist viel zu viel, Miss.«

»Nein, nein«, sage ich lächelnd. »Sie haben mir so sehr geholfen.« Und das hat er wirklich. Ich habe versucht, ihm die Gegend von Noahs Elternhaus genau zu beschreiben, aber der Mann konnte mir auch nicht weiterhelfen. Hätte ich mir doch damals die Adresse gemerkt und aufgeschrieben.

Der Taxifahrer hat mir angeboten, die Straßen abzufahren, aber das ist ebenfalls nicht zielführend. Nun hat er mich auf der Mainstreet rausgelassen und ich habe mir vorgenommen, in einem Diner etwas zu essen und mich durchzufragen. Die Stadt ist nicht groß, das sagt Noah selbst immer. Irgendwer wird mir sagen können, wo die Eltern der stadtbekannten

McCarter Brüder wohnen.

»Dann wünsche ich Ihnen noch viel Erfolg, Miss«, sagt er und lächelt mich an. »Der Mann wäre ein Idiot, wenn er Ihnen nicht verzeiht.«

Ich lächle zaghaft. »Danke«, flüstere ich. »Und ich hoffe es, dass er mir verzeiht.«

Er nickt mir nochmal zu und setzt sich wieder in sein Taxi. Ich greife nach meiner Reisetasche und stelle fest, dass er mich vor einem kleinen Diner abgesetzt hat. Ich trete ein und sehe mich um. Der Laden ist im typisch amerikanischen Stil gehalten. An den Wänden hängen Fanartikel der ansässigen Sportmannschaften und der hiesigen Highschool Mannschaften. Auch ein Foto der McCarter Brüder, wie überraschend. Ich suche mir einen Tisch und setze mich hin. Seufzend lehne ich mich zurück und fahre mir durch die Haare. Ich brauche dringend einen Schlachtplan.

»Hi!« Ein junger Mann sieht mich lächelnd an. »Was darf ich dir bringen?«

»Eine Cola light«, sage ich und er nickt.

»Möchtest du auch die Karte?«

»Gern«, erwidere ich und er dreht sich um und verschwindet wieder hinter der Theke. Ich ziehe mein Handy aus meiner Handtasche und sehe, dass ich einige Nachrichten von Marina habe.

Marina: Bist du gut angekommen?
Marina: Cara?
Marina: Melde dich bitte!!!
Marina: Bist du okay?
Marina: Hast du Noah schon gefunden?

Ich grinse, weil sie wirklich süß ist, wenn sie sich Sorgen

macht. Marina hat angeboten, mich nach Nashville zu begleiten, aber aufgrund der Schwangerschaft wollte sie sich letztendlich doch nicht unnötig in ein Flugzeug sitzen. In der aktuellen Situation wäre eine superhysterische schwangere Freundin auch keine Hilfe. Sie wird zu 99,9999% nicht die richtigen Worte bei Noah finden.

Cara: Bin gut angekommen!

»Deine Cola light«, sagt der Kellner und stellt sie vor mir ab. »Und die Karte.«

»Danke«, sage ich und lächele ihn an.

»Kann ich sonst noch was für dich tun?«

»Ja … vielleicht«, murmle ich. »Kennst du die McCarter Zwillinge?«

Er blinzelt einmal und blinzelt nochmal, bevor er laut lacht. »Wer kennt Noah und Alex nicht?«

»Klar«, stöhne ich. »Wer kennt sie nicht. Und … weißt du, wo sie wohnen?«

»Ja«, sagt er und ich sehe mich bereits am Ziel meiner Träume. »Und? Wo?«

Er klemmt sich sein Tablett zwischen Bauch und Händen ein und leckt sich über die Lippen. Grinsend sieht er mich an. »Wenn ich für jede Frau, die in das Diner schneit und nach Mr. Und Mrs. McCarters Adresse fragt, einen Dollar bekäme, wäre ich ein reicher Mann.« Ich verdrehe die Augen. »Sorry, Süße, aber es ist hier ein ungeschriebenes Gesetz, dass wir die Adresse der McCarters nicht rausgeben.«

Irgendwie ehrt ihn das, aber es frustriert mich ungemein. Wenn der Kellner schon so verschwiegen ist, wie soll es dann mit dem Rest sein? Ich beiße mir auf die Lippe und überlege, ihm einhundert Dollar für die Information anzubieten, aber das erscheint mir falsch.

»Okay«, seufze ich. »Schade.«

Er nickt mir zu und verschwindet wieder. Als er weg ist, greife ich nach der Karte und schlage sie auf. Akribisch gehe ich die einzelnen Gerichte durch. Aber in meinem Kopf ist nur Noah präsent und wie ich ihn finden kann.

»Cara?« Mein Kopf ruckt hoch. »Was machst du denn hier?« Emily steht mit zusammengezogenen Augenbrauen vor mir und mustert mich. Sie trägt eine weiße Hose mit klobigen Seitentaschen, wie man sie von Bauarbeitern kennt. Darüber ein ausgewaschenes hellgraues Poloshirt mit dem Aufdruck einer Physiotherapiepraxis und darunter ein weißes Longsleeve. So eine schöne Frau und so ein hässlicher Aufzug.

»Hi«, sage ich überrascht. »Oh Gott … ich bin so froh dich zu sehen. Was machst du hier?«

Emily kichert und setzt sich mit ihrer braunen Papiertüte in der Hand mir gegenüber auf den Stuhl. »Ich hole mein Mittagessen ab und du?«

»Ich versuche verzweifelt rauszufinden, wo die McCarters wohnen«, fasse ich kurz zusammen. »So wie es aussieht, sind hier alle sehr verschwiegen.«

»Ja, da schweigen wir beharrlich.«

»Hm«, murre ich. »Ist mir nicht entgangen.«

»Also«, meint sie und packt ihr Essen aus. »Was machst du hier, wenn du die Adresse der McCarters willst?«

»Ich suche Noah«, sage ich. »Er ist hier.«

»Ist er«, bestätigt Emily. »Ich behandle seine Schulter.«

»Du behandelst seine Schulter?«, frage ich. »Wieso sagst du mir das erst jetzt und … und wo ist deine Praxis? Wann kann ich ihn dort antreffen?«

Emily schluckt einen großen Bissen ihres Sandwiches herunter, ehe sie antwortet. »Sorry«, meint sie. »Ich habe echt

Hunger.«

»Das entgeht mir nicht«, kichere ich. »Wie geht es Noah? Was hat er?«

»Er hat sich die Schulter ausgekugelt«, erwidert sie. »Nichts Dramatisches, aber trotzdem drei Wochen Pause – mindestens.«

»Das hat Alex angedeutet«, sage ich.

»Warst du im Stadion?«

»Nein«, sagt sie und wischt mit einer Serviette über ihre Mundwinkel. »Daisy hat es mir erzählt.«

»Natürlich hat sie das«, spotte ich und Emily zieht die Augenbrauen hoch. Vielleicht sollte ich nicht vergessen, dass sie Schwestern sind und Emily es sicherlich nicht so gut findet, wenn ich über ihre Schwester herziehe. »Sorry.«

»Schon okay«, murmelt Emily. »Das zwischen ihr und Alex ist … na ja … kompliziert.«

So kann man es natürlich auch ausdrücken. Obwohl ich glaube, dass sie eigentlich etwas anderes sagen wollte. Emily mag Alex, mehr als das, und ich wette, dass es ihr überhaupt nicht gefällt, dass Daisy mit dem Sex mit ihm prahlt.

»Zurück zu dir und Noah«, wechselt sie das Thema. »Hat es etwas mit dem Zeitungsartikel zu tun?«

»Auch«, sage ich. »Noah und ich hatten völlig verschiedene Ansichten zu unserer Beziehung – oder unseres Zusammenseins –, wie ich es lieber nenne, und an dem Abend ist es eskaliert. Am denkbar schlechtesten Ort und alle haben es mitbekommen. Seitdem meidet er mich wie die Pest.«

»Wundert dich das?«, fragt sie und ich schlucke. Beklommen greife ich nach meiner Cola light und trinke einen Schluck.

»Du hast ihn wirklich verletzt und selbst ein Blinder hat gesehen, dass ihr ineinander verknallt seid. Wieso hast du das gemacht?«, rügt sie mich.

»Wegen seines Jobs«, gestehe ich. »Ich will nicht so leben wie meine Mom und meine Kinder nicht so aufziehen, wie sie es bei mir getan hat. Das alles würde sich mit Noah an meiner Seite wiederholen.«

»Verstehe«, sagt Emily und lehnt sich zurück. »Du weißt sicher, dass Daisy mit Alex Schluss gemacht hat, weil sie das auch nicht wollte, oder?« Ich nicke. »Die Stadt verlassen und weiter als Nashville wegziehen. Sie ist zu stolz es zuzugeben, aber sie bereut ihre Entscheidung und ich glaube, dass sie Alex immer noch liebt.«

Fast wäre mir ein »und du?« herausgerutscht, aber ich kann es mir gerade so verkneifen.

»Und was hat das mit mir zu tun?«, frage ich.

»Du bist auch zu stolz, um über deinen Schatten zu springen«, erklärt sie. »Du hast Angst vor dem, was dieser Job bringt. Umzüge und wenig Zeit zusammen. Aber wenn du Noah liebst und er dich liebt … warum seid ihr dann so dumm?«

»Ich bin dumm, nicht er«, stelle ich klar. »Noah wollte uns von Anfang an.«

»Und glaubst du, dass er dich und eure Kinder nicht genauso sehr vermissen wird?«, fragt sie und ich beiße mir auf die Lippen. »Ich habe keinen Dad, der alle zwei Wochen weg war, und ich bin auch nicht im Rampenlicht aufgewachsen. Letztendlich bewerte ich die Situation von außen, aber wenn ihr euch liebt, schafft ihr das. Wie lange spielt Noah noch? Maximal zehn oder fünfzehn Jahre.«

»Kommt drauf an, wie gesund er bleibt und …« Emily verdreht die Augen. »Das meinst du nicht, oder?«

»Nein«, antwortet sie. »Ich meine, dass du zehn oder fünfzehn Jahre nicht als Maßstab für zwanzig oder vierzig Jahre, die ihr noch habt, nehmen solltest.«

»Ehrlich gesagt habe ich es noch nie so gesehen«, sage ich leise. »Ich habe immer meine Kindheit gesehen und meine Mom. Aber du hast Recht. Meine Eltern sind glücklich und genießen ihren Ruhestand, weil sie genug Geld haben, um sich ein schönes Leben zu machen. Sie reisen viel.«

»Siehst du«, belehrt mich Emily. »Mein Partner und ich müssen vermutlich arbeiten, bis wir Mitte sechzig sind oder vielleicht auch länger, wenn das Geld nicht reicht.« Ich verkneife mir zu sagen, dass sie das an Alex' Seite nicht müsste. »Während Noah und du das Leben genießen könnt.«

»Du machst mein schlechtes Gewissen nicht besser«, murmle ich. »Gar nicht.«

»Vermutlich«, erwidert Emily grinsend und steht auf. Eilig packt sie ihre Sachen zusammen. »Ich nehme dich jetzt erst einmal mit zu mir. Komm.«

Irritiert sehe ich sie an und stehe von meinem Stuhl auf.

Emily legt Geld für meine Cola light auf den Tisch und lächelt. »Komm, Cara.«

»Und was ist mit Noah?«, frage ich erneut.

»Darum kümmere ich mich«, meint sie und zwinkert mir zu.

21. Kapitel

Cara

Ein ungutes Gefühl durchfährt mich, als ich am Abend nach Emily aus einem Uber steige und wir auf das Pub zugehen, in dem wir bei unserem letzten Besuch waren. Es ist keine gute Idee den Abend mit Emily und ihren Freunden zu verbringen. Noah weiß immer noch nicht, dass ich in Nashville bin. Hoffentlich begegne ich ihm nicht. Doch das würde Emily mir nicht antun.

Beim Betreten der Bar schwappt eine Welle der Erinnerung über mich. Noah, wie er gesungen hat, meine Hand hielt und ich mich noch ein kleines bisschen mehr in ihn verliebt habe.

»Kommst du?«, fragt Emily, als ich mich nicht vorwärts bewege. »Die anderen warten schon auf uns.«

»Ich weiß nicht«, gebe ich zu bedenken und sehe sie unsicher an.

»Cara!« Emily verdreht die Augen. »Es ist doch auch keine Lösung, dass du Trübsal bläst, während Noah dich weiterhin ignoriert. Dieser Idiot soll sich seinen Stock aus dem Arsch ziehen und dir verzeihen.«

Um nicht wie eine komplette Idiotin dazustehen, habe ich Emily erzählt, dass ich ihm nochmal geschrieben habe, und er mich weiterhin ignoriert. In Wahrheit traue ich mich aber überhaupt nicht mehr ihm noch Nachrichten zu schreiben.

»Komm jetzt!« Sie greift nach meiner Hand und zieht mich hinter sich her.

Gemeinsam durchqueren wir die gut gefüllte Bar, bis ich

Jamie, Noahs besten Freund, an einem der Tische ausmache.

»Emily.« Ich bleibe stehen und sie dreht sich zu mir um. »Was macht Jamie hier und – fuck!«

Noah sitzt sich auf dem Stuhl neben ihm. Er lacht, ist gut gelaunt und grüßt in die Runde.

»Und Noah? Du hast gesagt, dass wir uns mit deinen Freundinnen treffen.«

»Genau genommen habe ich gesagt, dass wir uns mit den anderen treffen. Unter anderem mit Anna.«

»Unter anderem?«, schnaube ich. »Ist klar.«

Trotzig sehe ich sie an und frage mich, wie das aussehen muss. Noah denkt bestimmt sofort, dass ich Emily benutze, um an ihn heranzukommen.

»Komm jetzt mit«, meint sie. »Das ist echt nicht auszuhalten mit euch.« Emily greift erneut nach meiner Hand und zieht mich hinter sich her.

Genervt stöhne ich auf und komme ihr nach. Letztendlich habe ich mir wieder nicht gemerkt, wo Emily wohnt, und käme nicht zurück zu meinen Sachen.

»Hey«, sagt Emily in die Runde. »Ich habe noch jemanden mitgebracht.«

Lächelnd deutet sie auf mich, aber ich nehme es kaum wahr. Meine gesamte Aufmerksamkeit liegt auf Noah. Er hat sein Handy in der Hand und schaut auf den Bildschirm.

»Cara«, stößt Jamie aus und Noahs Kopf ruckt nach oben. »Wie schön, dich zu sehen.«

Freundlich klingt anders.

»Was machst du denn hier?«, unterbricht Noah seinen besten Freund, bevor dieser weitere Fragen stellen kann. Ich sage nichts und sehe Emily an. Sie muss mir helfen. Immerhin hat sie mich hierhergeschleppt.

»Sie besucht mich«, meint Emily achselzuckend und Noah

zieht die Augenbrauen hoch. »Ein bisschen Landluft hat noch niemandem geschadet, richtig?«

Noah schnaubt und schüttelt abwertend den Kopf.

»Ich sollte gehen«, flüstere ich und beiße mir auf die Lippe.

»Solltest du«, ergänzt er. »Sofort!«

»Quatsch!«, meint Emily, zieht einen Stuhl zurück und drückt mich darauf. »Was möchtest du trinken?«

Ich bin unschlüssig, wie ich reagieren soll, aber ich möchte mich nicht so einfach von Noah in die Flucht schlagen lassen. Wenn er jetzt wieder mit seinem Verhalten durchkommt und mich weiterhin ignorieren kann, wird er das vielleicht für immer tun.

»Einen Caipirinha, bitte«, murmle ich und sie nickt lächelnd. »Ich bin gleich wieder da.«

Emily macht auf dem Absatz kehrt und lässt mich mit den anderen allein am Tisch. Ich kenne sie alle, das ist nicht das Problem. Das Problem sitzt mir gegenüber und ist verdammt wütend.

»Und du besuchst Emily?«, fragt Jamie und lächelt mich nicht an. Ich mustere ihn unsicher. Das fragt er bestimmt nicht aus reinem Interesse, sondern vielmehr als Provokation.

»Ja, auch«, erwidere ich und sehe Noah an. Er weicht meinem Blick aus und beginnt stattdessen ein Gespräch mit der Blondine neben sich. Meine Aufmerksamkeit liegt nun auf ihr. Sie hat schulterlange Haare, eine schlanke Figur und sieht sehr nett aus.

»Hier seid ihr«, meint Harry grinsend.

Er küsst die Blondine neben Noah und ein Schwall der Erleichterung rast durch meinen Körper. Es ist nicht seine Neue.

»Hier!« Emily stellt unsere Getränke auf den Tisch und setzt sich neben mich. »Prost!«

»Ich bin zu spät!«, ruft Daisy und winkt aufgeregt in die Runde. »Hey, Leute! Rutsch rüber, Jamie.«

Jamie sieht sie irritiert an und Anna verdreht die Augen. Aber dann macht Jamie, was sie will.

»Hey«, säuselt sie und streicht über Noahs Arm. »Hat länger gedauert.«

Noah sieht sie lediglich kurz an und nickt. »Kein Problem«, antwortet er. »Willst du was trinken?«

»Ein Wasser wäre toll. Ich muss schließlich noch fahren.« Daisy zwinkert ihm zu und mir platzt gleich der Kragen. Sie vögelt mit Alex, obwohl ein Blinder sieht, dass ihre kleine Schwester in ihn verliebt ist, und jetzt, wo Alex in Boston ist, macht sie sich an Noah ran. Unglaublich.

Und er scheint darauf anzuspringen. Sofort steht er auf und holt ihr ein Wasser.

»Was war das denn?«, fragt Emily. »Und wo musst du noch hinfahren?«

»Nach Hause«, erwidert Daisy. »Hi, Cara. Ich wusste gar nicht, dass du auch da bist. Es ging doch alles ein bisschen drunter und drüber in den letzten Wochen.«

Ich schnappe nach Luft und will etwas sagen, aber Emily unterbricht sie. »Lass das, Days«, pflaumt sie ihre große Schwester an. »Cara hat dir nichts getan.«

»Kann sie nicht für sich selbst reden?«

»Kannst du sie nicht in Ruhe lassen?«

Ich lege Emily eine Hand auf den Unterarm und werfe ihr einen dankbaren Blick zu. »Schon gut«, sage ich. »Und zu dir: Wie nötig hast du es? Letzte Woche Alex, heute Noah?«

Nun ist Daisy diejenige von uns, die tief Luft holt. Ich bin auf ihren nächsten Tiefschlag gefasst, aber zu meiner Überraschung schweigt sie.

»Worüber habt ihr geredet?«, wendet sie sich an Jamie, der

leider sofort auf sie eingeht.

Noah kommt zurück und stellt Daisy ein Wasser hin. Sich selbst hat er ein Bier geholt, was wohl bedeutet, dass sie tatsächlich zusammen nach Hause fahren.

»Danke«, meint Daisy und streicht über seinen Unterarm.

Ich presse die Lippen aufeinander und schaue Noah an. Er erwidert meinen Blick und nippt an seinem Bier.

»Hey, Cara!« Harry lächelt mich an. »Du meintest doch, dass du dich mit schnellen Autos auskennst, oder?«

»Ja«, antworte ich. »Tue ich.«

»Cool«, erwidert er. »Bist du schon mal einen Bugatti Chiron gefahren?«

Ich schüttle den Kopf und lächle ihn an. »Leider nein«, sage ich. »Ich würde gern. Steht auf jeden Fall auf meiner Liste.«

Noahs Blick huscht für den Bruchteil einer Sekunde zu mir und ich schenke ihm ein Lächeln, doch er sieht augenblicklich wieder weg.

»Wo fährst du die Autos immer?«, fragt Harry.

»Auf der Straße?«, erwidere ich fragend. »Sie gehören mir.«

»Ja, genau«, kontert er. »Sie gehören dir. Das mit dem Ferrari war schon lustig, aber …«

»Mein Gott, du bist so dämlich«, stöhnt Daisy. »Ihr Vater ist Michael Corse, NFL-Legende der Boston Foxes. Sie erbt Corse Sport Management und das Privatvermögen ihrer Eltern von mindestens fünfzig Millionen Dollar. Natürlich kann sie sich einen Ferrari leisten.«

Mein Kopf fährt herum und ich starre sie wütend an. Daisy geht mir so unheimlich auf die Nerven. Sie soll sich um ihren Kram kümmern und nicht durcheinanderbringen, welcher der McCarter Zwillinge sie gerade vögelt.

»Was ist dein Problem?«, fauche ich.

»Mein Problem?«, echot sie. »Dass du hier tust, als wärst du das süße liebe Mädchen, dass das Leben auf dem Land kennenlernen will, und in Wahrheit bist du so weit von dem Leben hier entfernt wie Harry von diesen Autos, von denen er ständig spricht.«

Daisy und ich liefern uns ein Blickduell, das keiner verlieren möchte.

»Hör auf damit, Daisy!«, zischt Emily. »Du kennst sie gar nicht.«

»Und du kennst sie?«, feuert sie zurück. »Du warst schon immer naiv, Em.« Sie zeigt auf mich. »Allein ihr T-Shirt kostet mehr als wir als Teenager im Monat verdient haben und die Tasche – Chanel – mehr als das Doppelte unserer Monatsgehälter und …«

»Es reicht!« Noah fährt herum und sieht Daisy wütend an. »Halt jetzt die Klappe, Daisy. Was glaubst du denn, warum Cara euch nie gesagt hat, wer ihre Eltern sind und woher sie das Geld hat? Weil sie genau solche Vorurteile hasst. Lass sie in Ruhe.«

Ich bin mehr als überrascht von seinem Ausbruch und mein Herz schlägt augenblicklich schneller, als ich realisiere, dass er mich verteidigt hat. Ob das ein Schritt in die richtige Richtung ist?

»Dass ihre Klamotten so viel kosten, ist ein Fakt!« Daisy sieht ihn herausfordernd an. »Und du hast doch selbst gesagt, dass sie ein verwöhntes Gör ist, das alles in den Arsch gesteckt bekommt.«

Jamie spuckt sein Bier aus und die anderen ziehen scharf die Luft ein. Ich starre Noah mit weit aufgerissenen Augen an. Wieso spricht er mit so über mich? Noch dazu mit Daisy, die mich augenscheinlich ziemlich scheiße findet.

»Das hast du über mich gesagt?«, frage ich traurig und versuche, mich zusammenzureißen. »Zu ihr?« Mit einem

Nicken deute ich auf Daisy.

»Nein!« Noah schüttelt den Kopf. »Ja … ich weiß nicht. Nicht so direkt … nicht in diesem Wortlaut.«

»In welchem Wortlaut denn?«, will ich wissen.

»Müssen wir das jetzt klären?«, fragt er.

»Keine Ahnung«, erwidere ich. »Zumindest redest du auf einmal wieder mit mir. Aber ob ich das jetzt noch will, weiß ich auch nicht. Ich muss hier raus.«

Hastig springe ich von meinem Stuhl auf und greife nach meiner Tasche. Aus dieser krame ich einen zehn Dollar Schein, den ich auf den Tisch knalle. Es ist viel zu viel für ein Getränk, aber ich habe keine Lust länger zu warten.

»Cara«, sagt Emily und will mich aufhalten, aber ich schlage ihre Hand weg.

»Ich brauche meine Sachen«, sage ich.

»Was?«, fragt sie.

»Ich brauche meine Sachen«, wiederhole ich. »Ich will nach Hause. Dahin, wo alle so verwöhnt sind wie ich.«

Emily beißt sich auf die Lippen, aber schlussendlich steht sie auf. Die ganze Sache scheint ihr unangenehm zu sein, so wie allen, die am Tisch sitzen – außer Daisy. Diese grinst mich selbstgefällig an, als hätte sie ihr Ziel endlich erreicht.

»Ich habe dich nicht verwöhntes Gör genannt«, sagt Noah und steht auf. »Aber hier aufzutauchen, bei meinen Freunden, nach allem, was war … findest du das nicht etwas frech?«

»Ich habe sie überredet«, sagt Emily und Noah wirft ihr einen bösen Blick zu.

»Halt dich da raus«, kanzelt er sie ab.

»Lass sie in Ruhe«, verteidige ich meine neue Freundin. »Was soll das, Noah?«

»Was soll was, Cara?«, zischt er und deutet auf die Leute am Tisch. »Das sind meine Freunde, das ist hier mein Zuhause und du kommst her und …«

»Was soll ich denn tun?«, rufe ich und kann nicht glauben, dass wir das nun hier klären. »Du ignorierst mich seit Wochen, sagst sogar unsere beruflichen Termine ab. Ich habe keinen anderen Ausweg mehr gesehen als hierherzukommen. Ich will doch einfach nur, dass wir nochmal reden und das klären.«

»Für mich ist alles geklärt«, meint er. Verständnislos werfe ich die Hände in die Luft und kann nicht anders, als zu lachen. Für Noah ist alles gesagt? So einfach macht er es sich, weil er beleidigt ist?

»Ich gehe«, sage ich und sehe Emily an. »Kommst du nun oder nicht?«

Entschuldigend sieht sie in die Runde und folgt mir aus der Bar. Ich will nur noch hier weg.

»Cara!«, ruft sie mir nach, als ich völlig kopflos aus der Bar trete. »Es tut mir leid.«

»Dir?« Ich bleibe stehen und drehe mich um.

»Ja, natürlich«, entgegnet sie beschämt. »Ich wusste nicht, dass er … und … und meine Schwester. Wirklich nicht. Ich habe es nur gut gemeint, weil ich möchte, dass das wieder was wird mit euch.«

»Das weiß ich«, sage ich und fahre mir durch die Haare. »Aber es ist komplett in die Hose gegangen und Daisys und Noahs Worte und … ich weiß nicht, was ich noch tun soll.«

Emily kommt auf mich zu und nimmt mich in den Arm.

Schluchzend schmiege ich mich an sie. »Er ignoriert mich und gibt mir keine Chance, mich zu erklären und mich zu entschuldigen. Alex hat gesagt, dass er hier ist, aber auch nur, weil ich ihn zufällig in einem Starbucks-Store getroffen habe. Ich habe in der Vergangenheit Dinge falsch gesehen, ja. Aber Noah hat auch nicht alles richtig gemacht.«

»Ich weiß«, seufzt Emily. »Ich bringe dich jetzt erst mal nach

Hause, ja? Dann kannst du morgen früh immer noch nach Boston fliegen.«

»Okay«, sage ich leise und schaue nochmal zur Bar. Ich hoffe inständig, dass Noah rauskommt und mit mir redet, aber die Tür rührt sich nicht.

»Los, komm«, sagt Emily und schiebt mich vor sich her. »Morgen ist auch noch ein Tag.«

22. Kapitel

Cara

Die Nacht auf Emilys Couch war alles andere als erholend. Was auch daran lag, dass ich die halbe Nacht wachgelegen habe und über meinen Streit mit Noah nachgedacht habe. Ich kann immer noch nicht fassen, dass er mit Daisy über mich gesprochen hat. Ausgerechnet mit ihr. Noah weiß, dass ich nichts mit ihr zu tun haben möchte.

Ich habe einen Fehler gemacht und würde doch nicht in diese gottverdammte Kleinstadt in Tennessee reisen, wenn er mir nichts bedeuten würde. Ich will mit ihm zusammen sein.

»Guck nicht so!«

Ich schrecke hoch und schaue Emily an. Sie sitzt mit einer dampfenden Tasse Kaffee in der Hand in dem Sessel vor mir.

»Das gibt Falten. Kaffee?«

Ich rapple mich auf und nehme ihr die Tasse ab. »Danke«, murmle ich. »Das wäre nicht nötig gewesen.«

»Kein Problem«, meint sie grinsend. »Du siehst aus, als könntest du ihn gebrauchen.«

»Hm«, mache ich und nippe an dem Kaffee. »Kann ich auch. Ich muss mir einen Rückflug buchen.«

Emily beißt sich auf die Lippe und seufzt.

»Was ist?«, frage ich.

»Nichts«, meint sie und seufzt erneut. »Okay, doch … du … du kannst nicht einfach so gehen. Willst du nicht um Noah kämpfen?«

»Um Noah kämpfen?«, zische ich und schütte mir fast den

heißen Kaffee über die Hand. Emily nimmt mir die Tasse wieder ab und stellt sie auf den Couchtisch. »Er hat Daisy erzählt, dass ich eine verwöhnte Göre bin. Warum soll ich um ihn kämpfen?«

»Weil du ihn liebst«, sagt Emily und steht auf. »Und meine Schwester Dinge gern dramatisiert.«

»Er hat doch zugegeben, dass er das gesagt hat.«

»Er hat gesagt, dass er das nicht so formuliert hat, und das glaube ich ihm auch. Er würde nicht sagen, dass du eine verwöhnte Göre bist. Niemals!« Ich verdrehe die Augen und greife nach dem Kaffee. »Cara!«

»Was?«, fauche ich und Emily zuckt zurück. »Tut mir leid … ich … ich sollte meine schlechte Laune nicht an dir auslassen. Wie hältst du das nur aus mit dieser … dieser Person?«

»Mit Daisy?« Emily zieht die Augenbrauen hoch. Dann lächelt sie. »Zum einen ist sie meine Schwester und eines Tages habe ich vielleicht nur noch sie. Und zum anderen ist sie ganz in Ordnung … die meiste Zeit.«

»Sie schmeißt sich an zwei Typen gleichzeitig ran«, wettere ich weiter. »Wenn Alex nicht verfügbar ist, macht sie eben die Beine für Noah breit und …«

»Sie ist immer noch meine Schwester!«, unterbricht mich Emily barsch. »Sie ist eigen, ja. Und was sie gestern gemacht hat, war nicht in Ordnung, aber sie ist immer noch meine Schwester. Bitte rede nicht über sie als wäre sie eine Schlampe. Du kennst sie nicht, Cara.«

»Tut mir leid«, sage ich und vergrabe mein Gesicht in den Händen. »Ich … ich weiß einfach nicht mehr, was ich noch glauben soll. Er kann doch nicht … er hat doch nicht …«

»Noah mit Daisy?«, fragt Emily und ich nicke. »Auf keinen Fall. Da kann sie so viel baggern, wie sie will, er ist nicht wie Alex.«

»Ist er nicht?«, frage ich hoffnungsvoll. Emily lacht und geht in die Küche. Ich stehe von der Couch auf und folge ihr. Ihre Wohnung ist winzig und wäre mir viel zu klein.

»Sag schon«, drängle ich. »Ist er nicht?«

»Nein«, sagt Emily und lehnt an der Anrichte. »Ist er nicht. Noah war noch nie so. Alex hat Daisy nie betrogen, aber er war einem Flirt auch nie abgeneigt. Noah hingegen war nie so. Für ihn stand immer nur der Sport im Vordergrund.«

»Und trotzdem mochtest du Alex immer mehr als Noah.« Es rutscht mir einfach so raus, obwohl es mich nichts angeht. Noch dazu ist Alex der Ex-Freund ihrer großen Schwester. Emily wird hochrot im Gesicht und wendet sich ab. Fahrig räumt sie die Sachen auf dem kleinen Tisch zusammen, als ich sie unterbreche.

»Em?«, frage ich zaghaft. »Es tut mir leid.«

Sie seufzt und dreht sich zu mir um. Ihr Blick ist leer und ihre Lippen sind zu seiner schmalen Linie verzogen.

»Es muss dir nichts leidtun«, versichert sie und versucht zu lächeln. »Er wird mich sowieso nie beachten.«

»Dich nie …« Ich schüttle den Kopf. »Sag sowas nicht!«

»Cara«, meint sie. »Lass gut sein, ja? Ich kenne Alex seit über zehn Jahren. Er war mit meiner Schwester zusammen und steigt immer noch mit ihr ins Bett. Er hat kein Interesse an mir – nicht so.«

»Aber auf dem Herbstmarkt …«

»Er steht auf Daisy!«, faucht sie mich nun an und entschuldigt sich sofort. »Ich meine es nicht so … er … vergiss es.«

»Nein«, sage ich und greife nach ihrer Hand. »Wenn du und Alex …«

»Alex steht nicht auf mich und wird es auch niemals tun. Ich bin für ihn und Noah wie eine kleine Schwester und sieh mich an …« Sie deutet auf ihre Figur und dann auf meine. »Und sieh dich an oder Daisy. Darauf stehen die McCarter Zwillinge.«

»Mach dich nicht so klein«, bitte ich sie. »Du bist so hübsch und …«

Das Läuten der Klingel reißt uns aus unserer Unterhaltung. Emily macht auf dem Absatz kehrt und hechtet zur Tür. Ihr kommt es wohl mehr als gelegen, dass wir das Gespräch abbrechen können.

Ich lehne mich an die Anrichte und warte darauf, dass sie zurückkommt. Sobald sie zur Arbeit aufgebrochen ist, muss ich einen Flug buchen und Marina bitten, mich in Boston abzuholen. Ich werde Emily vermissen, wenn ich wieder in meinem Leben bin. Vielleicht schaffen wir es, Kontakt zu halten, aber sicherlich wäre es besser für alle, wenn wir ihn abbrechen. Sie gehört zu Noahs Freunden, seinem Leben, und darin ist für mich kein Platz.

»Ist für dich«, sagt Emily lächelnd und tritt zur Seite. Neben ihr erscheint Noah. Sofort schlägt mein Herz schneller. Er sieht müde aus, die Hände hat er in die Taschen seiner Jeans geschoben.

»Ich bin dann bei der Arbeit und du bist hoffentlich noch hier, wenn ich zurückkomme, Fräulein. Das Abenteuer Tennessee ist noch nicht vorbei.«

Ich kann nicht anders, als zu lachen, während sie auf mich zukommt und mir einen Kuss auf die Wange gibt.

»Vergeigt es nicht wieder«, flüstert sie. »Beide.«

Mit einem wissenden Lächeln winkt sie und verlässt die Wohnung.

Noah und ich bleiben allein zurück und ich sehe ihn abwartend an. Was will er hier? Mich zum Flughafen bringen, um sicherzugehen, dass ich Nashville wirklich verlasse oder mir nochmal seine Meinung geigen?

»Hey«, sagt er leise. »Hast du Zeit?«

»Pläne habe ich keine«, erwidere ich schmunzelnd und er erwidert es. »Hast du was dagegen, wenn du dich anziehst und wir ein wenig spazieren gehen?«

»Okay«, sage ich zögerlich und ziehe die Augenbrauen zusammen. »Und … und dann?«

»Reden wir?«, erwidert er. »Auch wenn ich das nach gestern Abend nicht verdient habe, aber ich würde trotzdem gern nochmal mit dir reden. Über alles.«

»Alles?«, frage ich und mache große Augen. In meinem Magen kribbelt es verräterisch und ich grinse ihn an. »Du meinst über uns?«

»Ja«, sagt er. »Und wie es weitergehen soll.«

»Okay«, willige ich ein und streiche mir eine Haarsträhne zurück. »Dann … dann ziehe ich mich um.«

»Ich warte hier auf dich.«

•••

Noah und ich laufen zunächst schweigend nebeneinander her und hängen unseren Gedanken nach. Mit dieser Wendung hätte ich nicht mehr gerechnet. Immerhin hat er mir gestern Abend sehr deutlich gemacht, dass ich aus seinem Leben verschwinden soll. Und dann steht er plötzlich vor Emilys Tür und will reden. Das ist maximal verwirrend. Für meinen Kopf und vor allem für mein Herz. Ich will mit ihm zusammen sein und habe mich in ihn verliebt. Noah ist der Mann, mit dem ich mein Leben verbringen will.

»Ich habe nicht zu Daisy gesagt, dass du ein verwöhntes Gör bist«, bricht er schließlich das Schweigen. »Sowas würde ich niemals über dich sagen.« Noah schiebt die Hände in die Taschen seiner Jacke und sieht zu mir rüber. »Ich verstehe mich gut mit Daisy, schon immer. Aber ich will nichts von ihr.«

»Hm.« Ich schüttle den Kopf. Es ist schwer zu glauben, vor allem nach ihrem Auftritt gestern. Es ist nicht zu übersehen, dass sie sofort ihn nehmen würde, wenn Alex nicht da ist.

»Hm?«, fragt Noah und zieht die Augenbrauen hoch. »Hm, du glaubst mir nicht, dass ich nichts von Daisy will oder hm, du glaubst mir nicht, dass ich das nicht zu ihr gesagt habe?«

»Ich glaube dir, dass du es … na ja … zumindest nicht in diesem Wortlaut gesagt hast«, erwidere ich. »Und was das andere angeht … keine Ahnung.«

»Ich hatte noch nie was mit Daisy und werde auch niemals etwas mit ihr haben«, sagt er klar und deutlich. Seine Stimme wird zum Ende hin immer lauter. »Sie ist Alex' Ex-Freundin. Das ist ein absolutes No-Go für mich. Mal abgesehen davon interessiert mich nur eine Frau.« Ein sanftes Lächeln umspielt seine Lippen, das mir sagt, dass er damit nur mich meinen kann. Hitze steigt in mir auf, und mein Herzschlag nimmt wieder an Fahrt auf.

»Ich weiß, wie das gestern alles auf dich gewirkt haben muss, aber verdammt … ich kam mir total überfallen vor. Du musst zugeben, dass ich nicht damit rechnen konnte, dass du hier auftauchst.«

»Was hätte ich denn tun sollen?«, frage ich und bleibe stehen. »Du ignorierst mich seit Wochen und hast sogar Alex den Kontakt zu mir verboten. Was soll das, Noah?«

»Ich brauchte Abstand«, rechtfertigt er sich.

»Über so viele Wochen?«, hake ich nach und ziehe die Augenbrauen hoch. »Das kannst du doch nicht ernst meinen.«

»Doch«, beharrt er. »Ich meine es ernst.«

Ich blase die Backen auf und schüttle mit dem Kopf.

»Was bei der Award Show passiert ist, war … eine

Katastrophe und ich habe mich so vor den Kopf gestoßen gefühlt.«

»Du hast dich vor den Kopf gestoßen gefühlt?«, frage ich. »Du hast verkündet, dass ich vergeben bin, obwohl ich es nie war. Wie hätte ich denn reagieren sollen?«

Noah atmet tief durch und binnen Sekunden ist von der sanften Miene nichts mehr zu sehen. »Du hättest nur zugeben müssen, dass du auch mehr für mich empfindest als Freundschaft Plus. Mehr habe ich nicht verlangt, Cara. Natürlich fand ich es nicht witzig, dass dieser Dick …«

»Brick«, korrigiere ich ihn.

»Brick«, knurrt er. »Dich angebaggert hat. Ich habe es doch gehört. Wir waren nie nur Freunde, Cara. Zumindest von meiner Seite aus. Ich wollte dich vom ersten Tag an kennenlernen.«

»Noah, ich …«

»Nein«, unterbricht er mich hart. »Du hörst mir jetzt zu! Ich verstehe, dass du Angst hast und dir Sorgen wegen deiner Kindheit und deinem Dad machst. Und ja, ich kann dir kein Leben bieten, dass dir ein Mechaniker oder Anwalt bieten kann, aber ich … ich will nur dich. Du bist seit Wochen die einzige Frau für mich. Als wir uns damals in der Bar gesehen haben … du … du hast den Raum betreten und … und ich war völlig von dir eingenommen. Nachdem Alex mich endlich überredet hatte dich anzusprechen und ich es beim ersten Mal vergeigt habe, warst du nicht mehr da, als ich zurückkam.«

Grinsend sehe ich ihn an, da ich mich an unser Kennenlernen auch noch sehr gut erinnere.

»Ich habe alles versucht, dich von mir zu überzeugen und nachdem wir zum ersten Mal Sex hatten, du meine Familie kennengelernt hast und wir immer mehr Zeit miteinander verbracht haben …« Er atmet tief durch. »Ich … ich dachte, dass das ein Selbstläufer wird.«

»Noah … das … das kannst du doch nicht glauben«, murmle ich. »Wir sind doch nicht wie aus dem Nichts zusammen. Es kam nicht einmal zur Sprache, dass du eine ernsthafte Beziehung willst.«

»Wir sind aber auch keine Teenager mehr und fragen ständig nach, ob wir zusammen sind«, erwidert er. »Und für mich waren wir das – zusammen.«

»Noah ich …«, stottere ich. »Ich habe einen Fehler gemacht und ja, es hätte bei der Award Show nicht so eskalieren dürfen, aber ich … ich fühlte mich so in die Enge getrieben und ich … ich hatte meine Prinzipien.«

»Scheiß auf deine Prinzipien!«, ruft er. »Vergiss sie, Cara. Ich bin hier und ich will mit dir zusammen sein. Ich will dich glücklich machen und …«

»Und du bist Footballer.«

»Richtig«, meint er. »Aber wir leben beide in Boston und sehen uns maximal zwei Tage alle zwei Wochen nicht. Im Sommer mal drei Wochen, weil ich im Trainingscamp bin. Und … und wenn du keine Kinder möchtest, weil … weil ich keine Zeit habe, warten wir. Das ist kein Problem, aber bitte, gib uns eine Chance.«

Mit offenem Mund starre ich ihn an und bringe keinen Ton heraus.

Noah seufzt und tritt einen Schritt auf mich zu. »Bitte?«

»Vielleicht habe ich ein bisschen übertrieben«, räume ich ein. »Und vielleicht hätte ich die Dinge anders angehen sollen.«

»Vielleicht?« Noah zieht die Augenbrauen hoch und schmunzelt. »Meinst du nicht, dass du das Vielleicht aus dem Satz streichen solltest?«

»Ja, okay!«, rufe ich. »Ich streiche es. Ich hätte dir eine Chance geben müssen und meine dummen Prinzipien nicht über mein Glück stellen sollen.«

»Geht doch«, meint er und tritt einen Schritt auf mich zu. »Im Ernst, Cara. Ich will das mit uns. Ich will dich und keine andere Frau. Mich interessiert keine andere Frau.«

»Daisy?«

Genervt stöhnt er auf und verdreht die Augen.

»Diesmal meine ich es ernst«, beharre ich. »Was hast du zu ihr gesagt? Wie kommst du auf die Idee, ihr das zu erzählen?«

Er fährt sich mit den Händen übers Gesicht und stöhnt auf. »Ich war frustriert und habe mich mit ihr betrunken …«

»Mit ihr?«, fauche ich. »Noah!«

»Es ist nichts zwischen uns gelaufen und es wird auch niemals etwas zwischen uns laufen. Daisy liebt Alex.«

Ich verdrehe die Augen. Die blöde Kuh soll sich von beiden McCarter Zwillingen fernhalten. Das wäre das Beste für alle.

»Ich war betrunken und habe zu ihr gesagt, dass du dich wie eine Göre verhältst und alles nur nach deiner Nase gehen muss. Und das hast du getan, Cara!«

»Pff!« Ungläubig sehe ich ihn an. »Unglaublich, dass du das sagst.«

»Herrgott!«, ruft er und greift nach meiner Hand, um mich an sich zu ziehen. »Ich will dich, nur dich. Du bist die einzige Frau, mit der ich zusammen sein will, Cara Catherine Corse. Und entweder sagst du mir hier und jetzt, dass du auch mit mir zusammen sein willst oder …« Noah macht eine dramatische Pause und ich reise ich die Augen auf.

Wieso macht er das?

Mein Herz rast, aus Angst, dass wieder alles zwischen uns vorbei sein könnte.

»Oder?«, wispere ich.

»Oder wir gehen für immer getrennte Wege«, antwortet er. »Ich will dich. Nur dich, aber du musst mich genauso wollen.

Anders funktioniert es nicht.«

»Ich will das auch«, sage ich und lege meine Hand an seine Wange. Sanft streiche ich darüber und lächle ihn an. »Ich will dich und deswegen bin ich hier. Ich hätte das alles nicht tun dürfen und … und meine Gefühle für dich zulassen sollen. Es war leichter für mich, mir die Sache mit der Freundschaft einzureden, als mich wirklich damit auseinanderzusetzen, wohin das mit uns führt. Das war falsch und das haben mir mittlerweile auch genug Leute gesagt.«

»Ach ja?«, fragt er. »Wer denn?«

»Meine Mom, Alex, Emily …«, seufze ich. »Soll ich weitere aufzählen?«

Ich zupfe an seiner Jacke und lächle. Noah erwidert mein Lächeln und beugt sich zu mir herunter. Unsere Blicke verhaken sich ineinander und trotz seiner Kleidung kann ich seinen heftigen Herzschlag unter meinen Fingern spüren.

»Ich liebe dich«, sagt er.

»Ich liebe dich auch«, erwidere ich und verschließe seinen Mund mit meinem.

Noah erwidert den Kuss und zieht mich näher an sich heran. Seine Arme umschließen mich und ich schlinge gleichzeitig meine um seinen Nacken, um ihn näher an mich heranzuziehen.

Epilog

Noah

Die Sonnenstrahlen wecken mich, als sie durch die großen Panoramafenster scheinen. Alles in mir sträubt sich dagegen, die Augen zu öffnen, da ich befürchte, aus dem wunderschönen Traum aufzuwachen, in dem ich mich seit gestern Nachmittag befinde. In jenem spielt Cara die Hauptrolle. Wir haben uns vertragen und sie ist endlich die Frau an meiner Seite.

Eine Aussprache war mehr als nötig. Es tat mir fast schon leid, dass ich sie so lange ignoriert habe. Nachdem sie mir bei der Award Show das Herz gebrochen hat, brauchte ich Abstand. Ich konnte nicht sofort wieder zur Normalität übergehen und so tun, als hätte es diese Unterhaltung nie gegeben.

Nun bin ich mir sicher, dass alles gut wird. Wir sind zusammen und das ist das Einzige, was zählt. Ich liebe Cara und Cara liebt mich. Sie ist meine Traumfrau und ich will sie keine Sekunde meines Lebens mehr missen.

Mit einer sanften Bewegung schiebe ich Caras Körper ein Stück von mir. Sie murmelt etwas und ich befürchte, dass ich sie geweckt habe, aber das habe ich nicht. Meine Freundin dreht sich auf die andere Seite und schläft selig weiter. Ich lasse meinen Blick über ihren nackten Rücken und Hintern gleiten, bevor ich aus dem Bett steige und meine Boxershorts überziehe. Dann verlasse ich das Schlafzimmer und gehe ins Untergeschoss, um uns Frühstück zu machen. Da ich die letzten Tage hier geschlafen habe und nicht bei meinen Eltern, ist der Kühlschrank gefüllt. Alex und ich nutzen das Haus meistens als Übernachtungsmöglichkeit, um unseren Eltern nicht auf die Nerven zu gehen oder um nicht der ständigen Beobachtung unserer Mutter ausgesetzt zu sein.

Es befindet sich auf einem großen Grundstück, das wir vor zwei Jahren gekauft haben. Neben diesem Haus, das dem Vorbesitzer gehört, befinden sich zwei ungenutzte Bauplätze. Alex und ich haben vor, eines Tages dort jeder ein Eigenheim zu bauen, aber das ist Zukunftsmusik.

Seitdem ich in Nashville angekommen bin, nervt meine Mutter mich mit Fragen zu Cara. Die Artikel in der Zeitung waren auch in Tennessee auf jeder Titelseite. Ihr klarzumachen, dass es mit Cara vorbei ist, hat alles andere als gut funktioniert. Vielmehr wollte sie mich motivieren, das Gespräch zu Cara zu suchen und ihr zu verzeihen.

Heute sieht die Geschichte bereits ganz anders aus. Cara und ich sind zusammen und wollen uns eine Chance geben.

Gut gelaunt ziehe ich eine Packung Eier aus dem Kühlschrank und eine Pfanne aus der untersten Schublade, um uns Rührei mit Speck zum Frühstück zu machen. Ich stelle die Pfanne auf das Ceranfeld und träufle etwas Öl hinein.

»Hier bist du!« Ich zucke beim Klang ihrer Stimme zusammen und drehe mich um.

»Habe ich dich geweckt?«, frage ich und Cara schüttelt den Kopf. Sie kommt lächelnd auf mich zu und schlingt von hinten ihre Arme um mich. Ihre Hände fahren über meinen Bauch bis zu meiner Boxershorts und sorgen dafür, dass ich mich kaum noch konzentrieren kann. Ihre Hände auf meiner Haut und ihre flinken Finger am Bund meiner Shorts habe ich definitiv nicht eingeplant.

»Nein«, flüstert sie und küsst meine nackte Schulter. »Das

Bett war kalt und verlassen.«

Ich kann nicht anders, als zu lachen. »Ich mache uns Frühstück«, erkläre ich und deute auf die Pfanne.

»Was denn?« Cara linst an mir vorbei und ich werfe ihr einen kurzen Blick zu.

»Rührei mit Speck. Wir haben leider nichts anderes.«

»Macht nichts«, antwortet sie. »Kann ich dir helfen?«

»Du kannst den Tisch decken und Kaffee machen.«

Sie nickt und wendet sich ab.

Als es still hinter mir bleibt, werde ich skeptisch und mir fällt ein, dass sie gar nicht wissen kann, wo sie die Utensilien findet. Wie dumm von mir.

»Sorry«, sage ich und fahre herum. »Du kannst gar nicht wissen, wo die Sachen …«

Mir fallen fast die Augen aus, als ich sie erblicke.

Cara trägt ihren dünnen Morgenmantel. Ihre Sachen haben wir vorhin bei Emily abgeholt. Der Mantel ist geöffnet und ich starre sie an. Nackt sitzt sie auf dem Küchentisch vor mir und grinst. »Vielleicht hast du auf etwas anderes auch Hunger«, meint sie und beißt sich auf die Lippen.

Ich schnappe nach Luft und mein Schwanz wird sofort hart in meiner Boxershorts. »Ich habe–« Mein Gehirn hat das Denken zum Glück noch nicht komplett eingestellt und ich bin immerhin dazu in der Lage, mich umzudrehen und den Herd auszustellen, bevor ich auf Cara zugehe, meine Arme um ihre Hüfte schlinge und sie küsse. Cara erwidert den Kuss und legt ihre Arme um meinen Hals. Ich ziehe sie näher an mich heran, schiebe ihr den Morgenmantel von den Schultern und betrachte ihren schönen Körper.

Mein harter Schwanz drückt gegen ihre Mitte und sie stöhnt verzückt auf, als ich mich an ihr reibe.

»Noah!« Sie keucht und stöhnt, als ich ihren dünnen Slip bis zu den Knien herunterziehe und ihre Pussy mit meinen Fingern erkunde. Gelassen erkunde ich ihre feuchte Mitte und schiebe zwei Finger in sie hinein. Caras Fingernägel krallen sich in meine Schultern und meine Lippen suchen die ihren. Der Kuss ist heiß und zügellos. Jeder von uns möchte die Oberhand erhalten, als unsere Zungen einander umspielen. Ich nehme einen dritten Finger hinzu, um sie zu dehnen. Meine Lippen verlassen ihre und streifen über ihren Hals und ihr Dekolleté. Ihre steifen Brustwarzen recken sich mir entgegen. Ich nehme sie zwischen die Lippen und sauge daran. Die kleinen Knospen verhärten sich zunehmend. Caras streckt mir ihr Becken entgegen und nimmt jeden meiner Stöße mit Wonne an. Diese Frau ist so unendlich scharf, dass ich immer noch nicht glauben kann, dass sie mir gehört. Mit meinem Daumen umkreise ich ihre Klit.

Cara ist alles, was ich jemals gesucht habe, und was ich will. Sie kennt das Leben an der Seite eines Footballspielers wie keine andere Frau und weiß genau, was in den kommenden Jahren auf uns zukommt. Aber danach haben wir noch alle Zeit der Welt, um unser gemeinsames Leben zu genießen. Und wenn wir dann irgendwann Kinder haben und eine Familie gründen, finden wir Mittel und Wege, uns so oft zu sehen wie nur irgendwie möglich. Da bin ich mir sicher.

Meine Lippen erreichen ihren Bauchnabel und sie legt sich rücklings auf den Tisch. Grinsend ziehe ich meine Finger aus ihr heraus und betrachte sie. Sie sind von ihrer Nässe benetzt und schimmern im Tageslicht.

»Noah«, wispert sie und spreizt ihre Beine noch ein bisschen weiter. »Bitte!«

»Bitte, was?«, necke ich sie und lege ihre Schenkel über meine Schultern, sodass ihr feuchtes Geschlecht direkt vor meiner Nase ist. Vorsichtig beuge ich mich vor und küsse ihre Klit.

Cara stöhnt auf. Ihr Becken hebt sich an, doch ich drücke es sanft zurück auf die Tischplatte.

Ich küsse die weiche Haut der Innenseite ihrer Schenkel und arbeite mich langsam nach oben zu ihrer Pussy. Ihr Stöhnen wird immer lauter und als ich ihre Schamlippen mit den Fingern spreize, um einen noch besseren Zugang mit meinem Mund zu erzielen, schreit sie auf. Caras Beine verkrampfen sich um meinen Hals und ich befürchte, dass sie dieses Spielchen nicht mehr lange aushalten wird. Sie ist fast so weit, obwohl ich nicht mal richtig losgelegt habe.

»Halt noch durch«, sporne ich sie an, schiebe meine linke Hand in meine Boxershorts und umschließe meinen Schwanz. Wie zu erwarten ist er mehr als hart. »Nur noch ein paar Minuten.«

»Das schaffe ich nicht«, keucht sie und ich lasse meine Zunge über ihre pulsierende Klit reiben. »Noah, bitte … ich … fuck …«

Caras gesamter Körper bäumt sich auf. Ihre Fersen schlagen in meine Schultern und ich lecke sie weiter, während ihr Orgasmus über sie hereinbricht.

»Oh mein Gott!«, schreit sie ihre Lust hinaus.

Ich richte mich auf und ziehe sie vom Tisch herunter. Verwundert blickt sie mich an. Ihre Wangen sind gerötet und ihre eigene Lust läuft an den Innenseiten ihrer Beine hinunter.

»Du bist so verdammt schön«, flüstere ich ihr zu, während meine Finger erneut mit ihrer Klit spielen. Das empfindliche Nervenbündel ist völlig überreizt.

»Ich will dich«, wispert sie.

Lächelnd helfe ich ihr, sich von dem Morgenmantel zu befreien und schmeiße ihn samt unserer Unterwäsche auf den Boden. Komplett nackt liegt Cara vor mir. Ihr Oberkörper hebt und senkt sich immer noch angestrengt. Für einen

Moment betrachte ich sie. Die milchige Haut, dazu ihre kleinen festen Brüste, die perfekt in meine Hände passen, und die entzückenden Brustwarzen, die sich mir entgegen recken.

»Du fühlst dich so gut an«, flüstere ich und lege meine Lippen um ihren rechten Nippel. Cara keucht, als ich hineinbeiße und mit meiner Zunge darüber lecke. Der linken Warze lasse ich die gleiche Aufmerksamkeit zukommen, während ich die rechte zwischen Daumen und Zeigefinger hin und her rolle.

»Noah, bitte«, flüstert Cara und ihr Becken bockt auf. »Nimm mich.«

»Mit dem größten Vergnügen«, erwidere ich und lege ihre Beine um meine Hüften. Ohne meinen Blick von ihren Augen zu nehmen, positioniere ich meine Eichel zwischen ihren Schamlippen. Zentimeter für Zentimeter dringe ich in Cara ein. Ihre Enge empfängt mich und es fühlt sich wie immer phänomenal an, in ihr zu sein. Ich schiebe mich bis zum Anschlag an sie. Sie keucht und ich presse die Lippen zusammen, um nicht zu früh zu kommen. Dann stoße ich in einem gemächlichen Tempo in sie.

•••

»Es ist so schön hier!«, ruft Cara. In einer warmen Winterjacke, die für die heutigen Temperaturen völlig übertrieben ist, und einer Beanie mit dem Logo der Nashville Warriors, ist sie viel zu dick angezogen, aber ihr ist es egal. Hand in Hand schlendern wir durch Nashvilles Altstadt und genießen das ruhige Leben in Tennessee, ehe wir heute Abend zurück nach Boston fliegen.

Ich schätze die Zeit mit meiner – Achtung! – Freundin sehr.

»Und dann ziehst du nach Boston?«, fragt sie und sieht zu

mir auf.

»Na ja«, meine ich und ziehe sie näher an mich heran. »Ich kann mich über meine Zeit in Boston bisher nicht beschweren.«

»Stimmt auch wieder.« Sie schmunzelt. »Lass uns hier mal reingehen.« Sie deutet auf einen Cupcake-Laden.

»Gern«, sage ich und folge ihr. Im Grunde würde ich ihr in jeden Laden folgen und ihr alles kaufen, was sie möchte. Hauptsache es macht sie glücklich und wir sind zusammen. Zum Glück kann niemand meine Gedanken lesen, denn ich klinge wie ein verliebter Trottel. Liebe macht wirklich blind und sicherlich auch ein wenig blöd, aber ich kann mich nicht beschweren.

Das kleine Glöckchen über der Ladentür erklingt, als wir die Tür aufstoßen und eintreten.

»Wow!«, sagt Cara und stürmt auf die Auslage zu. Dort türmen sich Cupcakes in allen Variationen. Ich lese mir die Geschmacksrichtungen durch und bin durchaus überrascht, was es alles gibt. Wie zum Teufel soll bitte Jack Daniels Whiskey in einem Cupcake schmecken?

»Hallo«, sagt eine junge Frau in unserem Alter und lächelt uns an. Bis sie mich erkennt, dann fallen ihr förmlich die Augen aus dem Kopf. »Oh Gott … Sie … Sie sind … Noah McCarter.«

Ich schaue zu Cara und sie grinst.

»Der bin ich«, bestätige ich lächelnd und schiebe die Hände in die Taschen meiner Jeans. »Meiner Freundin gefallen Ihre Cupcakes.«

Ihr Blick schnellt zu Cara und dann wieder zu mir, bis sie nach Einmalhandschuhen greift. »Möchten Sie welche probieren, Miss?«, fragt sie freundlich.

Cara ist es sichtlich unangenehm, dass die junge Frau uns so bevorzugt behandelt und uns sicherlich jeden Cupcake kosten lassen würde, den wir möchten. Aber so ist das Leben als Footballstar - vor allem in der eigenen Heimatstadt.

»Vielleicht einen oder zwei, aber wir wollen keine Umstände machen«, wiegelt meine Freundin schüchtern ab.

»Sie machen doch keine Umstände«, erwidert die junge Frau und deutet auf einen Stehtisch in der Ecke. »Ich bringe Ihnen eine Auswahl unserer Bestseller. Haben Sie Allergien?«

Ich schüttle den Kopf und Cara tut es mir gleich.

»Prima!«

Lächelnd greife ich nach Caras Hand und ziehe sie mit mir von der Auslage weg zum Stehtisch. »Das ist mir unangenehm«, flüstert sie. »Ich mag es nicht, im Fokus zu stehen.«

»Baby«, beruhige ich sie und küsse ihre Schläfe. »Du wolltest doch Cupcakes.«

»Ja«, sagt sie. »Das wollte ich, aber sie gibt sie uns umsonst und das will ich nicht. Ihr ganzes Herzblut und sicherlich auch Geld steckt in diesem Laden und wir …«

»Ich habe eine Idee«, hake ich ein. »Wenn wir sie bezahlen wollen und sie ablehnt, bieten wir ihr einen Deal an.«

»Der da wäre?«, fragt Cara und ich lächle.

»Übernächste Woche ist ein wichtiges Spiel unserer Highschool Mannschaft. Es geht um den Einzug ins Tennessee Highschool Championship Finale. Ich besorge ihr dort einen Tisch und sie kann ihre Cupcakes verkaufen.«

»Das ist eine tolle Idee!«, ruft Cara und küsst mich. »Du bist der Beste.«

»Ich weiß«, erwidere ich großspurig, als die junge Inhaberin uns zwei Teller und eine Flasche Wasser vor die Nase stellt. Es ist viel zu viel. Ich könnte es mir definitiv nicht verzeihen, ihr nichts dafür zurückzugeben.

»Das sind aktuellen Bestseller«, sagt sie. »Einmal Himbeere mit Oreo Keksen und Kinder Schokolade.«

Dieses Wort klingt sehr seltsam und so schauen wir sie auch an.

»Eine Freundin von mir war als Au-Pair in Deutschland und hat es von dort mitgebracht. Probieren Sie.«

»Bevor wir das tun«, meint Cara. »Ich bin Cara und das ist Noah. Und du bist?«

»Ich bin Hannah«, sagt sie. »Freut mich. Probiert.«

Ich greife nach einem dieser Kinder Schokolade Cupcakes und beiße hinein. Cara nimmt den mit Himbeere.

»Möchten Sie– du … den mit Jack Daniels Whiskey probieren?«

»Gern«, sage ich und sie verschwindet wieder. Ich wende mich an Cara und grinse sie an. »Und?«

»Wow«, meint sie. »Du musst diesen hier probieren.« Sie hält mir ihren Cupcake hin und ich beiße hinein.

»Bäh«, mache ich und verziehe den Mund. »Zu süß.«

»Quatsch«, mampft meine Freundin und isst genüsslich weiter. »Und deiner?«

»Die sind wirklich der Hammer«, erwidere ich. »Sie haben wirklich interessante Schokolade in Deutschland.«

»Schmeckt es?«, fragt Hannah aufgeregt. »Hier ist der mit Jack Daniels.«

Sie stellt ihn mir hin und lächelt mich an.

»Wie lange hast du den Shop schon?«, frage ich.

»Erst seit drei Monaten«, erklärt sie. »Ich habe eine Ausbildung zur Konditorin gemacht und das war mein großer Traum.«

»Klingt teuer«, mutmaßt Cara und Hannah nickt.

»Ist es auch«, sagt sie. »Die Miete für den Laden, der Kredit, den ich für die Küchengeräten aufnehmen musste, und letztendlich die wöchentlichen Einkäufe. Aber ich will mich nicht beschweren. Es ist mein großer Traum.«

»Das heißt doch, dass du sicherlich Werbung brauchst, oder?«, frage ich und beiße in den Cupcake mit Jack Daniels.

Hannah nickt und nimmt sich ebenfalls einen Cupcake. »Werbung ist immer gut«, erwidert sie. »Um mich bekannter zu machen.«

»In zwei Wochen findet das Halbfinale der Tennessee Highschool Championship statt«, erkläre ich. »Ich könnte dir dort einen Stand besorgen.«

Hannahs Augen beginnen zu leuchten und sie sieht zu Cara. Diese lächelt sie an.

»Wirklich?«, fragt sie. »Das … das ist doch nicht nötig.«

»Zu dem Spiel kommen um die viertausend Menschen«, überrede ich sie weiter. »Wenn nur die Hälfte einen Cupcake kauft …«

»Oh mein Gott!«, quietscht sie. »Aber … das … dafür kann ich nicht in Vorkasse gehen. Das wird zu teuer.«

»Das übernehme ich«, sagt Cara und Hannah sieht sie überrascht an. »Schick mir eine Liste mit allen Zutaten und allem, was du brauchst. Ich bezahle es.«

»Aber … aber das kann ich nicht annehmen.«

»Doch, das kannst du«, redet meine Freundin unbeirrt weiter. »Ich mache das gerne.«

Hannah sieht immer noch überrascht aus und weiß nicht, was sie zu Caras Angebot sagen soll.

»Komm schon«, drängelt Cara.

»Okay«, stimmt Hannah zu. »Vielen, vielen Dank.«

»Perfekt! Hast du einen Zettel und einen Stift? Ich schreibe dir meine Kontaktdaten auf.« Suchend sieht Cara sich um.

Hannah nickt und geht zur Kasse.

•••

Nachdem Cara und ich den Cupcake Laden verlassen haben, laufen wir schweigend hintereinander her. Irgendwas scheint sie zu beschäftigen. Ich drücke ihre Hand, sodass sie mich ansehen muss.

»Was ist los mit dir?«, frage ich. »Du bist so nachdenklich.«

»Ja«, meint sie. »Das bin ich auch. Hannah hat ihr ganzes Geld in diesen Laden gesteckt und einen Haufen Schulden noch dazu.«

»So ist das nun mal, wenn man …«

»Sprich es nicht aus«, erwidert sie. »Wirklich nicht, Noah. Ich habe mir überlegt, ob wir da nicht etwas tun können.« Ich bleibe stehen und sehe sie an.

»Was meinst du?«, frage ich.

»Ich dachte eine Stiftung«, erklärt sie. »Junge Leute, so wie Hannah, können uns ihren Businessplan schicken und wenn wir überzeugt sind, dann … dann finanzieren wir sie. So starten sie nicht mit einem Haufen Schulden in die Selbstständigkeit.«

Ich schaue meine Freundin einen Moment an und bin völlig baff von diesem Vorschlag. Damit habe ich absolut nicht gerechnet, aber ich finde ihn gut. Es ist eine großartige Idee und sowohl Cara als auch mir fehlt es nicht an finanziellen Mitteln.

»Du findest es schwachsinnig, oder?«, fragt sie, als ich nicht sofort reagiere.

»Nein«, sage ich hastig. »Finde ich nicht. Ich finde es gut. Mit unserer Bekanntheit würden wir sicherlich viele Investoren finden.«

»Allen voran meinen Dad«, fährt sie fort. »Und wir könnten wirklich etwas Gutes tun mit unserem Geld.«

»Ja«, sage ich und lächle sie an. »Wir sollten mit deinem Dad reden, wenn wir wieder zu Hause sind.«

»Wirklich?«, fragt sie und bleibt stehen. »Meinst du das ernst?«

»Baby«, seufze ich und lege meine Hand an ihre Wange. »Ich unterstütze dich bei deiner Idee. Meinetwegen werde ich auch Markenbotschafter für die ganze Sache. Und meine Brüder gleich mit. Ich stimme dir absolut zu, dass es ein Unding ist, dass junge Menschen erst hochverschuldet sein müssen, um sich eine eigene Existenz aufbauen zu können.«

Cara kreischt und springt mir in die Arme. Ich stolpere einen Schritt zurück und lege meine Hände an ihren Hintern.

»Du bist der Beste«, flüstert sie und legt ihren Mund auf meinen. »Wie gut, dass Prinzipien da sind, um sie zu brechen.«

»Ich dachte, das sind gute Vorsätze?«

»Prinzipien, gute Vorsätze«, meint sie. »Alles unnötig, wenn man ohne sie viel glücklicher ist, und du machst mich glücklich, Noah McCarter.«

»Du mich auch«, sage ich und küsse sie nochmal. »Cara Catherine Corse.«

»Ich liebe dich.«

»Ich liebe dich auch«, antworte ich.

Über die Autorin

Wie sollte es auch anders sein hat Sport – genauer Ballsport – Mrs Kristal zum Schreiben gebracht. Zum ersten Mal Geschichten geschrieben hat sie 2012. Die damaligen ersten Schreibversuche über Fußball entwickelten sich über die Jahre zu richtigen Geschichten und schließlich Büchern.

Thematisch wechselte Mrs Kristal den Kontinent und schrieb fortan über American Football. 2021 veröffentlichte sie ihr erstes Buch zum Thema College-Romance und Football. Inspirationen erhält Mrs Kristal in Alltagssituationen, Erinnerungen an Erlebtes und Gesprächen mit Freunden und der Familie.

In ihren Büchern stehen neben dem Sport auch immer die große Liebe und Freundschaft im Vordergrund. Besonders am Schreiben liebt sie, dass sie in andere Welten eintauchen kann, ihre Charaktere auf einem langen Weg begleiten und am Ende gibt es ein Happy End. Wenn Mrs Kristal nicht schreibt, verbringt sie Zeit mit ihren Freunden, der Familie und ist auf Weltreise. Einer ihrer größten Wünsche – die Länder, Städte und Stadien, von denen sie schreibt, einmal im Leben gesehen haben.

Weitere Veröffentlichungen:

- Lincoln Tigers Reihe (College Football Romance)
- Berkeley Bees Football Reihe
- Manning Brothers Reihe
- New York Gladiators Reihe
- Winter Falls Reihe

Hat dir ***Touchdowns & Temptations*** gefallen?

♥

Hinterlasse gerne eine Bewertung und einen lieben Kommentar. In einem Buch steckt viel Herzblut und es kostet Kraft und Mut, eine Geschichte an die Öffentlichkeit zu bringen. Autor:innen freuen sich daher über jede kleine, positive Rückmeldung, die den Glauben geben, dass dieser Schritt der Richtige war.

Hat es dir nicht gefallen?

♠

Dann schreib uns gerne eine Nachricht mit deinen Gedanken und dem Szenario, von dem du träumst zu lesen!
Wir freuen uns und sind offen für Rückmeldung.

https://cherry-publishing.com/contact

Printed in Poland
by Amazon Fulfillment
Poland Sp. z o.o., Wrocław

39206092R00140